스킬스
SKILLS

스킬스 현대편 1

류화수 퓨전 판타지 소설

초판 1쇄 찍은 날 § 2016년 2월 1일
초판 1쇄 펴낸 날 § 2016년 2월 5일

지은이 § 류화수
펴낸이 § 서경석

편집책임 § 고승진

펴낸곳 § 도서출판 청어람
등록번호 § 제387-1999-000006호
등록일자 § 1999. 5. 31
어람번호 § 제1-2344호

주소 § 경기도 부천시 원미구 부일로 483번길 40 서경B/D 3F (우) 14640
전화 § 032-656-4452 팩스 § 032-656-4453
http://www.chungeoram.com
E-mail § chungeorambook@daum.net

ⓒ 류화수, 2016

ISBN 979-11-04-90625-1 04810
ISBN 979-11-04-90624-4 (세트)

류화수 퓨전 판타지 소설
FUSION FANTASTIC STORY

현대편

스킬스 ①

SKILLS

SKILLS

CONTENTS

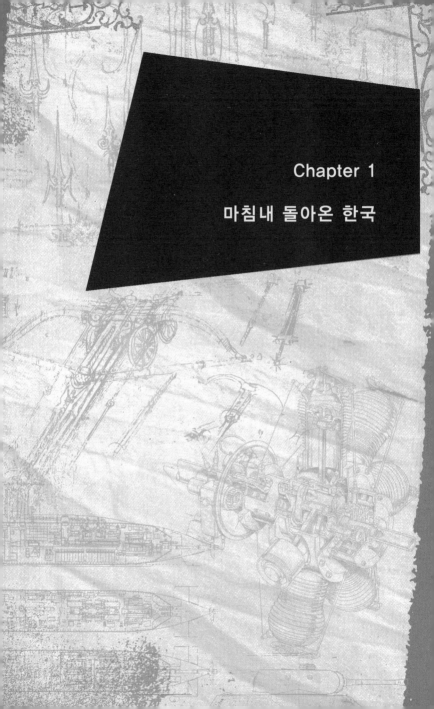

Chapter 1

마침내 돌아온 한국

돌아왔다.

드디어 한국으로 돌아왔다.

하지만 돌아온 한국은 이세계와 다르지 않은 모습이었다.

데빌 도어를 공략하기 위해 얼마나 고생했는데 데빌 도어가 한국에도 있다니…….

이세계와 지구의 시간 흐름은 달라 고작 1년이라는 시간밖에 흐르지 않았다.

내가 한국에 와서 가장 먼저 한 일이 뭐냐고?

당연히 가족을 찾는 일이었다.

미운 소리만 하던 여동생과 눈물 흘리시던 아버지와 어머니.

너무도 그리운 가족들이었다.

좋은 집은 아니었지만 아버지의 노력이 가득했던 집은 허름하게 변해 있었다.

데빌 도어가 생겨나기 전 세계 곳곳에 몬스터들이 창궐해 많은 피해를 입었다고 했다.

이제 데빌 도어가 생겼기에 몬스터로 입는 피해는 줄어들었지만 부서진 집이 온전하게 돌아갈 리가 없었다.

문을 두드렸다.

쾅! 쾅! 쾅!

"누굽니까! 가까이 오면 공격하겠습니다."

한국의 고유 정서인 정은 이미 사라져 버렸다.

생존을 위해, 가족들의 생계를 위해 아버지들은 무기를 들었고 낯선 사람의 방문을 막았다.

오랜만에 듣는 아버지의 말에 가슴이 미어져 왔다.

내가 없는 동안 가족들을 지키기 위해 얼마나 노력했을까.

"아버지! 접니다. 아버지 아들 최진기입니다!"

"뭐라고? 진기?"

우당탕!

아버지가 급히 달려 나왔고 입구를 막고 있던 집기들에 몸을 들이받았다.

고통도 느껴지지 않는지 아버지는 황급히 몸을 일으켜 세우고 문을 열었다.

"정말 진기구나. 우리 진기구나. 살아 있었어. 살아 있었구나!"

아버지의 눈에서 눈물이 떨어졌다.

금세 붉어진 두 눈에서 떨어지는 눈물이 나에게 전염이 되었다.

나는 아버지를 끌어안았고 우리는 한동안 아무런 말도 하지 않고 서로의 온기를 느꼈다.

*　　　　*　　　　*

다행히 가족들은 아무도 다치지 않고 살아 있었다.

하지만 살아 있는 것이 전부였다.

건실한 기업에 다니던 아버지는 가족들의 생계를 위해 막노동을 하러 다녔고 동생과 어머니는 공동 농장에서 농사일을 했다.

취업난?

이제 그런 말은 사라졌다.

취업난이라는 말은 취업을 할 수 있는 회사가 남아 있을 때나 쓰는 말이었다.

지금은 오로지 생존만이 삶의 목표였다.

이 세계에 악마가 강림했을 때는 마나와 오러 그리고 신성력이 사라졌었다.

특수 능력에 의지하며 살아왔던 사람들은 오로지 육체적인 능력만으로 살아남아야 했는데 지금 한국도 별반 다르지 않은 상황이었다.

악마의 강림 이후 전자 기기는 물론이고 전력을 이용해 움직이는 기계들이 멈추어 버렸다.

E.M.P

군사적인 작전에서 사용되는 E.M.P는 통신 장비, 컴퓨터, 이동 수단, 전산망, 군사용 장비 등을 마비시킨다.

지금은 전 세계에 영구적으로 E.M.P 효과가 뿌려진 상황이었다.

발전기는 돌아가지 않았고 당연히 전기 공급이 끊겨 버렸다.

밤을 밝히던 형광등은 촛불로 대체되었고 서로의 안부를 묻기 위해서는 발품을 팔아야만 했다.

휴대전화라는 것이 사라진 시대.

이런 상황은 이미 충분히 겪어보았다.

고작 1년이라는 시간 동안 이 상황을 겪은 사람들과는 달리 나는 이세계에서 몇 배나 더 긴 시간을 견뎌내었다.

하지만 사람들의 적응 속도는 확실히 여기가 더 빨랐다.

현대인들은 데빌 도어가 생겨난 지 3개월도 되지 않는 시간만에 마법 아이템을 정비하는 작업소를 만들었다.

악마의 탑을 전문적으로 공략하는 사람들도 생겨났다.

지금 가장 돈을 많이 버는 직업이 바로 전문 헌터였다.

목숨을 걸고 악마의 탑에 들어가 아이템과 몬스터의 부산물을 구해 오는 헌터는 모든 젊은이가 되고 싶어 하는 직업 1순위였다.

하지만 되고 싶다고 될 수 있는 직업은 아니었다.

싸움에 자신이 있는 사람이라고 하더라도 악마의 탑 1층에 있는 몬스터를 이기기 힘들었다.

그리고 1층 보스 몬스터는 전문적으로 단련된 사람 4명이 달라붙어야 겨우 이길 수 있는 정도였다.

현재 악마의 탑을 가장 높이 공략한 나라는 미국이라고 했다.

그들은 3개월 만에 악마의 탑 3층을 공략했다.

물론 육체적인 능력만으로는 공략이 불가능했을 것이다.

그들은 1층과 2층에서 구한 마법 아이템을 적절히 사용해 악마의 탑 3층을 공략하는 데 성공했을 것이다.

하지만 그게 끝이다.

1층부터 3층까지가 튜토리얼이라고 하면 4층부터는 본격적인 게임의 시작이었다.

제대로 된 무기가 없다면 4층을 공략하는 것은 불가능했다.

육체적인 한계가 있는 인간은 절대 4층의 몬스터를 이길 수가 없다.

아니, 이긴다고 하더라도 4층 보스 몬스터에게 잡아먹히고 말 것이다.

도와줘야 할까?

아직은 그럴 때가 아니다.

이세계에서 쓴맛을 워낙 많이 봤기에 괜히 나서서 좋은 꼴을 못 본다는 것을 배웠다.

그리고 악마의 탑에서 많은 사람이 죽으면 마왕이 부활한다고는 하지만 그것은 거짓말에 가까웠다.

물론 악마의 탑에서 사람이 죽으면 그 기운이 마왕에게 흡수

되어 부활 시점을 앞당기기는 한다. 하지만 그 양은 미약했다.

악마들이 데빌 도어를 만든 이유는 따로 있었다.

집에서 한가로이 누워 생각을 정리하고 있는 동안 아버지가 슬며시 말을 꺼냈다.

"이제 돌아왔으니 일을 시작해야 되지 않겠니? 아빠를 따라 공사 현장에 가자꾸나. 넉넉하지는 않지만 그래도 입에 풀칠을 할 수는 있어."

사라진 1년을 가족들에게 어떻게 얼버무리기는 했다.

가족들은 정확히 이해하지는 못했지만 어쨌든 내가 고생했다는 것은 믿어주었고 며칠 동안 집에서 쉬는 것을 바라만 보았다.

하지만 이제 한계가 찾아온 것이다.

성인 남성이 집에서 누워만 있는 것을 지켜볼 부모가 어디 있겠는가.

그것도 한 끼가 아쉬운 지금의 상황에서 말이다.

"안 그래도 오늘부터 일자리를 알아볼 생각이었습니다. 조만간 가족들이 일을 나가지 않도록 해보겠습니다."

돈을 버는 것?

쉬운 일이다.

악마의 탑 1층만 돌아도 가족들이 1년은 먹고살 만한 돈을 구할 수 있다.

이 세계에서 가지고 온 아이템은 고스란히 내 품 안에 있었다.

그리고 내 애완동물이자 신수인 네르까지 데리고 왔기에 악마의 탑을 공략하는 것은 어려운 일이 아니었다.

물론 혼자의 힘으로 10층까지 공략하는 것은 무리였지만 6층까지는 네르와 함께라면 충분히 공략할 수 있었다.

나는 아버지의 등쌀에 밀려 집을 나왔다.

일단 데빌 도어가 있는 곳으로 가볼까.

한국에만 이세계에서보다 훨씬 많은 데빌 도어가 생겨났다.

이세계에서는 한 국가에 4개에서 6개 정도의 데빌 도어가 있었지만 한국은 도시 하나에 한 개 이상의 데빌 도어가 있었다.

악마들이 안달이 났네.

이렇게 많은 데빌 도어를 만들다니.

데빌 도어 주변을 무수히 많은 사람이 둘러싸고 있었다.

하지만 데빌 도어에 들어갈 수 있는 숫자는 단 4명.

주변에 있는 사람들은 데빌 도어에 들어가는 영웅들을 응원하기 위해 모인 이들이었다.

얼씨구. 치어리더까지 있네.

이제 겨우 2층을 공략하고 있는 사람이 뭐가 영웅이라고 저렇게 떠받드는지.

은근슬쩍 인파에 묻혀 저들을 구경했다.

"저 사람들은 원래 직업이 뭐였는지 아세요?"

열심히 손을 흔들고 있던 아저씨는 내 말을 듣고는 어이가 없다는 표정을 지으며 대답해 줬다.

"총각은 간첩이라도 되는 거요? 어떻게 그런 것도 모릅니까. 한국에서 제일 잘나가는 격투기 선수들이지 않았습니까."

아저씨의 말을 들으니 기억이 났다.

TV에서 저들이 격투기를 하던 장면도 본 것 같았다.

하긴 격투기 선수 정도는 되어야 악마의 탑 1층을 공략할 수 있겠지.

4명의 헌터들은 데빌 도어에 자리를 잡고 앉았고 곧이어 데빌 도어의 중심에 붉은빛이 생겨나면서 저들을 악마의 탑으로 이동시켰다.

수천 번도 더 봤던 장면이니 새삼 신기할 것은 없었다.

나도 슬슬 데빌 도어 안으로 들어가볼까나.

익숙한 향기.

악마의 탑 특유의 향기를 들이마셨다.

악마의 탑으로 들어가기 위해서는 네 사람이 있어야 했다.

하지만 나는 다른 방법을 알고 있었다.

7층을 공략하면서 얻은 마법 아이템.

바로 악마의 탑 프리 패스 아이템이었다.

악마의 탑이 사라진 이세계였고 나는 이 프리 패스 아이템을 버리려고 했지만 추억으로 남기기 위해 보관하고 있었다.

그게 이렇게 쓰일 줄이야.

악마의 탑은 이계나 여기나 전혀 다르지 않았다.

"여긴 네 번째 유형이네."

악마의 탑에 몇 번 들어오지 않은 사람은 매번 달라지는 환경에 신기해한다.

하지만 나는 수천 번 넘게 악마의 탑을 들락날락거렸고 악마의 탑의 환경은 10개의 장소 중 하나가 무작위로 골라진다는 사실을 알고 있었다.

"오늘은 간단하게 1층 몬스터를 사냥해 볼까."

이계에서 가지고 온 드래곤의 보관 상자에는 아이템은 물론이고 소량의 귀금속도 있었지만 팔 만한 물건들이 아니었다.

물건도 가치를 아는 사람이 있어야 제값을 받을 수 있다.

악마의 탑 3층도 제대로 공략하지 못한 사람들이 내가 가지고 있는 아이템의 가치를 알아차릴 수는 없다.

그리고 악마의 탑을 공략하기 위해서는 무기가 필수였다.

당장 돈을 벌자고 무기를 팔아버리는 것은 어리석은 행동이다.

"이야! 슬라임이네. 정말 오랜만이다. 슬라임을 보는 게 얼마만이야."

오랜만에 보는 슬라임이 반가웠다.

악마의 탑을 공략하기 위해서는 1층부터 시작해야 한다.

아무리 고층을 공략했다고 하더라도 무조건 1층부터 다시 시작해야 하지만 프리 패스 아이템이 있으면 그런 고생을 하지 않아도 되었다.

그래서 1층에서만 서식하는 슬라임을 보지 못한 지 오래된 것이다.

"우쭈주. 귀여워라. 근데 슬라임이 돈이 될까?"

슬라임은 가죽도 없었고 아이템도 쓰레기만 남겼다.

"바로 보스 몬스터 사냥하고 아이템이나 구해서 나가야겠네."

슬라임을 죽이는 방법은 간단했다.

검으로 슬라임을 상대하는 것은 멍청한 짓이다.

검에 잘린 슬라임은 빠른 속도로 몸을 재생하고 두 마리로 개체수가 늘어난다.

슬라임을 상대하기 가장 좋은 방법은 압사시키거나 태워 버리는 것이 좋다.

"보자, 보관 상자에 화염병이 있었던가?"

슬라임을 상대하는 데는 폭발력이 강한 아이템인 아크타르 폭탄을 사용할 필요도 없다.

단순히 기름이 담겨 있는 화염병 정도면 충분했다.

"여기 있네. 아직 남은 화염병이 있었네."

화염병 하나에 한 무더기의 슬라임이 타 죽었다.

일반 화염병이라면 이런 화염을 만들어내지 못한다.

지금 내가 던진 화염병은 특수한 기름이 들어 있었다.

4층에 서식하는 기름용의 내장에 보관되어 있는 기름이 재료였다.

"잘 타네. 보자, 슬라임이 있는 곳의 보스 몬스터는 아마 거대 슬라임이었지? 거대 슬라임은 좋은 아이템을 준 적이 없는데. 그냥 나갈까? 아니지. 이왕 왔는데 아이템은 가지고 나가야지."

거대 슬라임도 일반 슬라임과 마찬가지로 불에 약했다.

특제 화염병 두 개로 거대 슬라임을 단숨에 불태워 버렸다.

푹!

불에 타 끈적한 점액질이 된 슬라임의 몸을 반으로 갈랐다.

거대 슬라임이 아이템을 보관하는 장소는 몸의 중심이었다.

"역시 쓰레기 아이템이네."

[거대화 반지]

등급 : D

강도 : 7

순도 : 75%

몸집을 2배 늘려준다.

쓰레기 중에서도 쓰레기였다.

일반적인 거대화 반지는 몸집을 5배에서 10배까지 늘려주는 아이템이었지만 이것은 고작 2배였다.

"두 배니까 오히려 사용할 데가 있으려나. 모르겠다. 일단 나가서 팔아봐야지."

더 높은 층을 공략할 생각은 아직 없었다.

첫술에 배 부르려고 하는 것은 도둑놈 심보다.

투명화 망토를 덮어쓰고 밖으로 나왔다.

괜히 눈에 띄는 행동을 해서 좋을 것은 없었고 한적한 곳에 가서 망토를 벗었다.

"아이템을 사는 곳이 있으려나? 정보를 구하려면 어디로 가야 되지? 인터넷이 되면 바로 검색하면 되는데. 악마들은 왜 전자기기를 사용하지 못하게 했는지. 귀찮게 말야."

일단 정보를 모아야 했다.

정보를 구하기 위해서는 번화가로 가야 했다.

상점과 공공기관이 모여 있는 장소로 가면 필요한 정보를 얻을 수 있을 거라 생각했다.

"죄송한데, 근처에 상점이 모여 있는 장소가 있나요?"

길을 모를 때는 물어보는 것이 상책이다.

스마트폰이 있었다면 길 찾기 어플을 이용했겠지만 지금은 다른 사람의 도움을 받아야 했다.

"근처에 상점이 있는 곳은 당연히 헌터 협회가 있는 서울역이죠. 어디 딴 데 살다가 왔어요? 그런 것도 모르고."

헌터 협회라.

몬스터를 상대하기 위해 만든 협회인 것 같았다.

악마의 탑을 공략하는 것도 헌터 협회에서 주도하겠지.

헌터 협회가 있는 서울역은 여기서 거리가 조금 멀었다.

"오랜만에 이동 아이템을 써야겠는데."

[변환의 머리띠]
등급 : B
강도 : 2
순도 : 89%
원하는 형태의 야수로 변할 수 있다.

지속 시간 : 2시간(+30%)

먼 거리를 이동할 때는 작은 새 모양이면 되겠지.

변환의 머리띠를 착용하면 원하는 형태의 야수로 변신할 수가 있다.

장거리 이동은 역시 날개가 있는 야수가 적합했고, 사람의 눈에 띄지 않기 위해 속도는 그렇게 빠르지 않지만 크기가 작은 새로 변해 서울역으로 날아갔다.

서울역의 모습은 완전히 달라져 있었다.

부서진 건물들은 귀신의 집이 되어 있었다. 그래도 몇 개의 건물들은 여전히 건재한 모습을 하고 있었는데 그중에서 헌터 협회의 건물을 찾을 수 있었다.

헌터 협회 주변에는 여러 종류의 상점들이 있었다.

내가 원하는 곳은 아이템을 팔 수 있는 상점이었다.

[국제 아이템 상점.]
─몬스터 사체 고가에 매입합니다.
─아이템 전국 최저가로 판매합니다.

상술은 여전히 하나도 변하지 않았다.

고가에 매입하고 최저가로 판매한다는 뻔한 거짓말을 현수막으로 걸어놓은 상점이었지만 주변의 아이템 상점보다 규모가 컸기에 그곳으로 들어갔다.

"어서 오세요."

귀금속 가게처럼 꾸며 놓은 상점은 몬스터의 부산물과 C급 이하의 마법 아이템을 전시해 놓았다.

이계에서 저런 아이템은 줘도 갖지 않는 아이템이었다.

"아이템을 보러 오셨습니까? 딱 보니 헌터가 되기 위해서 상경하신 분 같은데. 요즘 헌터가 되기 위해서는 마법 아이템이 필수입니다. 아이템이 곧 스펙이지 않습니까. 헌터 시험이 얼마 남지 않았습니다. 다른 헌터 지망생들이 아이템을 구입하기 전에 사시는 게 좋을 겁니다. 초보 헌터들에게 필수적인 아이템이 바로 이 반지입니다. 능력치를 확 늘려주는 아이템이죠. 이거만 착용하면 몬스터를 한 방에 꽉!"

직원이 건네준 아이템을 얼떨결에 받아 들었다.

허……

[양날의 반지]
등급 : D
강도 : 6
순도 : 34%
능력치 상승 5%
피로 증가 70%

쓰레기 아이템이었다.

D등급의 아이템이 좋을 리는 없었지만 D등급 아이템 중에서도 손에 꼽힐 정도의 쓰레기였다. 악마의 탑에서 사냥을 하기 위해서 능력치를 상승시키는 것도 중요하지만 더 중요한 것은 체력이었다.

강한 몬스터를 상대하면 장기전이 될 확률이 높았다.

이 반지를 차고 악마의 탑에 들어가면 30분 안에 몬스터의 배 속에 들어가고 말겠네.

"반지의 능력을 정확히 알 수 있을까요?"

"정말 초보신가 보군요. 아이템은 착용하기 전에 능력을 확인할 수 없다는 것도 모르시고 말이죠. 한번 착용해 보세요. 능력치의 상승을 몸으로 직접 느낄 수 있을 겁니다."

고작 5% 상승인데 무슨.

한국도 이계와 마찬가지로 아이템을 확인하는 방법이 착용하는 것 말고는 없는 것으로 보였다.

아마 나만이 유일하게 아이템의 진정한 능력을 확인할 수 있을 것이다.

"괜찮습니다. 그것보다 아이템을 팔고 싶습니다. 저희 형이 헌터 시험을 준비하며 구입한 반지인데 판매하고 싶습니다."

있지도 않은 형을 만들어 내었다.

거짓말이라면 자신이 있었고 상점 직원은 아무런 의심도 없이 반지를 받아 들어 착용했다.

"오! 거대화 반지군요. 이 정도면 저희가 고가에 매입해 드리겠습니다. 거대화 반지는 크게 변할수록 가격이 떨어지거든요. 이 정도면 2배 정도 덩치를 키워주는 아이템 같군요. 좋아요, 아주 좋아요. 우리가 2천만 원에 구입하겠습니다."

콩나물 한 봉지를 사도 옆집과 비교하고 구입하는 법이다.

그런데 2천만 원이나 하는 마법 아이템이다.

한 번에 파는 것은 바보 같은 행동이다.

"다른 곳에 들렀다가 다시 올게요."

"우리 상점보다 더 높은 가격을 제시하는 상점은 없어요. 괜히 시간 낭비하지 마시고 우리에게 판매하세요."

나를 다급히 붙잡으려는 상점 직원을 뿌리치고 주변의 다른 상점에 들렀다.

발품을 팔아 반지를 2천3백에 팔아치웠다.

2천3백만 원이면 가족들이 몇 달을 일해야 벌 수 있는 돈이었다.

돈의 가치가 이전보다 5배는 떨어졌다고는 하지만 이 정도 액수면 적은 금액이 아니었다.

"고기나 사 들고 집에 가야겠네. 갑자기 이런 거액을 가지고 오면 가족들이 의심할 건데. 어디 취직을 해야 하나."

눈앞에 보이는 헌터 협회 간판이 나를 유혹하고 있었다.

"헌터나 될까?"

혼자 움직이는 것이 더 편했지만 가족들과 다른 사람에게 의심을 받지 않고 돈을 벌기 위해서는 헌터가 되는 것이 가장 좋아 보였다.

자리를 어느 정도 잡고 본격적으로 움직이는 것이 좋겠지.

*   *   *

서울 헌터 학원.

헌터 협회 건물과 마주 보고 있는 건물에는 20대 청년들이 줄을 길게 서 있었다.

그리고 그 줄에 나도 포함되어 있다.

내가 여기에 온 이유는 하나였다.

거대화 반지를 판 가게의 사장에게 헌터가 되기 위한 방법을 물어봤었다.

"헌터? 요즘 개나 소나 다 헌터가 되려고 하긴 하지만 자네가? 닭 모가지 하나 못 비틀게 생겼는데. 하여튼 헌터가 되고 싶다니까 방법은 얘기해 주겠네."

거대화 반지를 팔기 전까지만 하더라도 손님, 손님 하던 주인장은 대번에 태도를 바꾸고는 하대를 했다. 볼 장 다 봤다 이거지.

"헌터 협회에서 대대적으로 헌터를 모집하고는 있지. 헌터가 많을수록 아이템을 더 많이 모을 수 있으니까. 악마의 탑 1층 정도면 훈련받은 건장한 청년 네 명이면 충분히 공략할 수 있네. 하지만 난 분명 말했다네. 훈련받은! 즉 특전사나 특수 군인 혹은 어렸을 때부터 운동을 해온 사람이 아니라면 악마의 탑 1층을 공략하기는커녕 기본 몬스터 한 마리도 죽이지 못할뿐더러 동료들에게 짐만 되지."

주인장은 나를 이미 짐으로 생각하고 있는 것으로 보였다.

그런 눈빛을 받아보다니.

이계에 있을 때만 하더라도 나한테 잘 보이려고 아양을 떨던 기사가 한두 명이 아니었는데.

전문 군인? 운동선수?

기사 한 명이면 그들 한 분대도 충분히 상대가 가능했다.

그리고 나는 그런 기사들이 건들지 못하는 몇 안 되는 사람 중 하나였었다.

"그래도 자네 같은 사람도 헌터가 될 수 있는 방법은 있지. 바로 헌터 학원에 등록해서 훈련을 받는 거지. 조금 비싸긴 하지만 그래도 헌터가 되면 평생 끼니 걱정은 하지 않아도 되니까. 그리고 좋은 아이템 하나 주우면 로또 당첨이나 다름없지."

헌터 학원.

우리나라가 교육열이 뛰어나다는 건 알고 있었지만 헌터 학원까지 있을 줄이야.

처음 헌터를 모집할 때는 헌터 협회에 속한 임원들과 헌터들이 면접을 직접 보며 헌터를 선발했다고 했다. 하지만 신체 건강한 사람이라면 모두 헌터가 되고 싶어 했고 인력 부족으로 인해 대행업체를 만들어야 했다. 그렇게 해서 생긴게 된 것이 헌터 학원이었다.

헌터 학원에 등록하는 데는 육체적 능력이 필요 없었다.

돈만 있으면 다닐 수 있는 곳이 헌터 학원이었다.

물론 학원에 등록했다고 해서 모두 헌터가 될 수 있는 것은 아니다.

헌터 학원에서도 상위 10% 학생들만이 헌터 협회의 시험을 응시할 수 있었고 경쟁률은 20 : 1이 넘었다.

꼭 헌터가 돼야 하나…….

헌터 학원 앞에 길게 나 있는 줄이 줄어들고 있었고 안내 데스크에 도착할 때까지 고민을 했다. 헌터가 되는 것이 움직이기에 편할 것 같아 오긴 왔지만 학원까지 다니면서 헌터가 돼야 한다니.

"한국 제일의 헌터 학원에 오신 것을 환영합니다. 우리 학원은 이번 달만 특가로 저렴하게 등록비를 받고 있습니다. 단기 속성반은 900만 원이고 헌터 책임반은 1,200만 원을 받고 있습니다. 다른 달에 비해 100만 원 할인된 가격으로 등록받고 있으니 기회를 놓치지 마세요."

줄을 서면서 다른 사람들의 모습을 지켜봤다.

학원 앞에 줄을 서 있던 모든 사람이 헌터 학원에 등록한 것은 아니었다.

운동 경력이 있는 사람에게는 특별히 등록비를 대출해 주기도 했기에 거기에 기대를 걸고 온 사람들도 있었다.

헌터가 될 가능성이 보이는 사람에 한해 학원에서 등록비를 대출해 주었고 헌터가 되면 이자와 함께 등록비를 받는 제도가 있었다.

그 제도의 혜택을 받기 위해 많은 사람들이 학원 앞에 줄을 서고 있었다.

1,200만 원이나 하는 등록비를 선뜻 낼 정도의 사람은 많지 않았다.

"혹시 등록비 대출 제도를 생각하고 찾아오신 거라면 죄송하지만 마감이 되었습니다."

아직 내 뒤에도 많은 사람이 기다리고 있었다.

저 중 절반 이상은 대출 제도를 노리고 학원에 찾아온 사람들이었다.

딱 보니 내가 약해 보이니까 대출을 받을 가능성이 없으니 마감이 되었다고 하는 거네.

뭐 돈이 없는 것도 아니니까. 일단 등록을 할까?

"속성반하고 책임반의 차이가 뭔가요?"

"속성반은 2주 안에 학원 안에서 치르는 평가전에 참석할 수 있습니다. 물론 수업의 강도도 더 세죠. 보통 운동선수들이 단기 속성반을 많이 애용하죠. 일반 사람들은 책임반을 등록해요. 책임반은 말 그대로 헌터가 될 때까지 학원에서 책임지고 수업을 계속해 주는 방식이에요."

역시 학원을 하는 사람들의 머리란.

책임반은 속성반에 비해 2배가 넘는 가격을 내야 했다.

하지만 책임반에 등록했다고 해서 헌터가 될 수 있을까?

오히려 속성반에 비해 더 적은 사람만이 헌터가 될 수 있을 것이다.

육체적인 능력이 약한 사람들이 책임반에 등록할 것이고 아무리 훈련을 한다고 하더라도 조기 교육을 받으며 몸을 키운 운동

선수보다 강해질 가능성은 적었다.

책임반은 학원의 돈벌이 수단으로 보였다.

데빌 도어가 생긴 지 이제 세 달이 조금 지났다고 하는데 이런 쪽으로는 진짜 머리가 기발하게 돌아간다니까.

"속성반으로 등록할게요."

속성반이면 충분했다. 고작 헌터 자격을 얻기 위해 많은 돈을 지출하고 싶진 않았다.

하지만 접수처의 직원은 바로 말 바꾸기 신공을 사용했다.

"죄송합니다. 이미 속성반 인원은 정원이 초과되어서 지금은 책임반밖에 지원이 불가능합니다."

돈독이 제대로 올랐네. 아마 속성반은 헌터가 될 가능성이 높은 사람들만 지원을 받는 구조 같았다. 합격률이 높아야 학원 광고도 되니까. 나같이 약해 보이는 사람은 애초에 속성반에 받아 주지도 않는 것이다.

사람을 뭘로 보고. 어쩔 수 없지 돈이 아깝긴 하지만 책임반에 등록하는 수밖에.

돈을 받은 직원은 등록증을 나에게 끊어주긴 했지만 돈이 아깝다는 말을 목구멍 안에서 내뱉지 못하고 머금고 있는 것처럼 보였다.

"수업은 내일부터 시작합니다. 수업 시간은 오전 9시부터 오후 5시까지니까 늦지 않도록 해주세요. 1분이라도 지각하면 다른 학생들의 수업 환경을 위해 1시간을 기다렸다가 다음 수업 시간에 들어갈 수 있어요. 그리고 점심 도시락은 개별적으로 준비해야

돼요. 학원 내에 식당이 있긴 한데 가격에 비해 맛있지는 않아
요."

학원 식당이 맛없다는 말은 속삭이듯이 말하는 직원이었다.

내가 헌터가 될 가능성도 없이 등록비를 버렸다고 생각했기에
다른 돈을 버리지 말라고 해주는 말 같았다.

등록증을 받고 일단 집으로 돌아갔다.

집에 가는 길에 고기와 간단한 음식을 샀다.

이런 미친 물가가 있나.

불과 1년 전만 하더라도 아무리 비싸도 삼겹살 100g에 4천 원
이 넘지 않았었다.

그런데 지금 물가는 미쳐 돌아갔다.

100g에 8만 원이라니.

물가가 20배나 뛰어버리다니.

아무리 경제가 나빠졌다고 해도 그렇지.

장바구니에 음식 몇 개를 담지 않았는데 100만 원이 훌쩍 넘
게 나왔다.

돈을 빨리 벌어야겠는데.

거대화 반지를 판 돈으로 좀 견뎌보려고 했는데, 이 돈 가지고
는 몇 주도 못 견디겠네.

집으로 돌아가 가족들에게 헌터 등록증을 보여주었다.

"네가 헌터를 한다고? 평생 싸움이라고는 모르고 살아온 네가?"

부모님은 당연히 나를 걱정했고 눈물을 머금고 나를 말렸다.

이거 내 능력을 말할 수도 없고, 말한다고 해서 믿지도 않겠

지만.

"고기도 사 왔네. 오빠, 돈이 어디서 생겨서 고기를 사온 거야?"

봉지를 뒤적거리던 여동생은 붉은 살을 자랑스럽게 빛내고 있는 삼겹살을 보며 군침을 흘리고 있었다.

"모아둔 돈이 조금 있었거든. 아버지, 이 돈 받으세요. 일단 제가 헌터가 되기 전까지는 이 돈으로 버텨 보세요. 조만간 돈 걱정 안 하고 살게 해드리겠습니다."

학원 등록비와 음식을 산 돈을 제외한 모든 돈을 아버지에게 주었다.

아버지는 아들이 주는 돈을 받지 않으려고 했지만 차마 거절하지 못하고 돈을 받아 어머니에게 주었다.

지금 이 돈이면 가족들이 몇 달을 고생해야 벌 수 있는 금액이었다.

"일단 지켜봐 주세요. 제가 헌터가 되지 못하면 아버지를 따라 건설 현장에 나가겠습니다. 그러니 오늘은 즐겁게 고기나 구워 먹죠."

내가 돌아온 첫날에 어머니는 집에 있는 거의 모든 재료를 이용해 요리를 해주었었다.

쌀밥에 계란 프라이, 그리고 된장찌개.

우리 집에 있던 최고의 재료를 모두 사용한 음식이었다.

조만간 매일같이 고기반찬을 먹도록 해줄게요. 조금만 참으세요.

이계에서의 습관 덕분에 아침 해가 뜨기 전에 눈이 떠진다.

나를 이렇게 만든 것은 빌어먹을 스승님의 지옥 같은 훈련이었다.

"생각하지 말자. 괜히 기분만 울적해지지. 오늘이 헌터 학원 첫 수업이지. 일단 수강료는 지불했으니까 헌터가 되긴 해야겠네."

악마의 탑을 공략하지 않고 이대로 두어도 지금은 괜찮았다.

혼자 공략을 하는 것은 불가능하기도 했고 악마의 탑의 영양분이 되는 사람들의 능력이 이계의 기사들보다 약했기에 악마의 탑에서 매일같이 수백 명이 죽어도 최소 몇 년은 있어야 마왕이 부활을 할 수 있다.

지금 악마의 탑과 악마에 관한 정보를 나보다 많이 알고 있는 사람은 없을 것이다.

일찍 일어난 김에 아침이나 해드려야겠어.

고된 일과에 지친 가족들은 여전히 잠에서 깨어나지 못하고 있었고 나는 처음으로 가족들에게 요리를 해주었다.

물론 맛있는 것은 아니었다.

어머니는 귀한 재료로 왜 쓰레기를 만들었냐고 타박을 하긴 했지만 그래도 인간이 먹지 못할 정도의 음식은 아니었다.

"넌 가만히 있는 게 도와주는 거야."

어머니의 말을 가슴에 새기고 앞으로는 절대 부엌에 가지 않겠다고 다짐했다.

"이런, 잘못하면 늦겠는데? 빨리 가야지."

오늘도 야수 변환 아이템을 이용해 빠르게 헌터 학원이 있는 장소에 도착했다.

이른 시간이었지만 여전히 긴 줄이 늘어서 있었다.

나도 헌터 학원이나 하나 세울까?

이 장사, 완전히 앉아서 돈 버는 일 같은데.

수강생 전용 입구가 있었기에 줄을 설 필요는 없었고 나는 수업 시간보다 5분 일찍 강의실에 도착할 수 있었다.

비록 대학을 다니지는 않았지만 정규 교육을 모두 마쳤기에 수업을 듣는 것이 그렇게 어색하지는 않았다. 하지만 우락부락한 덩치들만 있는 강의실은 처음이었다.

보자, 좋은 자리가 어디 있나.

우락부락한 남자의 옆에 앉고 싶은 마음은 한 톨도 없다.

이계에서 돌아올 때 결심한 것이 몇 개 있었는데 그중 하나가 제대로 된 연애를 해보는 거였다. 여기서 연애 상대를 찾을 수 있을 거라고는 생각되지 않았지만 그래도 남자보다 여자 옆에 앉고 싶었다.

두 개씩 붙어 있는 책상에 유독 비어 있는 자리가 눈에 들어 왔다.

그리고 그 옆자리에는 건강미가 넘치는 여자 한 명이 접근 불가 오라를 풍기고 있었다.

그 오라에 다른 남자들은 옆자리에 앉지 못하고 지켜만 보고 있었다.

간이 큰 남자 몇 명이 그 자리에 앉으려고 했지만 표독스러운 눈빛에 의자에 엉덩이를 붙이지 못하고 있었다.

못난 놈들.

사나이면 기개가 있어야지. 한 번 쳐다봤다고 엉덩이를 드는 꼬라지하고는.

"옆에 자리 없으면 앉을게요."

'당신한테는 관심 없다'는 듯한 시크한 남자 콘셉트로 홍일점의 옆자리를 차지했다.

따가운 눈빛이 사방에서 느껴졌고 옆자리의 홍일점도 표독스러운 눈빛을 보내긴 했지만 강사가 들어왔기에 다른 말을 하지는 못했다.

"다들 모였나? 다들 헌터가 되기 위해 헌터 학원에 등록했다고 믿겠다. 나는 1기 헌터이자 여러분의 지도를 맡게 된 김대혁이다. 다들 내 후배 헌터가 되길 바란다."

수강생들이 수군대었다.

"정말 김대혁 헌터님이 우리 강사가 되는 거야? 역시 큰돈을 내고 등록한 보람이 있어."

"그러게 말이야. 김대혁 헌터가 우리를 가르친다면 분명 우리도 헌터가 될 수 있을 거야. 우리나라 최초로 악마의 탑 2층을 공략한 분이시잖아."

광신도들의 집단도 아니고 강사 한 명에 의해 집단 최면이라도 걸린 것 같았다.

얼마나 잘난 사람인지 한번 볼까?

육체적인 능력은 중하급. 특수 능력은 없어 보이고 전투 센스는 직접 보지 않고는 모르겠지만 이계의 기사보다 강할 확률은 제로에 가깝네.

일반 사람치고는 강한 편이긴 하네. 하지만 그것뿐이지.

악마의 탑 4층 일반 몬스터한테 이길 확률은 0%겠네.

수업을 하게 될 강사의 능력치를 대충 뽑아봤다.

저런 사람이 한국에서 이름을 날리는 헌터라니. 한국 헌터의 수준은 보지 않아도 뻔했다.

"첫 시간은 몬스터가 생겨난 이유와 악마의 강림, 그리고 악마의 탑에 대해 설명해 주겠네. 이미 잘 알고 있는 내용이겠지만 우리가 상대해야 할 몬스터들과 악마에 대해서 한 번 더 경각심을 가진다는 의미로 수업에 집중해 주길 바란다."

"네!"

참새 짹짹! 할 것 같은 분위기의 강의실이었다.

모든 수강생은 잡담 한마디 하지 않고 초롱초롱한 눈으로 김대혁 강사에게 집중을 했다.

일단 무슨 말을 하는지 들어볼까.

이계하고 사정이 다를 수도 있으니까.

"몬스터가 처음 생겨난 곳은 러시아였지. 그리고 가장 큰 피해를 입은 국가도 러시아였다. 처음 몬스터가 생겨나자 러시아는 군대를 이용해 몬스터들을 제압하려고 했지만 악마들에 의해 전멸당하고 말았지. 그리고 러시아의 중심에 악마의 탑이 생겨났고, 악마의 탑이 생긴 이후 전자 기기는 그 능력을 완전히 상실하고 말았다네."

지루한 얘기가 계속되었다.

다들 아는 얘기인데 뭘 저렇게 집중해서 듣는지.

강사는 악마의 강림 이후 생겨난 데빌 도어와 악마의 탑에 대한 설명을 계속해서 했고 결국은 자기 자랑으로 마무리 지었다.

"데빌 도어를 통해 들어간 악마의 탑은 지옥이었지. 수많은 몬스터가 달려들었고 나와 동료들은 목숨을 걸고 전투를 벌였네. 그 결과 1층의 몬스터들을 사냥할 수 있었다네. 작은 부상을 입었지만 우리는 곧장 2층으로 올라갔지. 2층의 몬스터는 인간의 한계를 뛰어넘는 능력을 가지고 있었다네. 여기 있는 흉터가 2층의 몬스터들을 상대하면서 생긴 것이지."

지금 병아리들을 데리고 거짓말을 하고 있는 거지?

악마의 탑 3층까지는 약한 몬스터들이 자리 잡고 있다.

튜토리얼을 목숨 걸고 했다는 게 자랑도 아니고.

내가 2층에서 상처를 입었다면 부끄러워서 죽을 때까지 비밀로 하겠는데.

오전 수업은 강사의 자기 자랑으로 계속되었다.

슬라임을 잡는 법을 장황하게 설명하는 강사의 말에 나는 더 듣고 싶은 마음이 사라져 버렸고 조금씩 눈이 감겨왔다.

첫날부터 자면 안 되는데.

하지만 무거워지는 눈꺼풀을 막지 못했고 서서히 자세가 무너졌다.

그렇게 얼마의 시간이 지났을까.

누군가가 내 어깨를 흔들었다.

"아니, 어떻게 김대혁 강사님이 수업을 하는데 잘 수가 있는 거죠? 코까지 골면서 말이죠. 이럴 거면 왜 헌터 학원에 등록하신 거예요? 차라리 그 돈으로 식료품이나 사시지."

볼이 잔뜩 부풀어 오른 홍일점이 열을 내며 말했다.

"쉬는 시간인가 보죠? 저도 안 자려고 했는데 수업이 조금 지루해서 말이죠. 그건 그렇고, 이렇게 본 것도 인연인데 통성명이나 하죠. 저는 최진기라고 합니다."

"저는 이설아라고 해요. 그런데 앞으로 대화할 일은 없어 보이네요. 낙오자랑 친하게 지내고 싶은 생각은 없으니까요."

오! 도도한데.

이설아는 차갑게 자리에서 일어났다.

나도 일어나 볼까.

오전 수업이 끝났으니 점심을 먹어야 했다.

내가 준비해 온 도시락은 1인분이라고 하기에는 양이 엄청났다.

역시 어머니의 사랑이란 위대하단 말이지.

오늘 처음 본 사람들이 대부분일 텐데 벌써 삼삼오오 짝을 맞춰 식당에서 도시락을 먹고 있었다. 부티가 나는 몇 명의 사람은 식당의 음식을 사 먹고 있긴 했지만 대부분의 수강생들이 준비한 도시락을 먹고 있었다.

헌터 학원에 등록했다는 것은 집에 돈이 좀 있다는 뜻인지라 도시락을 준비해 오지 못한 사람은 거의 없었다.

보자, 혼자 밥 먹고 있는 사람 없나? 나도 밥은 혼자 먹고 싶지는 않은데.

이설아는 다른 곳에서 점심을 먹고 있는지 그녀의 모습은 보이지 않았다.

저기 혼자 밥 먹고 있는 사람이 있긴 하네.

키가 작고 깡마른 몸매의 남자아이 하나가 식당 구석에서 초라한 도시락을 먹고 있었다.

"혼자인 것 같은데 같이 먹어도 되죠? 혼자 밥 먹는 건 질색이라서요."

"네, 앉으세요."

나는 김치와 밥이 전부인 도시락을 먹고 있는 그에게 어머니의 사랑이 듬뿍 담긴 도시락을 나누어 주었고 우리는 금방 친해졌다.

"저보다 형이시네요. 저는 강현수라고 하고 이제 21살 되었어요."

"너나 나나 헌터가 될 몸은 아니라고 보이는데, 너는 왜 헌터가 되려고 하는 거야?"

"저도 제가 약하다는 것을 알고 있어요. 하지만 이대로 살고 싶지 않아요. 제가 헌터가 되려고 한다는 말을 했을 때 친구들이 비웃었지만 저는 꼭 헌터가 되고 말 거예요."

성격 변화를 위해 헌터가 되겠다는 거지?

뭐, 알아서 잘하겠지.

같이 밥을 먹었다는 이유 하나로 꽤나 친해진 우리는 다음 수업을 위해 육체 수련장으로 함께 이동했다.

육체 수련 시간은 군대 훈련소 같은 분위기였다.

돈을 내고 유격 훈련을 받아야 된다니.

유격 훈련 강사는 당연히 김대혁이었고 그의 주변에서 이번에 헌터 자격을 취득한 초보 헌터들이 조교 역을 하고 있었다.

헌터 협회에서 헌터 학원을 운영하고 있나?

이거 완전 그 밥에 그 나물인데.

"모두 집중한다. 육체 수련 시간은 조금 강압적으로 진행하겠다. 존칭은 생략하겠다. 다들 받은 번호표를 가슴에 달아라. 이제 번호가 훈련생들의 이름이다. 14번 훈련생, 알겠나?"

군대에서의 기억이 새록새록 생각나네.

멀쩡한 이름을 두고 왜 번호로 사람을 부르는지. 이게 다 일제의 잔재라니까.

"14번 훈련생!"

14번이 누구야? 빨리 대답이나 하지. 교관이 소리치는 거 듣기 싫어 죽겠구만.

"진기 형, 형이 14번이에요."

보니까 내 가슴에 붙어 있는 번호가 14번이었다.

"네! 알겠습니다."

"앞으로 대답은 간결하게 '네!'만 한다."

"네!"

이거 귀찮은 게 하나둘이 아니네.

첫 시간에 졸아서 그런지 김대혁은 나를 매의 눈으로 지켜봤다.

이런 동작을 하는 게 힘들 리가 없잖아.

내가 이계에서 어떤 훈련을 받았는지 알면 이러지 못할 텐데.

유격 훈련의 꽃인 PT체조가 육체 훈련의 기본이었다.

가장 힘든 PT 8번을 할 때는 김대혁은 아예 내 옆에 다가와 지적을 할 준비를 하고 있었다.

이런 걸로 실수할 리가 없다니까.

내가 완벽히 PT체조를 하자 김대혁은 아쉽다는 표정으로 다시 돌아갔다.

땀 냄새가 진동하네.

실내에 훈련장이 있었기에 제대로 환기가 되지 않았고 몇 달 신은 양말 냄새가 체육관을 빨래 통으로 만들고 있었다.

쉽게 훈련을 하는 사람도 있는 반면 죽을상을 하고 있는 사람도 여럿 있었다.

특히 내 옆에 있는 강현수는 이미 사경을 헤매고 있었다.

"현수야, 힘들면 좀 쉬엄쉬엄해."

"괜히 형 옆에 있어서 강사님이 우리 쪽에만 있잖아요."

나를 항상 주시하고 있는 김대혁에 의해 애먼 강현수만 계속 지적을 받았다.

"이게 다 뼈가 되고 살이 되는 훈련이야. 열심히 해. 너는 특히 몸이 약해서 이런 훈련이 꼭 필요해."

"형은 저랑 비슷한 체형을 갖고 있는데 힘들지 않나 봐요. 무슨 꼼수를 부리고 있는 거죠?"

꼼수는 무슨.

이런 애들 장난 같은 훈련에 꼼수를 부릴 정도로 내가 약하지는 않지.

"아직 말할 힘이 있군. 휴식은 없다. 다시 PT 8번 준비!"

동지에 수십 명이 나와 현수를 바라봤다.

이렇게 빨리 인기인이 될 줄은 몰랐는데.

김대혁은 우리를 근육 돼지로 만들 생각인지 잠시의 쉬는 시간도 없이 PT 체조를 시켰다. 시간이 지날수록 비명 소리도 들려오지 않았다.

비명 소리 대신 거품을 물고 있는 사람은 있었지만 말이다.

"다들 수고했다. 그럼 오늘 수업을 끝내겠다."

오후 수업도 끝이 났다. 오전은 정신교육, 오후는 육체 수련. 하지만 첫 주가 지나면 오전도 육체 수련 시간으로 바뀐다고 했다.

알고 있는 정보가 없으니 일주일면 교육이 끝나는 거지.

이딴 수련을 시키면서 비싼 돈을 받아 처먹다니. 완전 도둑놈들이네.

온몸에 힘이 풀려 쓰러져 있는 강현수의 다리를 끌고 나갈지, 머리채를 잡고 나갈지 고민을 하고 있는 동안에 뇌까지 근육으로 되어 있는 것을 자랑하는 돼지 몇 마리가 다가왔다.

"너 뭐 믿고 이렇게 깽판을 부리냐? 높은 곳에 끈이라도 있어?"

높은 곳에 끈이 있긴 했다.

조상님들이 하늘나라로 가셨으니 그곳에 연이 있는 거나 다름이 없지.

"형님, 저딴 놈이 끈이 있겠니까? 그리고 아무리 끈이 있다고 하더라도 형님의 아버지에 비하면……."

"우리 아버지 얘기는 함부로 꺼내지 마."

여기가 헌터 학원이 아니라 연기 학원이었던가?

짜고 치는 게 완전 사기도박 수준이구만.

금수저가 헌터 학원에 다닐 이유는 없었다. 중산층이거나 조금 잘사는 집안의 사람들이 다니는 곳이 헌터 학원이었다.

"내가 경고했다. 앞으로 지켜보겠어. 한 번만 더 튀는 행동 하면 너, 내 손에 죽는다."

돼지 3인방은 엉덩이를 씰룩거리면서 체육관을 떠나갔다.

"진기 형, 저 사람 아버지가 헌터 협회에 소속된 사람이라고 하던데요? 김대혁 헌터님하고도 안면이 있는 사람으로 보였어요."

"그래? 줄로 헌터가 되겠다는 거네. 악마의 탑이 그렇게 만만하지는 않을 건데. 뭐, 내가 자기 인생 대신 살아주는 것도 아니고 자기 목숨은 자기가 챙겨야지."

헌터 수업이 끝나고 나는 바로 집으로 돌아가지 않았다.

악마의 탑에 들어가 확인할 것이 있었다.

이계에서 내가 가장 믿을 수 있는 존재의 봉인을 풀기 위해서였다.

그곳에는 나를 아버지로 생각하는 신수가 봉인되어 있었다.

작은 고양이의 모습을 하고 있는 네르는 금방이라도 끊어질 것 같은 미약한 숨소리를 내고 있었다.

이계에서의 마지막 전투에서 나를 보호하다 당한 상처였다.

생명 유지 반지가 네르의 숨을 붙잡고 있었고 네르를 치료하기 위해서는 악마의 탑에서 서식하는 몬스터의 정수가 필요했다.

그것도 강한 마기를 가지고 있는 몬스터의 정수.

현재 내 능력으로 공략할 수 있는 악마의 탑 층수는 고작 5층에서 6층 정도였다.

물론 모든 아이템을 풀가동시킨다면 7층까지도 공략할 수 있겠지만 그렇게 되면 타격이 너무 컸다.

5층 정도면 정수를 가지고 있는 보스 몬스터가 간혹 모습을 드러내기도 했었다.

"이번은 초원이네. 초원이면 마계 사자가 서식하겠네."

말이 끝나기가 무섭게 머리에 검은 보석이 박힌 사자들이 나타났다.

"역시 뻔하지. 이계나 여기나 똑같네. 악마들은 발전이 없다니까."

마계 사자의 약점은 머리 정중앙에 달고 있는 보석이었다.

저 보석은 사자의 심장과도 같은 역할을 했다.

보석이 부서지지 않는 이상 마계 사자는 무한한 체력과 재생력을 가지게 된다.

하지만 보석을 부숴서 마계 사자를 잡고 싶지는 않았다.

마계 사자의 보석은 다이아몬드보다 광채는 물론이고 강도도 더 뛰어났다.

"꼭 약점을 공략해서 사냥하란 법은 없으니까."

마계 사자는 보통 10마리 미만의 무리를 이루며 생활했다.

보통 사자들은 한 마리의 수사자가 여러 마리의 암사자를 거느리고 다니겠지만 마계 사자는 정반대였다. 한 마리의 암사자가 여러 마리의 수사자를 거느리며 여왕처럼 행세했다.

"거기, 여왕벌 아줌마, 내가 급전이 필요한데 머리에 달린 보석 나한테 무상으로 양도해 줄 생각 없어? 내가 언젠가는 꼭 갚아줄게. 안 갚아줄 수도 있고."

"크아앙!"

"열 받았어? 아니, 내가 이렇게 정중히 말했는데 화를 내면 어떻게 해. 누가 몬스터 아니랄까 봐. 거기 남자 망신시키는 놈들은 자리 좀 비켜주지? 내가 저 암사자랑 은밀히 할 말이 있어서 말이야."

말이 통하지 않는 몬스터들이었다.

자리를 비켜 달라고 하니 오히려 달려들고 있었다.

말귀를 못 알아들은 게 내 책임은 아니지.

나는 마계 사자 무리가 근처에 다가올 때까지 기다렸다.

저런 마계 사자 따위에 무기를 사용할 필요는 없었다.

모습을 감추고 있던 문신이 내 팔에 드러났다.

"이 문신이 뭔지 궁금하지? 내가 조직 생활을 해서 있는 것은 아니고. 너희 같은 남자 망신시키는 몬스터들을 교육시켜 주려고 새긴 문신이야."

마계 사자들은 매우 적극적으로 교육에 참여했다.

사방에서 이빨을 들이밀며 공격하는 사자의 아가리에 주먹을 집어넣어 주었는데 짠맛이 강하게 느껴졌는지 마계 사자는 바닥을 기어 다녔다.

"오늘 화장실 가고 손 안 씻은 것 같은데, 미안해."

다른 마계 사자들도 짠맛을 느끼며 바닥을 기어 다녔다.

보석이 부서지기 전에는 절대 쓰러지지 않는 마계 사자지만 내 공격은 예외였다.

육체 강화술에 당한 몬스터들은 재생력이 사라진다.

목숨을 잃지 않았지만 겨우 숨을 내쉬고 있는 마계 사자의 머리에서 보석을 뽑아내자 더는 숨소리가 들려오지 않았다.

"이제 여왕벌 아줌마만 남았네요. 남편들이 다 떠났는데 혼자 남아서 뭐하겠어요. 이만 가세요."

나는 암사자의 입에도 똑같이 주먹을 날렸다. 여러 개의 이빨이 청아한 소리를 내며 부러져 나갔다.

암사자의 머리에 달린 보석은 다른 마계 사자보다 배는 높은 가치를 가지고 있다.

여러 가지 마법 아이템의 재료가 되는 것은 물론이고, 장식용으로 사용해도 매우 훌륭했다.

가공하는 것이 힘들기는 하지만 원석 그대로 장식하는 것만으로도 집 안 분위기를 고급스럽게 해주는 효과가 있다.

아쉽게도 마계 사자의 몸에는 마기의 정수가 없었다.

하지만 아직 5층의 보스 몬스터가 남아 있었다.

"마계 사자가 있는 곳이면 보스 몬스터는 당연히 하드쿤이겠네."

하드쿤은 강한 몬스터이긴 하지만 약점도 뚜렷했다.

하드쿤을 처음 사냥할 때는 죽음의 고비를 몇 번이나 넘겼었지.

6개의 머리를 가지고 있으며 스치기만 해도 몸이 녹아내리는 극독을 내뱉는 하드쿤은 머리를 잘라내도 1분이 지나지 않아 새로운 머리가 솟아오른다.

동시에 6개의 머리를 베어낼 능력을 가지고 있지 않으면 상대하기 어려운 몬스터다.

하지만 그런 어려운 방법 말고도 하드쿤을 쉽게 사냥하는 방법이 있었다.

그 방법을 알고 난 후에는 하드쿤을 쉽게 상대할 수 있었다.

보관 상자에 그게 남아 있나 모르겠네.

드래곤의 보관 상자에 서식하는 정령을 불러내 원하는 물건을 찾아내었다.

다행히 슬라임의 원액으로 만든 약이 남아 있었다.

슬라임은 악마의 탑 1층에 서식하는 가장 약한 몬스터 중 하나이다.

재생력이 뛰어난 것을 제외하면 가장 상대하기 편한 몬스터였고, 이계에서는 초급 기사들이 악마의 탑에 적응하기 위해 상대하는 몬스터이기도 했다.

슬라임은 목숨을 다하면 점액질로 변했다. 우리는 슬라임의 시체를 활용할 방법이 있는지 여러 번 실험을 한 결과 의도치 않게 하나의 약을 만들었다.

흡수제.

슬라임의 시체로 만든 약을 우리는 흡수제라고 불렀다. 이 흡수제를 복용하고 약을 먹으면 그 약효가 바로 나타난다.

소화제를 먹기 전에 흡수제를 복용하면 바로 신호가 와 화장실로 뛰어가야 할 정도다.

이 흡수제로 어떻게 하드쿤을 사냥하냐고?

그냥 먹이면 된다.

하드쿤의 독은 목 안의 주머니에 보관되어 있었다. 흡수제를 먹은 하드쿤은 점액질의 흡수제에 의해 자신의 독에 중독되고 만다.

독을 품고 있는 하드쿤이었기에 독에 대한 내성이 강했지만 흡수제의 빠른 흡수 능력을 감당할 정도는 아니었다.

하드쿤에게 흡수제를 먹이는 방법은 정말 간단했다.

하드쿤은 6개의 머리를 가지고 있는 만큼 식욕도 왕성했다.

서로 먹이를 차지하기 위해 6개의 머리가 싸우는 장면도 종종 봤었다.

"네가 좋아할지는 모르겠지만 성의를 봐서 맛있게 먹어줘."

마계 사자의 뒷다리 안에 흡수제를 듬뿍 발라 하드쿤에게 던져 주었고, 하드쿤은 걸신이 들린 것처럼 뒷다리 살을 한입에 삼켜 버렸다.

준비한 보람이 있네. 저렇게 맛있게 먹어주다니.

치이이익!

하드쿤의 몸이 빠르게 녹아내리고 있었다.

조금 지나면 하드쿤의 몸 전체가 녹아내릴 것이다.

이대로 가만히 두면 하드쿤의 사체는 쓰레기가 되어버린다.

하드쿤은 시체는 여러 가지 아이템을 제작하는 데 사용되는 재료이기도 했다.

"아껴야 잘사니 버릴 수는 없지."

남은 5개의 목은 고통을 참아내지 못하고 서로를 물어뜯고 있었다.

나는 서로의 목을 마지막 만찬으로 삼고 있는 하드쿤의 등을 검으로 찔러 심장을 파내었다.

하드쿤의 마기를 가장 많이 머금고 있는 부위가 심장이다.

대부분의 몬스터가 심장에 마기를 보관하고 있다.

마기를 머금은 심장은 특수 능력이 있는 아이템을 만드는 데 필수적인 재료였다.

"이제 공예를 해볼까."

공사장에 나가는 아버지와 공동 농장에서 일하는 어머니와 여동생을 위해 나는 돈을 구해야 했다.

아이템을 파는 것이 가장 좋은 방법이었는데 보관 상자에 있는 아이템들은 팔기엔 성능이 너무 뛰어났다.

이런 아이템을 판다면 헌터 협회의 이목을 피할 방법이 없다.

준비도 되지 않은 상태에서 이목이 집중되는 것은 사양이다.

이계에서도 많이 겪었다. 마법 아이템을 구걸하는 사람들과 훔치려는 사람들.

그런 사람들이 이계에만 있을 리는 없었다.

오히려 탐욕은 여기가 더 심하면 심했지 약하지는 않을 것이다.

"거대화 반지가 2천만 원이 넘게 팔렸으니까 이번 아이템은 한 8천만 원 정도로 나가게 만들어야겠어. 그 정도면 내가 헌터가 되기 전까지는 견딜 수 있겠지."

이계에도 무기를 만드는 장인들이 여럿 있었다.

하지만 마법 아이템을 만들 수 있는 장인은 나 하나뿐이었고, 다른 마법 아이템들은 악마의 탑을 공략하면서 구할 수밖에 없었다.

그리고 나만의 필살기.

마법 아이템에 문양을 새겨 넣어 또 다른 능력을 추가할 수가 있다.

내 몸에 새긴 문양과 동일한 종류의 문양을 무기에 새겨 넣으면 원하는 능력을 추가할 수가 있다.

다른 금속을 융합해 마법 아이템을 만들고 거기에 문양을 새겨 넣으면 A급 이상의 마법 아이템을 만들 수는 있지만 지금은 그 정도의 아이템은 필요 없다.

"C급 정도의 아이템이면 충분하겠지. 보자, 재료는 뭐로 할까나."

보관 상자에 낡은 검 같은 게 있을 리가 없었다.

오랜만에 질이 떨어지는 아이템을 만들려고 하니 뭔가 부족한 게 자꾸만 나왔다.

"그래, 마계 사자의 이빨로 보호 능력이 있는 아이템을 만들면 되겠네."

웬만한 무기에 다 문양을 새겨 넣고 활성화시킬 수는 있었지만 유독 몬스터의 이빨은 문양과 궁합이 좋았다.

구리에서 전기가 잘 통하는 것처럼 몬스터의 이빨은 문양의 능력을 잘 받아들이는 성질을 가지고 있다.

나는 보관 상자 안에서 공구를 꺼냈다.

공구라고 해봐야 작은 바늘과 염색약이 전부였다.

바늘은 몇 개의 금속을 융합해 만들어 강도가 매우 뛰어났지만 하도 많이 사용해 앞이 조금 뭉툭해져 있었다. 하지만 그럼에도 여전히 날카로웠기에 마계 사자 이빨 따위에 문양을 새겨 넣기에는 충분했다.

이 작업은 조금 귀찮았고, 이계에서 여러 장인들에게 부탁을 해보았지만 문양을 새길 수 있는 능력을 가지고 있는 장인을 찾을 수 없었다.

집중력과 힘을 동시에 가지고 있어야 했다.

무거운 망치를 두드리는 장인들이지만 섬세함은 조금 떨어졌다.

섬세함은 누구에게도 뒤지지 않을 자신이 있다.

참고로 나는 세계 기능 대회 금메달 보유자다.

백분의 일 ㎜를 손으로 맞출 수 있는 능력이 없다면 불가능한 일이다.

처음 문양을 새길 때 아주 작은 오차라도 있으면 문양은 단순한 장식이 되고 만다.

사각사각!

바늘이 마계 사자의 이빨을 파고 들어가 흠집을 내기 시작한다.

이미 수백 번이 넘게 해본 작업이었다.

머리가 반응하기도 전에 손이 먼저 움직였다.

마계 사자의 이빨에 보호의 문장을 새겨 넣는 데 10분도 걸리지 않았다.

"기계가 있으면 대량생산을 할 수 있을 텐데."

전자 기기가 사라진 것이 아쉬웠다.

도면만 잘 만들면 내가 문양을 조각하지 않아도 대량생산이 가능한 작업인데.

"보자, 보호의 문장이 잘 새겨졌나?"

[보호의 송곳니]
등급 : C
강도 : 5
순도 : 69%
재생력 증가 : 5%
피해 면역 : 15%

C등급치고는 잘 나온 아이템이었다.

하지만 이계에서는 거들떠도 보지 않는, 일반 병사들에게나 나눠 줄 법한 아이템이었다.

그래도 여기서는 비싼 가격에 팔아 치울 수 있으니까.

아직 악마의 탑을 제대로 공략하지도 못했으니 이 정도의 능력을 가지고 있는 아이템이 흔하지는 않겠지.

Chapter 2

암시장

아이템을 만들기는 했지만 이전처럼 상점에 물건을 판매할 수는 없었다.

C등급 이상의 아이템은 헌터 협회에서 직접 관리하는 품목이라 일반 상점에 팔았다가는 순식간에 들이닥치는 헌터들에게 해명을 해야 하는 상황이 벌어진다.

하지만 방법이 없는 것은 아니다.

양지가 있다면 음지가 있는 것은 당연했고, 어둠의 루트를 찾아 나서야 했다.

양지에서 물건을 팔 때보다 값은 떨어지겠지만 귀찮음을 피하는 것이 더 중요했다.

"암시장이 있다는 얘기는 들었는데, 어디에 있는지 아는 사람이 없네."

암시장에 대한 정보도 우연히 들어 알게 되었다.

헌터 학원에서 수업을 듣는 학생들이 아이템에 대한 얘기를 했었다.

"헌터가 되려면 마법 아이템을 하나 이상은 필수로 가지고 있어야 되잖아. 지금 내가 가지고 있는 돈으로는 E급 무기 정도밖에 구할 수 없는데, 걱정이다."

"뭐야, 넌 벌써 헌터가 된 것처럼 얘기한다. 헌터가 얼마나 되기 힘든데. 그리고 아이템을 누가 상점에서 구입하냐? 암시장에 가면 훨씬 저렴하게 구입할 수 있는데. 일반 상점에서 E급 무기를 구입할 돈이면 암시장에서 돈 조금만 더 보태면 D급 무기는 맞출 수 있는데."

"넌 날 바보로 알고 있는 거 아냐? 당연히 암시장에서 E급 무기를 살 정도의 돈이 있다는 거지. 우리 집이 그렇게 잘사는 게 아니거든."

대화를 종합해 보았을 때 암시장이 존재한다는 사실을 알게 되었다.

인터넷이라도 되었다면 지식인에 묻기라도 했을 텐데.

결국 정보를 얻기 위해서는 지출이 필요했다.

나는 거대화 반지를 판매한 상점을 찾아갔다.

상점 주인은 당연히 나를 반겼다.

거대화 반지를 판매한 판매자를 기억 못 하면 상점을 운영할 능력이 없는 사람이겠지.

"오늘은 어떤 물건을 판매하려고 왔습니까? 아니면 구입을 하시려고요?"

손까지 비비며 다가오는 상점 주인에게는 미안하지만 목적은 그게 아니었다.

"오늘은 물건을 판매하거나 구입하려는 게 아니라 궁금한 게 있어서요."

급변하는 표정. 손님이 아니라는 판단이 서자 행동거지를 바로 바꾸는 상점 주인이다.

언제 내가 다시 고객이 될지 모르는데, 이러면 곤란하지.

그래도 일단 아쉬운 쪽은 나였기에 비상금으로 가지고 있었던 돈뭉치를 상점 주인에게 슬쩍 찔러 넣어줬다.

"아이고! 이런 걸 다. 그냥 물어보시면 되는데."

퍽이나. 내가 돈을 찔러주지 않았다면 절대 대답을 해주지 않을 거면서.

"암시장을 이용하고 싶은데, 규칙이 어떻게 되는지 알고 싶습니다. 위치도요."

"암시장이라면 아이템 상점을 하는 사람이라면 어쩔 수 없이 찾는 곳이지. 하지만 혼자 암시장을 가는 것은 매우 위험한 일이네. 음지에서 활동하는 곳이다 보니 위험한 일도 많이 생긴다네."

"동료들하고 같이 이용할 생각입니다. 크게 걱정하지 않으셔도 돼요."

"헌터 학원에 등록했나 보군. 그렇다면 암시장이 궁금할 만도 하지. 일반 사람이었다면 억만금을 내 손에 쥐어준다고 해도 알려주지 않겠지만, 헌터 지망생이라면 알려줘야지."

자꾸만 마음에도 없는 소리를 해대는 상점 주인이었다.

"암시장은 서울역 뒤편에 기차 잔해가 잔뜩 쌓여 있는 곳에서 열린다네."

서울역이면 헌터 협회가 있는 곳에서 멀지 않은 장소였다.

"암시장이 그렇게 음지에서 움직이는 것은 아닌가 보네요. 헌터 협회와 가까운 곳에서 암시장을 연다는 것은 헌터 협회에 커넥션이 있는 거 같은데요."

"나 같은 소상인이 뭘 알겠어. 근데 내 생각으로도 암시장에서 벌어들이는 수익 중 일정 부분이 헌터 협회에 들어가는 것은 분명할 게야. 자세한 것은 나도 모르겠고, 어쨌든 참가비를 내면 암시장 안으로 들어갈 수가 있다네. 참가비는 1인당 150만 원이네. 최근에 가봤기에 금액은 바뀌지 않았을 걸세. 그다음 암시장에 들어가면 여러 사람들이 깔아놓은 가판이 보일 걸세. 하지만 절대 거기서 물건을 구입하면 안 된다네. 간혹 대박을 치는 경우도 있지만 가판에 있는 대부분의 물건은 쓰레기들이라네. 한번 구입하면 환불이 되지 않으니 싼값에 혹해서 물건을 구입해서는 손해만 볼 걸세. 가장 좋은 아이템을 구입하기 위해서는 경매장을 이용해야 하지. 하지만 경매장은 D급 상급 무기들이 거래되기에 돈이 많지 않다면 절대 구입할 수 없을 걸세. 경쟁도 치열하고 말이지. 경매장 다음으로 상급의 무기들을 파는 곳은 암시장이 직접 운영하는 상점이라네. 거기서 파는 물건들은 인증서도 붙어 있어 나름 믿고 살 만하네."

상점 주인에게 쥐어준 만큼의 정보를 구했다.

경매장이 있단 말이지.

경매는 내 전문이었다. 이계에서 경매장을 운영해 본 경험도 있었고, 사기를 당하지 않을 자신도 있었다.

경매장에서 파는 물건들이 D급 중 상급이란 말이지?

괜히 C급 아이템을 만든 건가.

어쨌든 가보면 알겠지.

암시장이 낮에 열리는 경우는 세계 어디를 가도 없었고, 밤이 깊어지기를 기다려야 했다.

나는 잠시 집에 돌아가 몸을 씻고 가족들이 잠에 빠져든 틈을 이용해 암시장으로 향했다.

더는 움직이지 못하는 기차들이 벽을 만들고 있었고, 전기가 없어 빛을 내는 건물이 없는 서울역 부근, 유일하게 미세한 불빛에 흘러나오는 곳에서 암시장이 열리고 있다.

어깨 형님들이 입구를 막고는 참가비를 받고 손목에 도장을 찍어주고 있었다.

이거 꼭 클럽에 입장하는 기분이네.

"150만 원!"

자신이 하는 일에 보람을 느끼지 못하는지 무뚝뚝한 어깨 형님의 말에 따라 참가비를 내고는 손목에 도장을 받았다.

암시장에 들어가자 상점 주인이 말한 대로 가판을 깔고 있는 사람들이 호객 행위를 하고 있었다.

"다른 데 가지 말고 여기서 물건을 구입하세요. 안에서는 비싸기만 하지, 좋은 무기를 구하지 못합니다. 전국 최저가로 아이템을 팔고 있습니다."

"우리 가게는 힘을 무려 세 배나 올려주는 팔찌가 있어요! 자, 다들 둘러보고 가세요!"

하지만 가판의 물건에 관심을 주는 사람은 몇 되지 않았다.

암시장 경험이 별로 없는 사람들이나 상인들의 달콤한 말에 속아 지갑을 열었다.

가판에 있는 아이템을 살 돈도 없네.

참가비가 내가 가지고 있던 비상금의 전부였다.

나머지 돈은 부모님에게 다 드렸기에 가판에서 파는 가장 허름한 물건도 구입할 수 없었다.

뭐, 아이템을 팔아서 돈을 벌면 되니까.

물건을 구입하기 위해 암시장을 찾은 것은 아니다.

경매장에서 몇 번 나오지 않은 C급 아이템을 팔기 위해 암시장을 찾은 것이다.

호객 행위를 하는 상인들을 지나 안쪽으로 들어가자 드디어 고급스러운 옷을 입고 있는 상인들의 모습이 보였다.

암시장의 꽃은 경매였고, 아마 암시장에서 가장 많은 수익을 내는 곳도 대체로 경매장이었다.

그랬기에 경매장은 암시장의 중앙에 위치하고 있었다.

엄청난 크기의 천막 주변에는 모든 사람이 가면으로 얼굴을 가리고 있었다.

나 또한 얼굴을 검은 천으로 대충 가리고 암시장을 찾았다.

암시장을 찾은 이유가 귀찮음을 피하기 위해서였기에 얼굴을 최대한 가렸다.

"물건을 구입하시려면 참가비 300만 원을 내셔야 합니다. 그리고 물건을 판매할 목적으로 찾아오셨다면 따로 검증을 받아야 합니다. 물건을 팔러 오신 것 같은데 검증 절차를 밟으시겠습니까?"

내가 그렇게 가난해 보이는 건가?

하긴 얼굴을 검은 천으로 가린 사람이 경매에 참가하겠다는 생각을 하지는 않겠지.

"네, 부탁드리겠습니다."

안내를 받아 들어간 곳은 자칭 아이템 분석과 검증 전문가라고 하는 사람들이 있는 장소였다.

"판매할 물건을 보여주세요. 우리가 보유하고 있는 전문가들은 세계 어디를 가도 손꼽히는 아이템 감정 능력을 가지고 있습니다. 우리는 신용을 가장 우선으로 합니다. 사기는 의심하지 않으셔도 됩니다."

아이러니하지만 일반 상점에서 아이템을 파는 것보다 경매장에서 물건을 판매하는 것이 더 안전하다고 느껴졌다.

높은 가치의 물건이 있어야 경매장의 수익 또한 늘어나기에 거짓을 말할 이유가 없었다.

나는 C급 아이템인 보호의 송곳니를 직원에게 건네주었다.

감정 작업은 철저히 개방된 장소에서 이루어졌고, 판매자에게 믿음을 주기 위해 조심스럽게 진행되었다.

어떤 방식으로 아이템의 능력을 감정하는 거지?

나처럼 아이템 고유의 능력을 볼 수 있는 능력이 없으면 정확한 속성과 능력을 알기 어려울 건데.

"아르바이트생 나오세요."

이제 20살이 갓 넘어 보이는 남자 한 명이 천막 뒤에서 걸어 나왔다.

설마 일일이 다 실험을 해보는 건 아니겠지?

내 예상은 정확히 적중했다.

"아이템을 실험하는 사람의 능력치를 저희가 미리 측정해 놓았습니다. 여기 있는 표를 참고해 주세요."

아르바이트생의 능력치를 미리 실험한 표를 건네받았다.

100m 달리기부터 턱걸이, 그리고 숨을 얼마나 참는지까지, 수십 가지의 항목이 표에 적혀 있었다.

꽤나 꿀알바겠네. 공사장에서 일하는 것보다 훨씬 나아 보이는데?

아르바이트생은 꿀알바 직을 놓치고 싶지 않은지, 최선을 다해 감정 작업에 참여할 준비를 했다.

"아이템의 능력을 알고 계시면 말씀해 주세요. 감정 시간이 단축될 수가 있습니다."

시간을 길게 끌 이유가 없어 대강의 능력을 설명해 주었다.

"재생력을 조금 증가시켜 주고 피해 면역 능력도 있습니다."

감정사들의 표정이 단번에 바뀌었다.

그럴 수밖에 없는 것이 마법 아이템에는 하나의 능력이 있는 것이 보통이었고, 그런 아이템이 대부분이었다.

하지만 내가 가지고 온 아이템은 두 가지 능력을 가지고 있었을 뿐만 아니라 전투에 가장 필요한 능력들을 포함하고 있었다.

"바로 확인해 드리겠습니다."

감정사들의 지시에 따라 아르바이트생은 보호의 송곳니를 착용했고 바로 실험에 들어갔다.

재생력 증가를 확인하는 방법은 정말 단순했다.

헌혈을 하기 전에 혈액형을 검사하는 기구로 손끝에 상처를 내 피가 마르는 시간을 측정하는 것이다.

"확실히 효과가 있습니다. 제가 보기에는 재생력이 8% 정도 증가하는 것 같습니다."

"나도 같은 생각이네. 그래도 8%는 너무 많은 것 같군."

감정사들은 서로의 의견을 맞추기 위해 아르바이트생의 손끝에 여러 번 상처를 내었고, 근사치의 능력치를 얻어 내었다.

"재생력 증가는 6%로 결정하겠습니다."

"동의한다네. 그럼 이제는 피해 면역을 확인해야 할 차례군."

여전히 문양이 새겨진 몬스터의 이빨에 두 가지의 능력이 있다는 것을 믿지 못하는 표정을 하고 있는 감정사들이었다.

굳이 입 아프게 설명해 줄 필요는 없지. 알아서 알게 될 테니까.

두 번째 감정 작업도 바로 시작되었다.

무식한 방법이지만 가장 효과적인 감정 방법.

아이템을 착용하기 전에 종아리를 후려친 후, 아이템을 착용하고 다시 한 번.

멍이 드는 정도를 보고 감정을 했다.

아르바이트생 돈 좀 많이 받아야겠네. 세상에 편하게 돈 버는 방법은 없네.

한창 아르바이트생의 고뇌에 대해 진지하게 고민하고 있을 때 아이템의 감정이 끝났다.

"축하드립니다. C급 아이템으로 확인되었습니다. 저희가 최고의 가격으로 아이템을 팔아드릴 것을 약속드립니다. 여기 계약서가 있습니다."

계약서에는 아이템의 소유권이 나한테 있다는 것을 정확히 명시해 주었고, 판매금의 20%를 암시장에서 가진다는 항목이 포함되어 있었다.

20%면 나쁜 장사는 아니지.

오히려 일반 상점에서 파는 것보다 더 많이 벌 수 있겠는데.

"경매에 참석할 수 있는 자격을 드리겠습니다. 판매자 지정석에서 아이템이 얼마에 팔려 나가는지 직접 확인하실 수 있습니다."

확실히 암시장은 달랐다.

아이템을 어디서 구했는지에 대해서는 절대 묻지 않았고, 오로지 경매에 관한 이야기만 해주었다. 그들의 그런 행동에 믿음이 생겼다.

암시장의 경매는 어떤 방식으로 이루어지는지 궁금했기에 판매자 지정석에서 경매를 구경하기로 했다.

경매장은 암시장이라는 생각이 들지 않을 정도로 고급스럽게 꾸며놓았다.

여러 가지 예술품을 주변에 설치했고, 구입자와 판매자가 앉아 있는 테이블 위에는 금값이나 다름없는 과일들이 세팅되어 있었다.

하긴 입장료가 얼만데. 이 정도는 해줘야지.

경매는 간단하게 D급의 거대화 반지부터 이루어졌다.

어디서 많이 본 아이템인데.

저거 내가 상점에 판 거대화 반지잖아!

뒤통수를 후려 맞은 기분이었다.

일반 상점의 주인이 암시장에 물건을 팔 생각을 하다니.

나에게 암시장의 위치를 알려준 상점 주인이 여기에 참석했다는 생각이 들었고, 판매자석에 앉아 있는 사람들을 둘러보았다.

모두 가면을 쓰고 있었기에 한눈에 알아보기는 힘들었지만, 체형은 숨길 수가 없었다.

역시 상점 주인도 참가했네. 나한테 2천3백만 원에 구입한 반지가 얼마에 팔려 나가는지 지켜보겠어.

거대화 반지의 기본 판매가는 천5백만 원부터 시작했고, 순식간에 나에게 구입한 금액을 돌파해 버렸다.

최종 낙찰 금액은 3천4백만 원.

단순히 물건을 사고파는 일만으로 천백만 원의 이득을 챙긴 것이다.

암시장에 20%를 떼어 주어도 8백만 원 정도의 수익을 챙겼다.

저따위 아이템이 저렇게 비싸게 팔려?

상점 주인에게 속았다는 생각보다, 내 예상보다 높은 금액으로 책정되어 있는 아이템의 가격에 더욱 놀랐다.

잘만 하면 대박 치겠는데.

보호의 송곳니가 8천만 원만 넘게 팔려 나가도 대박이라고 생각했었다.

아무리 C급 아이템이 흔치 않다고는 하지만 쓰레기 같은 능력 두 개가 붙어 있는 아이템이 그렇게 비싼 가격에 팔려 나갈 거라고는 생각하지 못했다.

하지만 거대화 반지 따위가 3천4백만 원에 팔려 나갔으니, 내 기대치도 높아졌다.

떨리는 마음으로 계속해서 경매를 지켜봤고, 보호의 송곳니는 가장 마지막 시간에 공개되었다.

"우리 경매장이 생기고 C급 아이템이 나온 적은 몇 번 없습니다. 그리고 오늘 또 다른 C급 아이템이 경매에 나왔습니다. 재생 능력 강화와 피해 면역 능력을 가지고 있는 아이템입니다. 전투에 가장 필수적인 능력을 두 개나 가지고 있는 아이템입니다. 여분의 목숨을 가지고 싶지 않으십니까? 이 아이템은 착용자에게 하나의 목숨을 더 준다고 약속드립니다."

두 개의 목숨은 개뿔.

주먹질 한 대 정도 커버해 주면 다행이지.

"기본 시작 금액은 5천만 원입니다."

5천이라, 대박인데.

5천만 원만 가지고 돌아가도 한동안 우리 가족들이 일을 나가지 않아도 되겠어.

5천만 원으로 할 수 있는 것들을 상상했다.

매일같이 고기반찬을 먹을 수 있고, 후식으로 과일도 먹을 수 있겠네.

너무 먹는 것만 생각했나?

먹는 생각에 행복해하고 있는 동안 가격은 미친 듯이 올라가고 있었다.

"8천 나왔습니다. 8천2백! 더 없습니까? 8천5백 나왔습니다."

어느새 경매액은 내가 예상한 금액을 훌쩍 뛰어넘어 버렸다.

"1억! 드디어 1억이 넘었습니다."

억 단위를 넘은 경매는 여전히 뜨거웠고, 최종 낙찰 금액은 2억 3천만 원이 되었다.

고작 보호의 송곳니로 2억을 넘게 벌다니.

이계에서는 쓰레기 취급 받던 아이템이 여기서는 최고가에 팔려 나가는 아이템이 되어버렸다.

"낙찰 금액을 받아 가세요."

역시 암시장은 투명 경영을 실천해 보였다.

계약서에 적혀 있는 20%의 수고비를 제외한 1억 8천4백만 원을 007 가방에 담아주었다.

"집으로 안전하게 호송해 줄 인원이 필요하시면 지원해 드리도록 하겠습니다. 따로 추가금을 받지는 않습니다."

007 가방을 품에 안고 암시장을 빠져나가는 사람은 어쩔 수

없이 관심을 끌 수밖에 없었고, 도둑놈들이 군침을 흘리게 하기 충분한 요소였다.

하지만 나는 일반 사람이 아니니까.

"괜찮습니다. 혼자 돌아가도록 하겠습니다."

"암시장을 벗어나서는 저희가 책임지지 않습니다."

"걱정하지 마세요."

나는 잠시 화장실을 들러 007 가방을 무한대에 가까운 보관 능력을 가지고 있는 드래곤의 보관 상자에 넣은 후 색이 다른 옷으로 갈아입었다. 그리고 얼굴을 가리는 천까지 색을 바꾸어 착용했다.

사람들은 절대 나를 알아채지 못할 것이다.

하늘을 나는 새가 사람이라고 상상하는 사람이 있지 않는다면 말이다.

나는 2억에 가까운 돈을 가지고 집으로 돌아왔다.

역시나 나를 노리고 기다리는 사람들이 있었다.

내가 골목으로 들어가는 순간 몇 명의 어깨 형님들이 나를 쫓아왔었다.

그들은 내가 갑자기 사라지자 가만히 있는 쓰레기통을 뒤졌다.

내가 보호의 송곳니의 판매자라는 것을 아는 사람은 암시장에 관련된 이들뿐일 텐데.

암시장에서 돈을 노리고 어깨들을 보낸 건가?

확실하지도 않은데 이번은 그냥 넘어가자.

돈을 가지고 집에 돌아온 뒤 용돈을 제외한 모든 금액을 부모님께 드리고 싶었지만 돈의 출처를 제대로 설명하지 않은 채로 무작정 드릴 수는 없었다.

그래서 티가 나지 않을 정도의 금액만 부모님께 드렸다.

"제가 이제 돈을 벌어 오겠습니다. 더는 공사장하고 농장에 나가지 마세요."

"네가 무슨 수로 돈을 벌어 오겠다는 거니? 네가 아무리 기능 대회 금메달리스트라고는 하지만, 이제 그 능력을 필요로 하는 곳도 없지 않니?"

"기계를 만드는 곳은 없어졌지만 여전히 제 능력은 살아 있어요. 걱정하지 마시고 힘든 일은 그만두세요. 저만 믿으세요. 제가 언제 실망시켜 드린 적이 있나요?"

"없지. 하지만……"

헌터가 되겠다는 말을 아직은 하지 않았다.

헌터 합격증을 받고 말씀드릴 생각이었다.

내 능력이라면 헌터가 되는 것은 기정사실이지만 만약이 있었다.

실망감을 안겨 드리고 싶지 않았기에 가족에게 비밀을 하나 더 만들었다.

헌터가 되고 나면 돈을 지원하는 것이 이상하지 않을 것이다.

그러려면 일단 학원을 가야겠지.

하늘을 나는 야수의 형태로 변신해 수업 시작 전에 도착했고, 현수가 맡아놓은 자리에 앉았다.

현수도 어지간히 낯을 가리는 아이였다.

나랑 있으면 눈총을 받을 걸 뻔히 알면서도 다른 친구를 사귈 생각을 하지 않고 있으니.

"여! 잘 잤냐?"

눈이 퀭한 현수였다. 나처럼 어제 암시장이라도 다녀온 것인가?

암시장에 다녀와 한 시간도 제대로 자지 못한 나보다 훨씬 피곤해 보였다.

"몸이 비명을 질러서 제대로 잠을 잘 수가 있어야죠. 다른 수강생들을 보세요. 눈을 제대로 뜨고 있는 사람이 있는지."

어제 수련이 그렇게 힘들었나?

물론 유격 훈련이 쉬운 훈련은 아니지만 그렇다고 해서 잠을 제대로 자지 못할 정도는 아니었다. 헌터 지망생들이라면 말이다.

다들 책임반에 들어온 이유가 있었네.

육체가 완성된 사람이라면 책임반이 아니라 단기반에 다니고 있을 것이다.

이런 체력을 가지고 몇 명이나 헌터가 되려나.

어제 잘난 척을 그렇게 하던 금 수저 세 명도 힘든 기색을 숨기지 못하고 책상에 머리를 묻고 있었다.

오! 유일한 홍일점인 이설아는 그래도 고개를 들고는 있었다.

자존심으로 견디고 있는 것 같은데.

"형, 강사님 오셨어요."

삐딱한 자세로 이설아를 구경하고 있던 나를 현수가 흔들어 강제로 자세를 바로잡았다.

착한 놈일세.

"어제 훈련이 힘들었나? 첫날이라 근육통이 심했을 것이다. 하지만 내 훈련을 잘 따라만 온다면 분명 훌륭한 헌터가 될 수 있다. 다들 포기하지 말고 따라와라."

시크하게 말하는 김대혁의 말에 수강생의 눈에서는 하트가 뿅뿅 튀어나왔다.

남자한테 하트를 받는 악취미가 있는 사람이었네. 멀리해야겠어.

"야! 너도 눈에서 하트를 쏘면 어떻게 하냐?"

현수도 예외가 아니었다.

"멋있잖아요. 따라와라! 캬! 멋있다."

저런 게 통하는 시대인가? 나도 연습 좀 해야겠는데.

"오전은 몬스터의 종류와 공략법에 대해서 설명하겠다. 어제 가장 기본적인 몬스터인 슬라임을 공략하는 법에 대해 설명했다. 다들 기억하고 있겠지?"

관심이 고픈 수강생 몇 명이 손을 들며 대답했다.

"슬라임은 불 속성 공격에 약하다고 하셨습니다. 검 같은 날카로운 무기를 이용하는 것보다 화염병으로 태워 버리는 것이 좋습니다. 만약 불을 만들 도구가 없다면 압사시키는 게 최선이라고 하셨습니다."

"잘 기억하고 있군. 그러면 오늘은 초원 늑대 공략법을 설명해 주겠네."

초원 늑대도 악마의 탑 1층에 서식하는 몬스터다.

슬라임보다 강한 공격력을 가지고 있긴 하지만 방어력이 워낙 약한 놈이었기에 오히려 슬라임보다 처리하기 쉬웠다.

이런 수업을 계속 들어야 돼?

이 생각이 드는 순간 갑자기 눈꺼풀이 무거워졌다.

또 자면 안 되는데.

어제도 괜히 찍혀서 귀찮았는데.

하지만 무거워지는 눈꺼풀을 막지 못했다.

"형, 일어나세요."

"왜 그래? 어제 한숨도 못 잤다고. 조금만 더 잘게."

"강사님이 형을 부르고 있어요. 빨리 일어나세요."

그 말에 눈을 비비며 책상에서 일어났다.

"자네 이름이 최진기라고 했지? 내 수업을 들을 필요가 없다고 생각하는 건가? 수업 시간마다 조는군."

오늘도 찍혔네.

저 사람은 나한테 관심 있나. 왜 나만 쳐다보고 있는 거야. 다들 졸고 있을 게 뻔한데.

주위를 둘러보니 강의실에 있는 모든 수강생의 눈이 퀭했다. 당연히 대부분의 수강생이 졸고 있었을 것이다.

본보기가 필요한가? 그리고 그게 나?

생각하니 열 받네.

"아닙니다. 열심히 듣고 있었습니다."

비싼 수강료를 생각해서 내가 참는다.

"그래? 열심히 들었다니, 초원 늑대를 공략하는 법도 잘 알고 있겠군. 설명을 해보거나."

아니, 초원 늑대를 사냥하는 데 공략법이 뭐가 필요하다는 말인가.

이계에 악마의 탑이 처음 생겨났을 때나 연구하던 초원 늑대 공략법이었다.

초원 늑대에 대한 관심을 지운 지가 언제인데.

그래도 대답은 해야겠지.

"초원 늑대는 공격력에 비해 방어력이 약한 몬스터입니다. 특히 관절 부분이 취약합니다. 그리고 초원 늑대의 공격력은 강하기는 하지만 쇠로 만든 방패를 뚫을 정도는 아닙니다. 방패와 무기를 잘 조합해서 관절을 노리면 어렵지 않게 사냥을 할 수 있습니다."

완벽한 대답이지.

이계에서 몬스터 공략법을 현자와 함께 만든 경험이 나에게 녹아 있었다.

"초원 늑대의 약점이 관절이었어? 강사님은 그런 말을 안 했는데."

"아무 말이나 막 지껄이는 거겠지. 알고 하는 말이겠어?"

수군거리려면 나한테 들리지 않게 말하든가. 예의를 물 말아

먹었나.

"관절이 약점이라는 사실은 아직 밝혀지지 않았지만 모든 생물의 관절이 약하니 틀린 말은 아니겠군. 한 번만 더 졸면 다음 번엔 강의실 밖으로 쫓아내겠다."

"알겠습니다."

쪼잔한 새끼.

결국 나는 특수 능력을 사용했다.

학창 시절 이후 봉인했던 기술.

팔짱을 끼고 책상에 기댄 후, 눈을 뜨고 자는 필살기.

"형, 수업 끝났어요. 밥은 먹고 해야죠. 형이 그렇게 수업에 집중할 줄은 몰랐어요."

"하암! 잘 잤다. 수업 끝났어? 그럼 밥 먹으러 가야지."

"잤어요? 헐. 어떻게 눈을 뜨고 잘 수가 있어요?"

"왜, 부럽냐? 궁금하면 알려줄 수는 있지만 쉽게 배울 수 있는 기술은 아니야. 많은 시간을 투자해야 습득할 수 있는 기술이지."

"형이나 많이 연마하세요. 저는 그냥 수업 듣고 말겠습니다."

체력 단련 시간은 어제와 다름없이 유격 훈련 방식의 수업이었다. 이번에도 김대혁이 나를 유독 심하게 지켜보긴 했지만 이런 애들 장난 같은 수련에는 땀 한 방울 흐르지 않는다.

나는 몸을 푼다는 생각으로 훈련을 받았고, 꽤나 상쾌한 기분이 들었다.

역시 사람은 몸을 움직여 줘야 컨디션이 올라간다니까.

"현수야, 넌 오늘도 죽을상을 하고 있냐. 이런 훈련도 못 견뎌서 어떻게 헌터가 되겠다고 그러냐? 너 원래 전공이 뭔데?"

체육관 바닥에 쓰러져 헥헥거리고 있는 현수는 나를 괴물 바라보듯이 쳐다보고 있었다.

같이 훈련을 받았지만 자신과는 너무도 다른 모습에 그런 생각이 드는 것은 이해하지만 그래도 어디 형한테 눈을 부릅뜨고!

픽!

"아야! 왜 남의 머리를 때리고 그래요."

"대답을 빨리 안 하니까 그러지. 원래 전공이 뭐냐?"

"제가 전공이랄 게 있나요. 대학교 1학년도 제대로 못 마쳤는데요."

"어디 대학교 다녔는데? 서울에서 살고 있는 걸 보니 G대학교쯤 다녔냐?"

"무슨 말씀이세요. 제가 이래 봬도 동네에서 신동으로 소문난 사람이었다고요. S대 경영학부에 다녔어요. 수능 만점자로 신문에도 실렸었는데."

수능 만점자가 헌터 지망생이 되려고 하다니.

이계로 가기 전 취업난에 명문대 학생들이 영주권을 따기 위해 용접을 배운다는 뉴스를 본 적이 있었지만, 헌터까지 되려 할 줄은 몰랐다.

"너 정도 머리면 오라는 회사 있지 않아?"

"몇 군데 있긴 했는데, 아르바이트생과 다를 바 없는 환경에서 근무하고 싶진 않았어요. 남자로 태어났으면 그래도 후회 없이 살아봐야 되지 않겠어요?"

"그게 헌터야? 게임 매크로 돌리듯이 악마의 탑 1층만 주야장천 공략하는 헌터가 멋지다고 생각하나?"

"지금이야 1층에 머물고 있지만 조만간 기술이 발전하면 더 높은 곳으로 올라갈 수 있지 않을까요? 악마의 탑에서 나오는 아이템도 늘어나고 있으니까 우리가 헌터가 될 때쯤이면 악마의 탑 3층까지는 공략할 수 있지 않을까요?"

"그건 모르지. 악마의 탑 3층에 가 있을지, 아니면 전멸을 당해 헌터 협회가 망할지."

"그런 말 하지 마세요! 제가 헌터가 되기 전에 헌터 협회가 망해 버리면 저 극단적인 선택을 할지도 몰라요."

현수랑은 대화를 하는 맛이 있었다. 내 말에 대한 호응도 좋고, 아는 것도 많아서 시간 가는 줄 몰랐다.

하지만 불청객이 끼어들었다.

"너, 내가 한 번만 더 수업에 방해되는 행동을 하면 가만두지 않는다고 했었지! 내 말이 우습게 들리냐!"

대화 상대로 초대한 적도 없는데 예의 없이 끼어드는 놈에겐 관심을 주지 않는 것이 제일이었지만 워낙 덩치가 큰 놈이라 관심을 주지 않을 수가 없었다.

"아니, 안 우스워. 지금 내 표정을 봐, 얼마나 진지해? 웃음기 하나 보이지 않고 있다고."

"어디서 말장난을 해! 너 오늘 나한테 좀 맞자."

얼간이 3인방의 대장 격인 근육 돼지가 몸을 움직이며 다가왔다.

얼마나 근육을 키웠는지 팔뚝이 몸에 닿지 않고 벌어져 있었다.

저런 몸이 보기에는 좋아도 전투를 하기에는 적합하지 않다.

공격을 담당하는 딜러가 되기 위해서는 날렵해야 하기 때문이다. 반면 탱커는 지방이 있어야 몬스터의 공격을 방어하기에 용이했다.

그런데 지금 나를 때리겠다고 한 건가?

밟아줘야 하나?

애들을 데리고 장난치는 건 내 스타일이 아닌데.

"너 이리로 와라. 가랑이 사이로 기어가면 이번은 용서해 주마. 아버지가 헌터 학원에서 사고 치지 말라고 신신당부를 해서 특별히 기회를 주는 거다."

"어서 말을 들어! 형님의 아버지가 한마디만 하시면 넌 학원에서 발붙이지 못한다고!"

"마지막 동아줄을 놓고 싶지 않으면 형님의 말대로 하는 게 좋을 거야!"

얼간이 3명이 동시에 입을 열자 정신을 차릴 수가 없었다.

애들을 상대로 손을 쓰지 않겠다는 다짐을 잊어버릴 정도로 말이다.

"가랑이 사이를 기어가면 되는 거지? 그게 뭐가 어렵다고. 그런데 내가 들어가기에는 가랑이가 너무 좁네. 조금 벌려줄래?"

남자와 살이 닿는 것은 사양이었다.

내가 지나갈 정도로 충분히 다리를 벌려줘야지.

벌리지 않는다면 내가 도와줄 수도 있고.

"아아아아!"

"미안해. 이 정도로 유연성이 떨어지는지 몰랐어. 그냥 살짝 벌린다고 한 건데. 쏘리!"

얼간이 대장의 다리를 한 발로 막고 반대편 발을 가볍게 톡 쳤다.

문양을 살짝 활성화시켰기에 내 발의 힘은 몬스터와 비슷했다.

"너무 화내지 말고. 근데 내가 기어가려면 네가 일어서야 하는데. 내가 도와줄게."

근육 돼지를 들어 올릴 생각을 하니 나도 모르게 팔에 있는 문양이 활성화되어 버렸고, 손아귀 힘은 바위도 가루로 만들 정도였다.

"아아아아아!"

"미안, 아팠어? 생각보다 엄살이 심하네. 가볍게 손을 잡은 것뿐인데. 그렇게 소리 지르면 내가 당황스럽잖아. 이거, 사과하기가 이렇게 어려운 줄 오늘 처음 알았네. 좀 기어가게 도와달라고. 나는 너희랑 싸우고 싶은 마음이 없다고."

너무 심하게 놀랐나?

얼간이 3인방의 얼굴은 잘 익은 사과처럼 붉어졌다.

"너희들, 퇴실하지 않고 뭐 하고 있나! 문을 잠가야 한다. 빨리 나가라!"

김대혁이 아직 체육관을 나가지 않은 우리에게 소리쳤다.

"강사님 덕에 산 줄 알아라. 다음에도 이런 행운이 있을 거라고 기대하지 마라."

물에 빠져도 죽을 걱정은 안 해도 되겠네. 주둥이만 물에 둥둥 뜰 테니까.

"형, 쟤 건드리지 않는 게 좋을 거예요. 아버지가 헌터 협회에 근무한다고 하잖아요."

"내가 건드렸냐? 자기가 알아서 찾아온 거지. 나는 먼저 다가간 적이 한 번도 없다고. 난 완전 억울하다. 빨리 일어나. 넌 형이 당하고 있는데 누워 있고 싶냐?"

"다리가 움직여야 일어나죠. 후들거려서 일어설 수가 없다고요."

"아무리 생각해도 넌 헌터가 되는 것보다 다른 길로 가는 게 좋을 거 같은데."

"다른 일 할 게 뭐가 있어요. 인간답게 살려면 헌터가 되는 것 말고는 없다고요."

"악마의 탑 1층에서 매크로 돌리는 헌터보다 좋은 직업이 있다면 할래? 너랑 딱 어울리는 일이 하나 있는데. 돈도 헌터보다 더 많이 벌 거야."

"그런 일이 있어요? 그러면 형이 하지, 왜 저한테 권유하는 거예요? 혹시 다단계?"

"내가 다단계를 할 사람으로 보이냐? 다단계를 하려면 화술이 좋아야 하는데 내가 입으로 사람 꼬실 능력이 있어 보여?"

"하긴 다단계로 성공한 사람은 얼굴이 잘생기거나, 화술이 뛰어나거나 둘 중 하나인데. 형은 둘 다 포함되지 않으니까."

"도와주려고 했더니, 싫으면 말아라. 너 말고 다른 사람 찾으면 되니까."

"일단 들어는 볼게요. 헌터보다 좋은 일이 뭐가 있는지."

"경영을 공부한 너라면 잘할 거야."

그렇게 내 전용 아이템 관리사를 구했다.

나 대신 경매에 참가하고, 관리를 해줄 사람으로 강현수가 딱이었다.

강현수는 고집을 부렸다.

"헌터 수업을 들으면서 충분히 할 수 있어요. 수업료도 아깝고 수업을 들으면 은근 건강해지는 게 느껴지거든요. 그리고 일은 주로 야간에 한다면서요."

"그렇지만 그분은 완벽주의자라고. 네가 피곤해서 제대로 일을 처리하지 못하면 넌 안정된 수익이 보장된 일자리를 잃을지도 몰라."

현수에게는 내 신분을 숨기고 그저 지인의 아이템을 관리하는 일이라고만 설명했다.

자기가 무슨 철인도 아니고, 유격 훈련 정도의 강도 낮은 훈련에도 헥헥거리면서 두 가지 일을 동시에 하겠다니.

"할 수 있다니까요! 제가 고등학교 때 별명이 독사였어요. 한 번 마음먹으면 절대 놓지 않는다고 강독사라고 불렀다고요."

강독사든, 강코브라든 그게 중요한 게 아니었다.

나는 오로지 아이템 관리에 집중해 줄 사람이 필요했다.

가만 보자. 그러고 보니 지금은 딱히 관리할 아이템도 없잖아.

"그래, 알았어. 일단 물어는 볼게."

"근데 진짜 아이템 관리만 하면 헌터와 비슷한 월급을 받을 수 있어요? 아무리 생각해도 그런 일자리가 있다고는 생각되지 않는데요."

"이게 속고만 살았나. 세상은 네 생각보다 넓고 다양하다고. 우물 안 개구리가 뭘 안다고."

"알겠어요. 그러면 오늘 저녁 9시에 서울역 앞으로 가면 되는 거죠? 근데 형도 나올 거예요? 혼자 만나는 건 좀 그런데……."

"이게 겁은 많아 가지고. 내가 네 똥고까지 닦아줘야 되냐? 싫으면 마라. 너 말고도 할 사람은 줄 섰으니까. 너 생각해서 말을 꺼냈더니 사람을 인신매매범으로 몰아가냐."

"아니에요, 제가 할게요. 안 그래도 생활비가 떨어져서 죽을 맛이었거든요. 무조건 제가 합니다!"

"진즉 그랬어야지. 그러면 오늘 9시까지 서울역으로 나와라."

오늘은 C급 아이템을 하나 더 만들기 위해 현수를 데리고 암시장에 갈 생각이었다.

C급 아이템을 하나 더 만들어야겠네. 하지만 이렇게 돈을 벌어도 제대로 사용하지도 못하는데.

돈은 버는 것도 어렵지만 쓰는 것도 어렵다.

준비가 되지 않은 상태에서 많은 돈이 있으면 날파리가 들끓

게 마련이다.

날파리가 무서운 것은 아니지만 귀찮았다.

귀찮음을 겪지 않기 위해서는 준비가 필요했다.

헌터가 되려고 하는 것도 그 준비의 일환이었다.

"9시까지 뭐 하면서 시간을 보내지? 일단 집에 갔다 와야 하나?"

집에 돌아와 보관 상자 안에 들어 있는 몬스터의 송곳니를 꺼내 C급 무기를 하나 만들며 시간을 보냈다.

가족들은 내가 무슨 짓을 하고 다니는지 궁금해 문가를 기웃거렸지만, 형식적인 미소로 대답을 대신했다.

무기를 만들고 잠깐 낮잠을 자니 약속 시간이 되었다.

짙게 낀 구름이 하늘을 더욱 어둡게 만들었지만, 암시장으로 가기에는 딱 좋았다.

뭐, 구름이 안 껴도 가기 좋은 날인 건 마찬가지지만.

늦을 것 같아 조금 서둘러 나왔는데 약속 시간보다 30분이나 일찍 도착했다. 하지만 현수가 먼저 와 있었다.

어지간히 긴장되나 보네. 저러다가 손톱 떨어져 나가겠어.

현수는 끊임없이 손톱을 물어뜯고 있었는데 손톱에서 피가 날 정도였다.

"자네가 진기가 말한 강현수인가?"

몸에 새겨진 문양은 능력치를 상승시켜 주는 능력만 있는 것이 아니었다.

육체 강화술의 상급 경지에 오르면 체형은 물론이고 목소리

변조까지 가능했다.

"안녕하세요, 강현수라고 합니다. 잘 부탁드립니다."

나한테나 그렇게 잘하지. 자기 월급 주는 사람이라고 되게 깍듯이 대하네.

평소에 나한테 하는 태도와는 많은 차이가 있었다.

비즈니스용 미소를 지으며 공손히 두 손을 모으기까지 했다.

"숫자에 강하다고 들었네. 앞으로 해야 할 일은 담도 커야 한다네. 암시장에 가본 적이 있는가?"

"얘기는 들었지만 직접 가보지는 않았습니다. 참가비가 부담스러워서 가볼 생각을 못 했습니다."

하긴 생활비가 없어 굶고 있는 현수가 암시장에 갈 리가 없지.

"알겠네. 그러면 오늘 나와 같이 암시장에 가도록 하지. 다음에는 자네 혼자 움직여야 할 때도 있을 걸세. 복면을 쓰게나."

말을 마친 뒤 현수에게 복면을 건넸고, 나도 직접 만든 가면을 썼다.

저번에 암시장에 갔을 때 검은 천으로 대충 얼굴을 가린 게 조금 부끄러웠다.

외관에 크게 신경을 쓰지 않았지만 그래도 없어 보이고 싶지는 않았다.

외관은 사람의 사회적 위치와 직결되기 때문에 거래를 할 때는 최대한 고급스럽게 차려입어야 했다.

"그럼 가지."

암시장은 여전히 서울역 뒤편에 있는 기차 잔해 사이에서 이루어졌고, 우리는 참가비를 내고 암시장으로 입장했다.

먹잇감을 노리는 가판대의 상인들이 목소리를 높이며 사기를 치려고 했지만 그들에게 관심을 주는 사람은 없었다.

"제가 가지고 있는 아이템을 헐값에 팝니다. 모든 아이템을 단돈 200만 원에 팝니다. 복불복입니다. 좋은 아이템이 있을 수도 있습니다."

살짝 구미가 당겼다.

저번에 반지를 되팔아 수익을 얻은 상점 주인이 생각났다.

한번 보고 갈까? 혹시 알아? 대박 아이템이 있을지.

"만져 봐도 됩니까?"

"그렇고말고요. 만진다고 해서 사라지지 않습니다. 마음껏 만져 보세요."

가판에 깔려 있는 아이템은 20개 정도였고, 하나씩 만져 보았다.

역시 쓰레기 같은 아이템이 대부분이었다.

오히려 전투에 마이너스 요소가 되는 아이템도 있었다.

착용자를 중독 상태로 만드는 무기? 이걸 들었다가는 몬스터와 싸우기도 전에 죽겠네.

그래도 모든 아이템이 다 쓰레기인 것만은 아니었다.

[체력의 팔찌]
등급 : C
강도 : 6

순도 : 48%

피로 회복 : 15%

체력 증가 : 10%

2억을 넘게 받은 보호의 송곳니와 비슷한 능력을 가지고 있는 아이템이었다.

고작 200만 원에 팔릴 물건이 아니었다.

하지만 판매자가 그 가격에 팔고 싶어 하니 사줘야지.

양심상 옆에 있던 단도도 같이 사주었다.

"이 팔찌랑 단도 주세요."

400만 원을 몇 분 사이에 쓰는 내 모습에 현수는 눈을 동그랗게 뜨고 놀라워했다.

400만 원으로 놀라면 어떻게 하냐. 이제부터 억 단위의 돈을 만질 사람이.

가판 거리를 벗어난 후 팔찌를 현수에게 내밀었다.

"팔찌를 차거라. 체력 회복에 도움이 되는 아이템이다. 고용 계약금이라 생각하거라."

"정말 가져도 되는 겁니까? 하지만 무려 200만 원이나 하는 아이템인데."

"괜찮으니 가지거라. 하지만 되팔지는 말거라."

헌터 수업을 들으면서 아이템 관리까지 하게 될 현수를 위한 선물이었다.

생활비가 부족해 아이템을 파는 일을 하지 못하게 해야 했다.

"생각보다 늦어졌구나. 따라오거라."

한번 와본 길이었기에 익숙하게 경매장으로 이동했고, 안내원을 따라 아이템 감정소로 향했다.

감정소로 들어가니 저번에 봤던 감정사들이 보였다. 나는 이번에 가져온 아이템을 감정사들에게 건네주며 말했다.

"C급 아이템이네. 피해 감소 능력과 민첩성 강화 능력을 가지고 있지."

바뀐 외모와 목소리 덕분에 나를 몰라보는 감정사들이었다.

이번 아이템도 아르바이트생의 눈물 덕분에 무사히 감정을 마쳤고, C급 아이템이라는 감정서와 계약서를 받았다.

"판매자석으로 안내하겠습니다."

이전에는 몰랐지만 판매자석에 갈 수 있는 사람은 제한적이었다. 최소 D급 중 상급 무기를 경매에 등록한 사람만이 갈 수 있는 곳이었다.

"잘 지켜보거라. 앞으로 자주 해야 될 일이니."

"알겠습니다. 눈 한 번 깜빡이지 않고 지켜보겠습니다."

현수는 집중해서 경매를 바라봤고, 나는 뜬눈으로 졸았다.

드디어 마지막 경매가 시작되었고, 내가 등록한 아이템이 나왔다.

경매는 이전처럼 광적으로 진행되었다.

확실히 C급 아이템은 아직 시중에 많이 풀리지 않은 것 같았다.

일반 상점이, 주인들이 전시 효과로 걸어둘 C급 아이템을 구하기 위해 혈안이 되어 있었으니까.

아이템의 능력치는 보호의 송곳니보다 떨어졌지만 더 비싼 가격에 낙찰되었다.

경매는 역시 타이밍이었다.

좋은 아이템이 낮게 팔려 나갈 수도 있었고, 반대의 상황도 생길 수 있는 게 경매다.

"저희가 내놓은 물건이 2억 5천만 원에 낙찰된 겁니까?"

현수는 귓속말로 소곤거렸다.

우리가 저 물건의 판매자라는 걸 들켜서는 안 된다는 기본 상식은 가지고 있었다.

"그렇다네. 낙찰을 받았으니 돈을 받으러 가야겠네. 일어나게."

현수는 수수료를 뗀 금액을 007 가방에 담았고, 혹여 가방을 잃어버릴까 봐 품에 꼭 안고 따라 나왔다.

암시장을 나온 순간부터 뒤를 쫓는 사람의 기운이 느껴졌다.

역시 미행이 붙었군. 만만해 보이면 빼앗겠다는 뜻인가?

훗! 이런 일은 익숙하지.

큰돈을 가지게 되면 날파리가 당연히 붙게 마련이고 나는 날파리가 더는 꼬이지 않게 하는 방법을 알고 있다.

"이제 그만 나오게나. 누가 시켰는지 말하면 목숨은 살려주겠네."

일부러 막다른 골목으로 날파리들을 유인했다.

현수는 뒤를 보고 말하는 나를 이상하게 생각하다가 곧이어 나온 10명의 어깨들의 모습에 더욱 강하게 돈가방을 끌어안

왔다.

"그래, 돈이 욕심이 나던가? 욕심이 나면 가져야지. 가져가 보게나."

"미친 늙은이가 어디서 주접을 떨고 있어!"

여전히 가면을 쓰고 있긴 했지만 지금 내 목소리는 60대 노인의 것이었기에 당연히 나를 노인으로 생각하는 날파리들이었다.

"10명이 끝인 게냐? 너무 적구나. 하긴 내가 누군지 모르니 고작 10명으로 나에게 덤벼드는 것이겠지."

"영감이 누군지는 모르겠지만 우리를 무시해서 좋을 건 없어 보이는데. 얌전히 돈 가방만 넘기면 우리는 그대로 돌아가 주지. 우리도 좋아서 하는 일이 아니라서 말이지."

좋아서 하는 일이 아니다? 역시 배후가 있군.

배후를 알아내는 것은 일도 아니지.

"말이 길구나. 근육을 보아하니 말재주보다 몸 쓰는 일을 전문으로 하는 놈들 같은데. 언제까지 주둥아리를 나불거릴 생각이냐? 내가 살날이 얼마 남지 않아서 네놈들의 수다를 들어줄 여유가 없구나."

"닥쳐라! 얘들아, 쳐라."

10명의 어깨들이 공사 현장에서나 사용할 법한 쇠파이프를 들고 다가왔다.

아직도 저런 무기를 쓰는 사람이 있다니. A급 무기도 아니고 저런 쇠파이프로 나를 이길 생각을 하다니.

"죽어라!"

깡패들의 전형적인 멘트와 함께 쇠파이프와 각목이 날아왔다.

나무늘보가 움직이는 건가? 너무나도 느렸다. 절로 하품이 나올 정도였다.

이런 공격에 문양을 활성화시키는 것은 낭비였다.

자기 딴에는 온 힘을 다해 휘두르는 쇠파이프를 가볍게 피해 내고는 복부에 한 방을 먹여주었다. 한 사람에 한 방.

정확히 사지가 떨릴 정도의 힘을 실은 주먹으로 복부 마사지를 해주었다.

어깨의 리더로 보이는 자를 제외한 9명이 순식간에 바닥을 기어 다녔다.

"이제 내가 누군지 궁금해졌는가? 아니면 좀 더 나와 손을 섞어 보겠는가?"

오늘의 작업을 위해 고깃국을 먹은 걸 자랑하는지 9명의 사내들은 저녁 메뉴를 골목길에 전시하고 있었고, 그 모습을 보는 리더는 얼굴이 새파랗게 질려 있었다.

"이대로 돌아간다면 이번 일은 용서해 드리겠습니다. 하지만 저희를 더 건드린다면 무사하지 못하실 겁니다."

뭐지? 용서를 구하는 것도 아니고, 협박을 하는 것도 아니고.

"네놈이 그렇게 말하니 배후가 궁금해지는구나. 대충은 예상하고 있지만 기필코 네놈의 입으로 들어야겠구나."

그를 향해 한 발 다가갔다.

그는 내 보폭에 맞춰 한 발 물러섰다.

"뒤를 조심하게나."

"다가오지 마십시오. 저는 아무것도 모릅니다."

다시 한 발 앞으로 나아갔고, 깡패의 리더는 한 발 뒤로 물러섰다.

"으아악!"

"뒤를 조심하라고 하지 않았던가. 어른의 말을 들어서 나쁠 것은 없다네."

뒷걸음질을 치던 그는 돌부리에 걸려 넘어졌다.

뒤를 조심하라고 말을 해줬건만, 사람 말을 믿지 못하는 그였다.

사회가 뒤숭숭하니까, 사회가 불신에 가득 차 있구만.

"이리로 와보거라. 내가 나쁜 생각을 하기 전에 내 말을 듣는 것이 좋을 게다. 나는 생각을 하면 꼭 실천을 하는 성격이란다."

후다닥!

검은 정장이 찢어질 정도로 재빨리 무릎을 꿇는 리더였다.

이런 생활을 오래 해온 사람일수록 눈치가 빨랐다.

무릎을 꿇은 그에게 나지막하게 얘기했다.

"네놈들의 주인이 누구인지 말하지 않아도 예상이 가능하지. 아마 암시장을 운영하는 사람 중 한 명이겠지. 네 주인에게 전해라. 다음에 또 이런 일을 벌이려면 헌터들을 동원하라고. 헌터들이라고 해도 성공할지는 모르겠지만 말이다. 그리고 너는 이런 일을 하면서 돈을 벌고 싶냐? 은퇴를 할 수 있도록 도와주지."

무릎을 꿇은 사내의 손을 지그시 밟았다.

"으아아아!"

비명 소리만큼 끔찍한 소리가 그의 손에서 났다.

5개의 손가락이 자유를 찾아 관절을 떠나갔다.

주인이 따로 있는 사냥개한테 왜 잔인한 짓을 하냐고 생각하는 사람이 있을 것이다.

사냥개를 거칠게 다루는 것은 사냥개의 주인에게 경고의 메시지를 전하는 것이나 마찬가지다.

겁에 질린 사냥개를 보는 주인은 분노하거나 혹은 사냥개를 포기할 것이다.

전자를 선택하든 후자를 선택하든 상관이 없었다.

하지만 후자를 선택해 나를 귀찮게 한다면 오늘처럼 가볍게 끝나지는 않을 것이다.

"그만 가자."

뒤에서 벌벌 떨고 있는 현수를 데리고 골목을 벗어났다.

골목 안에는 피 냄새와 구토물이 만드는 악취가 공기를 오염시키고 있었다. 이런 곳에 오래 있으면 코의 기능을 상실할지도 모른다.

"앞으로도 이런 일이 생기겠지요?"

여전히 겁에 질린 현수는 만약의 사태를 생각하고 있는 것 같았다.

깡패들에게 끌려가 매타작을 당하고, 야산에 묻히는 그런 상상을 하는 현수의 마음을 굳게 잡아주기 위해서는 보상이 필요하다.

두려움을 이길 수 있는 그런 보상.

"앞으로 이런 일이 생긴다고 하더라도 걱정하지 말거라. 저런 깡패 수백 명이 달려든다고 해도 문제가 될 것이 없단다. 그리고 수고비를 받거라."

현수에게 지폐 한 뭉치를 쥐어주었다.

당장 생활비를 걱정하는 현수는 절대 돈뭉치를 뿌리칠 수 없을 것이다. 그의 안전은 내가 책임져 줄 생각이다. 현수는 나를 돕기만 하면 된다.

"헌터를 지망한다는 사람이 이렇게 겁이 많아서 어찌 몬스터를 사냥할 수 있겠나. 걱정은 하지 말고 내일도 제시간에 출근을 하거라."

돈에는 사람의 감정을 이기는 힘이 있었다.

돈은 두려움이나 공포보다 상위 존재였다.

손에 돈이 들어온 이상 현수는 내일도 서울역 앞으로 나올 것이다.

내가 현수를 나쁜 길로 빠지게 하려는 게 아니잖아.

안정적인 직업을 주는 거라고.

솔직히 현수의 신체 능력으로는 악마의 탑 1층을 공략하는 것조차 기적이었다.

아이템을 도배해도 악마의 탑 2층 이상은 무리였다.

사람은 적성에 맞는 직업을 가져야 했고 현수는 몸을 쓰는 일
보다 머리를 쓰는 일에 어울렸다.

현수 너는 이 형만 믿고 따라오면 된다고.

내가 너 하나 책임 못 지겠냐.

Chapter 3

헌터 시험

헌터 학원에서 보낸 시간도 어느덧 두 달이 지났다.

일주일에 두세 번 암시장에 아이템을 팔았고, 보관 상자 안에는 수십억이 넘는 돈이 쌓여 있었다.

돈이 있어도 제대로 사용하지 못하다니. 가족들에게 좋은 집도 사주고 싶은데 그러려면 일단 헌터 시험부터 붙어야 했다.

"형, 드디어 오늘이 헌터 시험 보는 날이네요. 어제 한숨도 못 잤어요. 얼마나 긴장이 되던지."

"왜 네가 잠을 못 자? 헌터 시험에 붙을 생각이냐? 김대혁 강사가 한 말 잊었냐? 이번 시험은 경험 삼아 보라고. 다른 학생들을 봐라. 다들 될 대로 되라는 표정을 하고 있잖아."

"저는 살아오면서 시험에 떨어진 적이 한 번도 없단 말이에요."

하여튼 머리 좋은 놈이란.

S대를 입학할 정도면 웬만한 시험은 한 번에 다 붙었겠네.

하지만 헌터 시험은 머리만으로 통과할 수 있는 것이 아니니까.

하고 싶은 직업 1위에 빛나는 헌터.

헌터가 되기 위해서는 자격시험에 통과해야 한다.

헌터 자격시험은 생각보다 단순하게 진행되었다.

하긴 악마의 탑 1층을 뺑뺑이 도는 헌터들인데 시험이 복잡할 리는 없겠지.

"헌터 자격시험에 응시한 사람들은 여기로 모이세요."

육체 수련을 위해 사용했던 체육관에서 헌터 시험이 치러졌다.

헌터 학원과 헌터 협회는 같은 뿌리에서 시작된 기관이었다.

헌터가 되기 위해서는 무조건 서울로 올라와야 했다.

전국에 많은 데빌 도어가 있었지만 거기에 들어가기 위해서는 헌터 자격이 있어야 했고, 헌터 자격을 부여하는 기관은 헌터 협회 본사뿐이다.

엄청난 숫자의 사람들이 헌터 시험에 응시하기 위해서 서울로 올라왔다.

하지만 그들이 전부 시험에 응시할 수 있는 것은 아니었다.

기본적인 육체 능력 측정을 통과해야만 시험에 응시할 수 있었다.

방법은 간단했다.

오래 달리기와 역기를 드는 것으로 육체 능력을 확인했고, 기준 미달인 사람은 그대로 집으로 돌아가야 했다.

하지만 이런 과정에서 헌터 학원의 수강생은 제외되었다.

헌터 학원에 다닌다는 이유만으로 바로 본시험을 치르게 해주었다.

비싼 수강료를 냈으니 이 정도는 해주는 게 당연하지.

귀찮은 시험 하나를 넘겨버린 것만으로도 수강료의 값어치는 충분했다.

이제는 돈은 쌓여 있으니. 돈으로 귀찮은 과정을 생략할 수 있다면 얼마든지 지갑을 열 생각이 있다.

"본시험이 시작되나 봐요. 어서 가요."

본시험은 총 세 가지로 이루어져 있다.

첫 번째 시험은 단순한 육체 능력 측정이었다. 어중이떠중이를 거르기 위해 치러졌던 예선과는 다르게 여러 가지 종목을 통해 보다 정확하게 육체적인 능력을 측정했다.

"1차 테스트는 역시 역도네요. 제일 자신 없는 종목인데……."

시험은 속성반 수강생부터 시작되었고, 그다음이 우리 책임반이었다. 일반 참가자들은 가장 마지막에 시험을 치를 수 있었다.

상대적으로 박탈감이 들 수는 있겠지만 이게 돈의 힘이었다.

돈의 힘은 순서만 앞당기는 것이 아니었다.

"형, 저 사람 무려 280㎏을 들어 올렸어요. 덩치도 그렇게 커 보이지 않는데 저런 괴력이 어디서 나오는 걸까요?"

"보면 모르겠냐? 아이템빨이지. 너 역도 세계 신기록이 몇 kg 인지 알고 있냐? 내가 알기로는 260kg 초반이야. 근데 일반 사람이 그 기록을 어떻게 깼어? 물론 가슴까지만 들어 올리면 된다고 하더라도 말이야. 아이템의 능력을 빌리지 않으면 불가능한 기록이지 않겠어?"

"그렇군요. 저 사람은 금수저네요."

돈의 힘은 아이템으로 이어진다.

특히 속성반의 사람들은 돈의 힘에 제대로 영향을 받았다.

후원자가 있거나 혹은 부유한 집안에서 태어난 사람들은 고가의 아이템을 지원받았고, 노력에 비해 큰 성과를 낼 수 있었다.

속성반은 평균 200kg이라는 엄청난 기록이 나왔다.

여자마저도 200kg을 넘게 들어버리니, 책임반 수강생들과 일반 참가들의 박탈감은 말도 하지 못할 정도였다.

"형 이제 책임반 차례네요. 제가 세 번째네요. 진짜 자신이 없는데……."

저렇게 헌터가 되고 싶어 하는데, 도와줄까?

하지만 헌터가 되면 아이템 관리사 일을 소홀히 하지 않을까?

하긴 악마의 탑을 몇 번 경험하면 자신의 적성과 맞지 않는다는 것을 금방 알아차리겠지.

머리가 좋은 놈이니까, 조금만 도와줘야겠다.

"너 헌터 시험에 통과하고 싶지? 자, 이거 껴. 착용자의 힘을 두 배 이상 늘려주는 팔찌니까 네 평소 기록보다 두 배 이상을 도전해도 될 거다. 빌려주는 거니까 내일 돌려줘야 된다."

헌터 시험의 규정 중 말도 안 되는 것 하나가 있었다.

아이템을 착용하고 시험에 응시하는 것은 가능하지만, 응시장에서 아이템을 다른 수강생에게 빌려주는 것은 부정행위였다.

하긴 대여가 가능하면 변별력이 떨어지긴 하겠지.

"형이 이 팔찌를 주면 형은 어떻게 하시려고요? 괜찮아요. 형이 끼세요."

"지금 네가 그런 거 따질 때냐? 마음 바뀌기 전에 착용해. 나는 따로 준비해 놓은 게 있으니까, 걱정하지 말고."

책임반의 1, 2번 수강생의 기록은 저조했다.

100㎏도 제대로 들지 못한 수강생도 있었다. 다음 시험을 대기하며 책임반의 시험을 구경하고 있던 속성반 수강생들은 원숭이 재롱 잔치를 본다는 표정이었다.

현수가 원숭이가 되게 놔둘 수는 없지.

현수는 책임반 수강생 중에서 가장 작은 덩치를 가지고 있었다.

어릴 때 제대로 영양소를 섭취하지 못해서 키가 안 컸다나 뭐라나.

어쨌든 덩치가 작은 현수가 자기 몸보다 큰 역기를 들려고 하자 대놓고 웃음을 터뜨리는 응시생들이었다.

너희가 착용하고 있는 힘 강화 아이템을 보아하니 고작 2배 증가 정도 되겠네.

하지만 지금 현수가 착용하고 있는 아이템은 힘 강화 능력뿐만 아니라 경량화 능력까지 담겨 있다고. 현수가 선택한 역기의 무게가 100kg이지만 실제로 현수가 느끼는 무게는 50kg도 되지 않지.

"1차 측정을 시작합니다."

감독관의 휘슬 소리와 함께 현수는 자신의 최고 기록을 상회하는 100kg의 역기를 들어 올렸다. 현수는 역기가 종이라도 되는 것처럼 단숨에 가슴까지 들어 올렸다.

들어 올린 현수조차 놀라 입을 벌리고 있었다. 규정 시간 3초가 지났지만 여전히 역기를 들고 있다가 감독관이 역기를 내려놓으라고 재차 말하고 나서야 역기를 내려놓는 현수였다.

"2차 측정을 시작합니다."

측정은 공정성을 위해 세 번의 기회를 주었고, 가장 높은 기록이 기록으로 인정되었다.

이번에 현수가 선택한 무게는 150kg이었다.

100kg의 역기를 가볍게 들어놓고는 고작 150kg을 선택하다니, 패기가 없네.

당연히 150kg의 역기도 순식간에 들어 올리는 현수였고, 원숭이라고 생각했던 현수가 생각보다 많은 무게를 들어 올리자 표정이 바뀌는 속성반 수강생들이었다.

내가 준 아이템은 경매장에서도 살 수 없는 것인데 당연하지.

"3차 시도를 시작하겠습니다. 준비해 주세요."

감독관조차 현수를 대하는 태도가 바뀌었다.

역시 사람은 능력이 있고 봐야 했다.

현수가 이번에 선택하려고 하는 무게는 200kg이었다.

답답하게 왜 저래.

"현수야! 최고 기록에 도전해 봐."

답답함을 참지 못하고 내가 훈수를 두자 현수는 270kg짜리 역기를 선택했다.

머리도 좋은 놈이 최고 기록이 280kg라는 걸 모를 리는 없을 텐데 왜 270kg를 선택했지? 돌아오면 물어봐야겠어.

"이얍!"

현수의 입에서 처음으로 기합 소리가 나왔다.

저렇게 힘들 이유가 없을 텐데. 270kg이라고 해봐야 아이템의 능력이라면 개미도 저 정도는 들 수 있는데.

"성공입니다."

짝짝짝!

현수가 270kg의 역기를 들어 올리자 응시생들은 박수를 쳤다.

서로가 경쟁 상대긴 했지만 허약해 보이는 현수가 270kg의 역기를 들어 올리는 것에 대리 만족을 느낀 것이었다.

현수는 멋쩍은 웃음을 띠고는 옆자리로 돌아왔다.

"너 왜 270kg을 선택했어? 최고 기록은 280kg인데."

"제가 아는 사람이 항상 하는 말이 있어요. 너무 튀어서 좋을 건 없다고요. 괜히 1등을 하면 적이 생길 것 같아서요."

내가 해준 말이었다. 나는 현수를 암시장에 데리고 다니면서 여러 가지 말을 해주면서 저런 말을 해준 적이 있었다.

역시 머리가 좋은 놈이네. 나도 잘 기억이 나지 않은 말을 기억하고 실행에 옮기다니.

"다음 사람 나오세요."

내 차례가 되었다.

현수 이후 책임반 수강생들은 저조한 기록을 내었고 속성반 수강생들의 비웃음을 들어야 했다.

비웃음을 듣고 싶지 않은데. 그렇다고 해서 최고 기록을 낼 수도 없고…… 그냥 현수랑 동일한 무게로 해야겠어.

"무게를 선택해 주세요."

"270㎏으로 하겠습니다."

처음부터 270㎏을 선택하자 속성반 수강생들은 놀란 눈으로 나를 쳐다보았고, 책임반 아이들까지 황당해하는 눈으로 나를 쳐다봤다.

그럴 수밖에 없는 게 나는 문제아로 진즉에 찍혀 있었다.

오전 수업은 조는 시간이 더 길었고, 체력 단련 시간도 건성건성이었기에 내가 270㎏을 선택할 줄을 아무도 예상하지 못했다.

시선이 집중되는 게 기분 좋지는 않네. 빨리 끝내야겠어.

호각 소리와 함께 가볍게 270㎏의 역기를 들어 올렸다.

"오오오!"

270㎏의 역기를 너무나도 쉽게 들어 올려서인지 환호성이 새어 나왔다.

"2차 측정 무게를 선택해 주세요."

이 정도면 충분하지.

"무리를 해서 그런지 힘드네요. 1차로 마무리하겠습니다."

1차 체력 측정은 끝이 났고, 책임반에서 250kg을 넘는 무게를 들어 올린 사람은 나와 현수 둘뿐이었다.

얼간이 3인방의 리더가 선방을 하긴 했지만 200kg에 조금 못 미치는 기록이었다.

역도를 시작으로 여러 방식의 체력 측정이 이루어졌고, 나는 상위권에 들 정도로만 기록을 조정했다.

현수는 역도에서 좋은 기록을 내긴 했지만 단거리와 오래 달리기에서 저조한 성적을 내었기에 합격 기준에 겨우 턱걸이를 하고 있었다.

체력 측정을 통과한 사람은 50명뿐이었다.

속성반 수강생이 차지하는 비중이 80%였으니 속성반과 책임반의 차이를 절실히 느낄 수 있었다.

다음 날, 2차 테스트는 계속되었다.

책임반에서 붙은 사람은 나와 현수, 그리고 얼간이 3인방의 리더인 박남득 이렇게 세 명이었고, 일반 참가자 중에서는 고작 일곱 명이 붙었다.

3천 명이 넘게 지원한 일반 참가자들이었기에 최소 10명 이상은 합격할 거라고 생각했지만 생각보다 1차 테스트의 벽은 높았다.

책임반 수강생들은 남은 테스트가 끝날 때까지 수업을 할 수 없었고, 관람객이 되어 테스트를 구경했다.

그들은 다시 시험을 봐야 했기에 헌터 협회에서 편의를 봐준 것이었다.

"2차 테스트는 필기시험입니다. 절대평가로 진행되는 시험이니 모두 합격하시기를 바라겠습니다."

일반적인 시험이라면 필기시험이 먼저 진행되겠지만, 그러기에는 금액이 부담된다. 체력 측정이야 시험지가 필요하지 않았고, 단순히 인건비만 들 뿐이었다.

2천 명이 넘는 사람이 동시에 시험을 치르기 위해서는 엄청난 양의 종이를 사용해야 했다.

종이의 가격은 이전에 비해 10배나 비싸진 상황이었다.

기계가 멈춘 지금 종이의 공급은 멈추다시피 했기 때문에 종이의 가격은 하루가 다르게 높아지고 있었다.

모든 물건이 종이와 마찬가지지만.

오전 수업을 집중해서 듣지는 않았지만, 강사가 무엇을 가르치는지는 대충 알고 있었다. 몬스터의 종류와 약점 그리고 공략법에 관해서는 여기 있는 누구보다 내가 더 잘 알고 있다고 자신했다.

악마의 탑을 지겹게 오갔는데 당연하지.

50명의 사람들이 지정된 교실로 들어갔고, 헌터들이 직접 시험 감독을 했기에 부정행위는 일절 있을 수가 없었다.

보자, 시험 문제가 뭘까나.

시험 문제의 유형은 객관식과 서술식의 형태로 되어 있었다.

1. 슬라임의 약점은 무엇인가?
a. 불 b. 날카로운 무기 c. 독 d. 얼음

문제가 너무 쉬웠다. 30문항의 객관식을 순식간에 풀었고 뒷장에 있는 서술식 문제로 돌렸다.

1. 악마의 탑 3층에 서식하는 녹색 벌의 공략법을 아는 대로 서술하시오.

녹색 벌은 악마의 탑 3층에 서식하는 몬스터 중 상대하기 까다로운 몬스터에 속했다.

다른 몬스터에 비해 공격력은 강하지 않았지만 마비침에 한 방이라도 쏘인다면 일정 시간 동안 몸이 마비가 된다. 몸이 마비가 되면 수백 마리의 녹색 벌이 달려들었고, 마비독에 의해 쇼크사를 할 수도 있었다.

하지만 공략법은 생각보다 간단했다.

마비침이 무섭기는 하지만 갑옷을 뚫지는 못했고, 아트로 잎을 태우면 나오는 연기에 맥을 못 췄다.

아트로 잎은 악마의 탑 1층 수풀 지대에 서식하는 풀의 일종이었다.

아트로 잎이 녹색 벌의 약점이라는 사실은 우연한 기회에 알게 되었다.

일전에 횃불을 만들기 위해 아트로 나무의 가지를 이용한 적이 있었는데, 조금 붙어 있었던 아트로 잎이 타며 연기를 뿜어내었다.

그때 근처에 있던 녹색 벌이 모기향을 쐰 모기처럼 비실대는 것을 발견하게 된 것이다.

아트로 잎을 알기 전에는 횃불을 이용해 녹색 벌을 태우거나 방패 같은 면석이 넓은 무기를 이용해 죽여야 했다. 그런 방법으로 공략이 가능하긴 했지만 너무 오랜 시간이 걸렸다.

아트로 잎을 이용하면 10분도 되지 않아 사냥할 수 있는 몬스터를 몇 시간이나 들여서 사냥할 필요는 없지.

내가 알고 있는 공략법을 시험지에 적었는데 시간이 남아 주변을 둘러보았다.

현수도 이미 시험지를 다 채웠는지 답안을 확인하고 있었다.

하긴 이런 시험은 현수가 전문이니까.

헌터 시험에 응시한 사람들의 과거는 대부분 운동선수이거나 주먹질을 하는 깡패였다. 그런 사람들은 시험에 익숙하지 않았다.

일반인은 죽었다 깨어나도 통과하지 못할 체력 테스트를 통과했으면서 필기시험을 어려워하는 사람들의 모습이 꽤나 웃겼다.

"시간이 되었습니다. 모두 두 손을 머리 위로 올려주세요. 지금 답안을 작성하면 부정행위로 간주하겠습니다."

감독관들이 답안지를 걷어갔고 시험은 종료되었다.

헌터 지망생들은 서로 답안을 맞춰보며 환호성과 탄식의 소리를 냈다.

"형, 시험 잘 보셨어요? 다른 응시생들은 서술식 문제에서 헤맸다고 하네요. 악마의 탑 3층 몬스터가 문제로 나올 줄은 저도 몰랐어요. 미리 공부를 했기에 망정이지 큰일 날 뻔했네요."

"그러게. 왜 3층 몬스터가 시험 문제로 나왔지? 한국 최정상 헌터들이나 3층에 입장한다고 하던데. 초보 헌터들에게 3층 문제를 내서 뭐하려고 이런 문제를 냈는지 모르겠네."

"시험 잘 봤냐?"

아는 사람이 없는지 평소 우리를 벌레 보듯이 보던 박남득이 다가왔다.

우리가 1차 시험을 통과했다고 친하게 지내려고 하는 건가?

생긴 거와 다르게 기회주의자 성향이 있네.

"그냥 그렇지. 넌 잘 봤어?"

"일단 아는 것은 다 적었는데 점수는 내일 발표가 나야 알 수 있을 것 같다."

"그래, 합격하길 빌어줄게."

긴 말을 할 정도로 친한 사이는 아니었기에 가식적인 대화만 하고는 헤어졌다.

[필기시험 합격자]

응시생 수 : 50

합격자 수 : 45

다음 날 확인해 보니 다행히 내 이름과 현수의 이름이 명단에 있었다.

"형, 아슬아슬하셨네요. 점수를 보니까 턱걸이를 하셨네요. 그러게 오전 수업을 자지 말고 들으라고 했잖아요."

"붙었으면 된 거 아냐?"

그런데 내 점수가 왜 저렇지? 분명히 완벽하게 답안을 작성했는데.

"형, 점수를 보니까, 서술식에서 점수를 거의 얻지 못했네요. 하긴 녹색 벌 공략법이 어려운 문제긴 했으니 어쩔 수 없죠."

내가 모르는 공략법이 따로 있었던가? 몰라. 어쨌든 합격했으니까 됐지.

합격자 명단의 가장 아랫부분에 내 이름이 적혀 있었고 그 바로 위에 박남득의 이름이 적혀 있었다.

저런 근육 돼지도 합격했는데 누가 떨어진 거야.

불합격자는 전부 일반 응시생들이었다. 교육을 받지 못했기에 필기시험에 대한 대비를 제대로 하지 못했던 것이었다.

이제 마지막 3차 테스트만이 남았다.

3차 테스트에 합격하면 최종 면접을 통해 헌터 자격증이 부여된다.

3차 테스트는 헌터 자격증을 가지고 있는 현직 헌터들과의 대련이다.

값비싼 아이템을 가지고 있는 응시생이 있다고 하더라도 몬스터를 사냥하며 경험을 쌓은 헌터와의 대련은 무리였다. 그리고 헌터들도 기본적으로 응시생이 가지고 있는 아이템보다 좋은 아이템을 착용하고 있다.

헌터 자격증이 부여되면 부유층에서 스폰 제의를 받게 된다.

악마의 탑을 공략하면서 나오는 아이템과 몬스터의 시체는 고가에 거래되었고, 일정 부분 헌터 협회에서 가져가지만 그래도 엄청난 액수였다.

그런 노다지를 가진 자들이 놓칠 리가 없었다.

안정된 공급을 원하는 부유층들은 고가의 아이템을 스폰하는 헌터들에게서 구입해 주었다.

그랬기에 3차 테스트는 감독관을 이기는 전투가 아니라 그들과의 대련에서 얼마나 오래 버틸 수 있는가로 판가름이 났다.

5분.

길지도 짧지도 않은 5분만 감독관의 공격을 막아내면 합격이었다.

면접이 남아 있긴 했지만 헌터는 능력만 있으면 된다는 주의의 헌터 협회 덕분에 면접 합격률은 100%에 육박했다.

이번 테스트만 합격하면 헌터가 될 수 있는 것이었다.

"무리한 공격을 하지는 않겠습니다. 최대한 공정하게 테스트를 치르도록 하겠습니다. 그러면 1조부터 앞으로 나와 주시기 바랍니다."

공정은 개뿔.

벌써부터 눈빛이 치열하게 오고 갔다.

속성반 응시생 중에는 금수저 집안의 아이도 있었고, 벌써 스폰을 받은 응시생도 있었다.

같은 스폰서를 가지고 있는 헌터와 맞붙게 된다면 당연히 공격하는 척만 하며 5분을 채워줄 것이고, 그럼 무조건 합격을 하게 되는 것이다.

하긴 배경도 능력이라면 능력이니까.

박남득도 헌터 한 명과 눈빛을 주고받았다.

아버지가 헌터 협회에서 일한다고 하더니 헌터 한 명을 포섭했나 보네.

하지만 순서가 중요할 텐데.

아무리 헌터 한 명을 포섭했다고 해도 순서가 맞지 않으면 애먼 헌터와 대련을 해야 했다.

뭐 알아서 잘하겠지. 내가 걱정을 해줄 필요는 없지.

속성반의 수강생들은 확실히 책임반 수강생들보다 강했다. 기본적으로 육체적 능력이 뛰어났고, 연기라도 할지라도 치열한 공방이 오고 갔다.

근데 연기 티가 너무 나잖아.

미리 손이라도 맞추고 오지. 딱 봐도 봐주고 있네.

"형, 저런 공격을 어떻게 5분이나 막아내요? 저는 무리인 것 같은데요."

독기가 가득했던 현수의 눈에는 두려움이 깊게 깔려 있었다.

하긴 헌터의 공격을 직접 본 것은 처음이니 두려워하는 게 당연하지.

아마추어 권투 시합만 보더라도 일반 사람은 탄성을 내지른다.

그런데 헌터들은 그런 사람들보다 몇 배는 뛰어난 능력을 가지고 있다.

"현수야, 헌터 시험에 합격하고 싶냐? 내가 방법이 있긴 한데, 조금 고통스러울 테지만 너만 좋다면 알려주고."

"무슨 방법인데요? 무조건 할게요. 한 번 아프고 헌터 시험에 합격하면 남는 장사죠. 알려주세요."

"정말 괜찮겠어? 많이 아플 건데……."

"괜찮아요. 진짜 괜찮으니까 어서 알려주세요."

나는 현수에게 반지 하나를 주었다.

[고통 축적 반지]
등급 : C
강도 : 6
순도 : 72%
고통 면역 능력 부여 : 30분
30분 후 축적된 고통을 느낀다.

30분 동안 고통을 전혀 느끼지 않게 하는 아이템이었다. 고통이 느껴지지 않는다면 충분히 5분을 버틸 수는 있을 것이다. 이전에 준 아이템과 함께라면 어느 정도 강한 공격도 할 수 있으니 합격 기준에 들어갈 수 있겠지만 대련이 끝나면 엄청난 충격이 몸에 가해진다. 그때는 기절을 하면 다행이었다.

그래도 저렇게 원하니까 줘야지.

"절대 나를 원망하면 안 된다. 전부 네가 원한 거야."

"알겠어요. 헌터 시험만 합격하면 제가 평생의 은인으로 모실 게요."

"은인으로 모시는 것은 됐고, 원수로나 생각하지 말아줘라."

아직 고통 축적 반지의 능력을 제대로 알지 못하니 저런 말을 하는 거였다.

속성반의 테스트가 끝이 났다.

합격률은 50%로 매우 높았고 다시 한 번 돈과 배경의 힘을 느끼게 되는 순간이었다.

속성반의 테스트가 끝이 났으니 이제 현수의 차례였다.

가나다순으로 진행되는 테스트였고, 강 씨 성을 가진 현수가 책임반 중에서는 항상 먼저 테스트를 치르게 된다.

"잘하고 와. 눈 딱 감고 미친 듯이 몸을 움직여. 가만히 맞고만 있으면 좋은 인상을 심어줄 수 없으니까. 면접도 생각해야지."

"알겠어요. 그럼 다녀올게요."

현수는 같은 방향의 손과 발을 동시에 움직이며 대련장으로 이동했다.

얼마나 긴장을 하면 손과 발이 같이 움직일까.

"대련을 시작하겠습니다. 테스트는 항복 선언을 하거나 감독 관의 재량에 따라 더는 테스트를 진행할 수 없다고 판단되면 바로 중지됩니다."

호루라기 소리가 울리자 피곤한 표정의 감독관이 대충 방어 자세를 잡았다.

이미 속성반 수강생과 몇 번의 대련을 했기에 그의 머릿속에는 빨리 대련을 끝내고 싶다는 생각뿐이었다.

그 마음은 손속에 실린 힘 조절을 실패하게 만들었다.

자신의 생각보다 더 강한 힘이 실린 주먹을 내뻗은 감독관은 주먹을 회수하려고 했지만 이미 늦어버렸다.

퍽!

둔탁한 타격음이 현수의 가슴에서 터져 나왔다.

일반 사람이 저런 공격을 받았다면 게거품을 물고 기절했겠지만 지금 현수는 고통 면역 상태였다.

현수는 감독관의 공격에 놀라 질끈 감은 눈을 떴다.

생각보다 견딜 만한데?

역시 육체 수련을 게을리하지 않고 한 게 효과가 있나 봐.

그런 수련을 통해서 헌터와 대등하게 대련을 할 수 있다면 전 국민의 절반이 헌터가 될 수 있다는 사실을 모르는 현수였다.

면접을 대비해서 공격을 하라고 했지.

현수는 고통이 느껴지지 않자 몸의 족쇄를 풀어버렸다.

엉성하지만 아이템의 능력 덕분에 강해진 공격은 감독관을 한 발 물러나게 만들었다.

감독관은 자신의 생각보다 현수가 강하다고 생각했고, 본격적으로 공격을 하기 시작했다.

속사포처럼 몰아붙이는 감독관의 공격에 현수는 가끔 몸을 내줄 수밖에 없었지만 고통이 느껴지지 않았기에 좀비처럼 감독관에게 엉겨 붙었다.

그렇게 5분이 흘렀고, 현수는 당당히 3차 테스트 합격자 명단에 합류할 수 있었다.

"형! 저도 모르는 사이에 제가 강해졌나 봐요. 아니면 헌터의 능력이 제 생각보다 높지 않은가 봐요."

내 기준으로 봤을 때 한국 헌터의 능력은 약했지만 일반 사람을 기준으로 하면 최강자에 속했다.

현수가 테스트를 통과할 수 있었던 것은 전적으로 아이템의 능력 덕이었다.

그래도 잠시 착각 속에 빠져 사는 것도 나쁘지는 않지.

"현수야, 반지를 지금 뺄래, 아니면 내가 돌아오고 나서 뺄래?"

"아! 아이템 돌려줘야 되죠. 무슨 능력을 가지고 있는 아이템인지는 모르겠지만 감사했어요."

현수는 바로 반지를 빼서 돌려주었다.

반지를 빼는 순간 5분 동안 입었던 피해가 현수에게 찾아왔다.

"으아아아!! 사, 살려줘!"

"기절하는 게 나을 거야."

나는 몸을 부들부들 떠는 현수의 뒷목을 쳐 기절시켜 주었다.

제정신으로 견딜 수 있는 고통은 아니니 기절을 하는 게 차라리 낫겠지.

현수가 기절했지만 그에게 관심을 주는 사람은 많지 않았다.

비명을 지를 때 잠시 이목이 집중되었지만 바닥에 누워 휴식을 취하는 모습으로 보였기에 다시 눈길을 대련장으로 돌리는 사람들이었다.

이번 대련은 박남득의 차례였다.

평소에 재수 없는 행동을 일삼던 박남득은 사실 재수가 좋은 사람이었나 보다.

자신과 눈길을 나누던 헌터와 대련을 하게 된 것이다.

그리고 짧은 쇼를 보는 것 같은 5분이 흘렀다.

뻔히 보이는 수작을 다른 감독관들도 눈치를 채고 있었지만 떳떳한 감독관은 몇 되지 않았기에 묵인해 주는 분위기였다.

그렇게 내 차례가 되었다.

그런데 분위기가 왜 이래?

박남득이 엉성하게 쇼를 해서 그런지 감독관들의 표정은 좋지 않았고, 특히 나와 대련을 하게 된 감독관은 화가 나 있기도 했다.

아직 호각 소리가 나지도 않았는데 주먹에는 잔뜩 힘이 들어가 있었다.

한 방에 나를 날릴 생각인가 본데.

짜증이 나는 것은 이해하는데, 그래도 상대를 보고 덤벼야지.

"대련을 시작합니다."

호각 소리와 함께 대련은 시작되었고, 예상했던 대로 감독관은 인정사정없이 주먹을 휘둘렀다. 정확히 얼굴을 노리고 들어오는 감독관의 주먹을 고개만 살짝 숙여 피했다.

자신의 공격을 내가 피할 줄은 상상도 하지 못했는지 조금 당황스러워하는 감독관이었고, 이번 공격은 더욱 힘이 실려 있었다.

복싱을 전문적으로 배운 사람 같네.

경쾌한 스텝과 준비 자세까지, TV에서 봤던 복싱 선수의 모습과 일치했다.

집요하게 얼굴만을 노리며 공격하는 감독관의 주먹을 한 발도 움직이지 않고 모두 피해냈다. 이런 나의 행동이 그를 더욱 화나게 했는지 주먹의 속도는 점점 빨라졌다.

잽, 원투, 스트레이트, 어퍼컷.

자신이 알고 있는 모든 기술을 나에게 퍼붓는 감독관이었지만 그의 주먹이 내 몸에 닿는 일은 없었다.

이렇게 피하기만 하면 좋은 점수는 받지 못하겠지.

면접을 대비해서는 공격을 해야 된다.

마침 감독관은 내 오른쪽 얼굴을 노리고 주먹을 날리고 있었다. 나는 주먹을 피함과 동시에 무릎을 들어 올렸다.

푹!

무릎이 살집을 파고드는 경쾌한 소리.

내 무릎의 위치가 감독관의 좋지 않은 부위와 일치했지만 그건 내가 신경 쓸 일은 아니지.

그래도 힘을 조절했기에 감독관이 게거품을 물거나 기절을 하지는 않았다.

단지 공격의 빈도를 확연히 낮추고 스텝도 멈춘 정도였다.

"5분이 지났습니다. 합격입니다."

5분이 지났음을 알리는 호각 소리를 나보다 더 반기는 사람은 감독관이었다.

그는 급히 체육관을 떠나 화장실로 뛰어갔다.

사람들이 많이 보는 여기서 고통스러워하는 자신을 보이고 싶지 않은 자존심이 그에게 강한 정신력을 부여해 주었고, 별 티를 안 내고 화장실로 들어가는 것에 성공한 감독관이었다.

합격 선언을 들었기에 이대로 집으로 돌아가도 되었지만 여전히 기절한 채 정신을 차리지 못한 현수를 두고 갈 수는 없었기에 일반 응시자들의 대련이나 구경하며 현수가 정신을 차리기를 기다렸다.

헌터가 가르치는 수업을 듣지 않고 여기까지 온 사람들이니만큼 육체적인 능력은 뛰어났다. 허접하지만 아이템을 갖추고 있었고, 끈기도 뛰어난 일반 응시생들이었다.

하지만 육체적인 능력으로 아이템의 격차를 극복할 수는 없었고, 연달아 세 명이 탈락의 쓴맛을 느껴야 했다.

지루하기만 한 대련을 지켜보는 게 지겨워져 현수를 이대로 버리고 돌아갈까 하는 생각이 들 때 눈에 익은 한 사람이 보였다.

내가 왜 저런 덩치를 못 알아봤지?

이계에서 만난 인연 중에 저런 덩치를 하고 있는 사람이 있었다.

그는 나를 형으로 모셨고, 나도 그를 진정으로 아꼈다.

그런 그와 비슷한 분위기를 풍기는 사람이 지금 대련을 준비하고 있었다.

그가 내가 생각하는 육체를 가지고 있다면 이번 대련을 어렵지 않게 통과할 수 있을 것이다.

대련은 시작되었고, 막무가내로 몸을 휘두르며 공격하는 그였다.

감독관은 그의 공격을 어렵지 않게 막아내었고, 반격을 했지만 그는 크게 타격을 입지 않았다.

그는 분명 아이템을 착용하지 않고 있다.

오로지 육체적인 능력만으로 이번 대련을 하고 있는 것이었다.

저런 능력을 가진 사람이 왜 스폰서가 없는 거지?

스폰서를 가지고 있는 속성반의 사람보다 훨씬 뛰어난 능력을 가지고 있었다.

아직 그에게 스폰서가 없다면, 먼저 접근하는 사람이 임자지!

그는 역시 어렵지 않게 5분을 견뎌내었고, 합격이라는 말을 들었다.

나는 쓰러져 있는 현수를 대충 던져 놓고는 그에게 접근했다.

"축하드립니다. 대련 잘 봤습니다."

"저도 그쪽 대련 잘 봤습니다. 이제 같이 헌터가 되겠네요. 저는 올해로 20살 먹은 위용욱이라고 합니다."

역시 내 눈이 틀리지 않았다.

저런 육체를 가지고 있는 사람의 특징은 여러 개가 있지만 그 중 하나가 노안을 가지고 있다는 것이다.

액면가로는 서른이 훌쩍 넘어 보이는 위용욱이었지만 이제 고작 스물이었다.

그의 육체를 보다 정확히 확인하기 위해서는 접촉이 필요했고, 나는 악수를 청하는 척하며 그를 살폈다.

[드래고니안의 뼈]
등급 : B
내구성 : 20/20
강도 : 2
순도 : 30%

드래고니안의 피를 물려받은 사람에게서 간헐적으로 드래고니안의 뼈가 생겨난다.

드래고니안의 뼈는 마나의 흐름을 방해하는 대신 육체적인 능력을 높여준다.

드래고니안의 뼈를 강화하기 위해서는 용암의 탯줄이 필요하다.

역시 드래고니안의 뼈를 가지고 있었어.

드래고니안의 뼈를 가지고 태어난 사람은 정말 드물었다. 그리고 자신들이 드래고니안의 뼈를 가지고 있다는 것을 모르고 살아갔다.

드래고니안의 뼈를 강화시킬 수 있는 능력을 가진 사람은 현재로서는 나뿐이었다.

드래고니안의 뼈를 가지고 태어난 사람은 거대한 덩치와 엄청난 힘을 가지고 있었다.

그것만으로도 인간 중에서 최상위의 능력자가 될 수 있지만 내 손을 거치면 초인이 되어버린다.

몬스터를 손힘만으로 찢어버리고, 주먹은 바위를 부순다.

하지만 그런 능력은 부수적으로 따라오는 것이었다.

드래고니안의 뼈를 가지고 있는 사람은 최고의 탱커가 될 수 있다.

공격력과는 비교도 되지 않을 정도의 방어력을 가지고 있었고, 공격을 담당하는 딜러진들을 안전하게 보호할 수 있다.

딜러진이 몬스터를 사냥한다고는 하지만 탱커가 없으면 악마의 탑을 공략하는 데 한계가 있다. 무조건 위용욱을 내 편으로 만들어야 한다.

"일반 응시생으로 참가하신 것 같은데, 헌터 시험에 합격하시다니 대단하시네요. 고향이 서울이 아니신 것 같은데 어디서 올라오셨어요?"

"저는 부산에서 올라왔습니다. 차를 타면 반나절 만에 도착할 수 있는 서울인데 걸어서 오려니 몇 달이 걸렸습니다. 굶어 죽을 위기도 많이 겪었죠."

"그렇군요. 그러면 서울에 아는 사람이 없겠네요. 지금 어디서 숙박을 하고 계세요?"

"지붕만 있으면 잠을 자는 데는 걱정이 없죠. 밥은 공사장에서 얻어먹고 있어요."

역시 아직 스폰을 제의받지 않은 듯했다.

하지만 지금 이 자리를 나가는 순간 수많은 스폰 제의를 받게 될 것이었다.

그러기 전에 그를 꼬셔야 했다.

"그러면 제가 후원자를 소개시켜 드릴까요?"

"후원자요? 이제 헌터가 되면 먹고 자는 데는 걱정이 없는데 굳이 후원자가 필요할까요?"

"헌터가 된다고 해도 처음 몇 달 동안은 거의 소득이 없을 겁니다. 최소한의 생계 유지비만 헌터 협회에서 지원을 받게 되죠."

이런 사람을 꼬셔본 적이 있다. 가려운 부분을 긁어줘야 넘어오지 않겠어?

"더 강해지고 싶지 않습니까? 용욱 씨를 지금보다 몇 배는 강하게 만들어 드릴 수 있는 분입니다. 그리고… 원하는 음식을 무한정으로 제공합니다. 돼지고기든, 소고기든 매일같이 배 터지게 먹을 수 있습니다."

사람이라면 강해지고 싶은 욕망이 있다. 위용욱도 자신을 강하게 만들어준다는 말에 구미가 당겼을 것이다. 하지만 쐐기를 박은 것은 역시 음식 무한 제공이었다.

"정말입니까? 배 터지게 고기를 먹을 수 있습니까?"

"그럼요. 지금 바로 만나 보시겠습니까?"

"네, 당장 가죠."

벌써 군침을 삼키는 위용욱이었고, 마침 현수도 정신을 차렸다.

"형! 진짜 죽는 줄 알았다고요. 지금까지 살아오면서 느낀 고통을 합친 것보다 더 고통스러웠어요. 맨살이 뜯겨 나가고 장기들이 몸 밖으로 튀어나올 것 같았다고요."

"내가 경고했잖아 고통스러울 거라고. 그래도 헌터 시험에 합격했잖아."

고통에 겨워 눈물까지 맺혀 있는 현수는 씩씩거리기는 했지만 금방 몸과 마음을 추슬렀고, 옆에 멀뚱히 서 있는 위용욱을 바라보며 말했다.

"이분은 누구세요? 처음 보는 분인데……."

"이제 너와 같이 일하게 될 사람이야. 영감님이 새로운 인재 영입을 원하고 계셨거든."

현수는 자신보다 머리 두 개는 더 커 보이는 위용욱에게 반갑게 인사했다.

"안녕하세요. 저보다 형인 것 같으신데, 저는 강현수라고 해요. 같이 일하게 될 것 같은데 앞으로 잘 부탁드려요."

"현수야, 네가 형이야. 위용욱 씨는 이제 스물이야."

"네? 정말요?"

어색한 족보를 정리하고 우리는 서울역 쪽으로 이동했다.

"내가 영감님을 데리고 올 테니까 여기서 기다려 줘."

현수와 위용욱을 두고 나는 급히 자리를 빠져나가 변신했다.

이제는 60 넘은 영감으로 변신하는 것이 익숙했다.

"영감님 오셨습니까."

"그래, 진기에게 들었다. 헌터 시험에 합격했다며? 고생이 많았구나. 그리고 옆에 있는 사람이 이번에 나랑 같이 일하게 될 사람이라고?"

"반갑습니다. 위용욱이라고 합니다."

"그래, 반갑네."

"그런데 정말 음식 무한 제공을 약속해 주는 겁니까?"

위용욱은 바로 식탐을 드러냈다.

역시 배고픔을 이기는 사람은 없지.

"그렇고말고. 지금 바로 식당으로 가자꾸나. 현수 너도 따라오거라."

현수와 위용욱을 데리고 헌터 협회 앞에 있는 유일한 고깃집인 식육 식당으로 데리고 들어갔다.

고깃값이 금값이 되어버린 지금 식육 식당을 찾는 사람은 상류층뿐이었다.

"어서 오세요. 세 분이세요? 방으로 안내해 드리겠습니다."

종업원의 안내를 따라 식당으로 들어갔다. 위용욱은 무엇을 주문해야 할지 몰라 고민에 빠져 있었다.

"삼겹살도 먹고 싶고, 안심도 먹고 싶은데."

"뭘 그리 고민하느냐. 먹고 또 시키면 되지 않느냐."

처음은 가볍게 삼겹살 10인분과 안심 2kg으로 시작했다.

"손님, 죄송하지만 저희 식당은 보증금을 받습니다."

고깃값이 천정부지로 높아졌기에 먹튀는 큰 범죄였다.

식당에서도 먹튀를 당하지 않도록 여러 가지 방안을 세웠고 그중 하나가 보증금 제도였다.

"우리가 얼마나 먹을지 모르니 보증금을 두둑이 주겠네."

고깃값이 아무리 비싸다고 해도 세 명이서 500만 원이면 충분하겠지.

하지만 30분이 되지 않아 내 생각이 틀렸다는 것을 깨달았고, 보증금을 더 줘야 하는 상황이 되었다.

"용욱아, 좀 천천히 먹어. 그러다가 배탈 나."

먹는 동안 많이 친해진 두 사람은 이제 편하게 말을 하고 있었다.

"형이 너무 천천히 먹는 거예요. 음식은 자고로 이렇게 물고 뜯어야 제맛이죠. 그렇지 않습니까, 영감님?"

나는 이제 모르겠다. 알아서 먹어라.

물가는 이전에 비해 10배가 넘게 뛰었지만 세 명이서 고기만 먹어 천만 원이 넘는 것은 불가할 줄 알았다. 하지만 식신 위용욱 덕분에 우리는 식당 주인의 90도 인사를 받을 수 있었다.

고기 무한 제공을 제한 제공으로 바꿔야 되나 진지하게 고민이 되기 시작했다.

뭐, 그래도 벌어둔 돈이 있으니 어떻게 되지 않겠어?

*　　　　*　　　　*

위용욱을 배불리 먹인 나는 근처 호텔을 잡아주었다.

요즘은 호텔을 이용하는 사람이 매우 드물었고 호텔의 시설도 예전만 못했기에 고기 1인분보다 싼 가격에 방을 구할 수 있었다.

　물도 제대로 나오지 않고, 냉온 설비도 작동하지 않는 것은 물론이고, 엘리베이터까지 작동하지 않았기에 호텔 가격은 생각보다 저렴했다.

　하지만 언제까지 위용욱을 호텔에 살게 둘 생각은 아니었다.

　이제 본격적으로 움직일 시간이 머지않았다.

　최종 면접은 며칠 후 열렸다.

　형식적으로 보는 면접이긴 했지만, 지금까지의 노력이 한순간에 물거품이 될 수도 있었기에 합격자들은 긴장된 표정으로 면접실에 들어갔고, 다들 웃는 얼굴로 면접실을 빠져나왔다.

　현수는 자신의 차례가 다가오자 어디서 그런 용기가 생겼는지 한 번도 대화를 하지 못한 사람을 붙잡고 질문 세례를 퍼부었다.

　"죄송한데, 면접에서 어떤 질문을 했는지 알려주실 수 있나요?"

　"그럼요. 면접만 합격하면 같은 헌터가 될 텐데 그 정도는 알려줘야죠. 면접은 진짜 형식적이에요. 테스트가 어땠는지로 시작해서 자신의 장단점을 물어보고, 이전에 무슨 일을 했는지를 물어봤어요. 압박 면접도 아니고, 정말 부드러운 분위기로 면접이 진행되니까 걱정하지 않으셔도 돼요. 면접에서 떨어졌다는 사람은 들어본 적이 없으니까 편히 마음먹으세요."

임시 헌터 자격증을 받아 든 사람은 신이 나 자신이 알고 있는 정보를 아낌없이 현수에게 알려주었다. 경쟁 상대가 아니라 동료가 될 사람이기에 더욱 친절히 말한 것이기도 했다.

"그럼 정식 헌터 임명식에서 보죠."

그는 손에 쥔 임시 헌터 자격증을 꼭 쥐고는 헌터 협회를 뛰어나갔다.

자랑하고 싶겠지.

"강현수 씨, 들어와 주세요."

현수의 차례가 왔다. 현수는 크게 심호흡을 하고는 면접실로 들어갔고, 5분도 되지 않아 웃는 얼굴로 나왔다. 그의 손에는 임시 헌터 자격증이 들려 있었다.

"정말 형식적인 절차 같아요. 분위기도 생각보다 부드럽고, 그냥 동네 아저씨들하고 대화하는 기분이었어요. 형도 꼭 합격할 수 있을 거예요."

"네가 내 걱정을 다 해주는 날이 오네."

곧이어 박남득이 임시 헌터 자격증을 손에 쥐고 나왔고 내 차례가 되었다.

열린 문으로 들어가 정중하게 인사를 했다.

여기서 삐딱하게 나가서는 안 된다.

형식적인 질문에 형식적으로 대답하면 되겠지.

일자로 길게 만들어진 책상에 세 명의 면접관이 앉아 있었고, 그들은 웃으며 나를 반겼다.

"최진기 씨? 어서 오세요. 테스트 치르는 동안 수고가 많았어요. 간단한 질문 몇 개만 하도록 하겠어요. 자신의 장점과 단점을 간략하게 말해주세요."

장점과 단점?

내 장점이야 이미 악마의 탑을 완벽 공략한 경험이 있다는 것과 여기 있는 헌터 모두와 싸워 이길 수 있는 힘, 그리고 아이템을 제작할 수 있는 능력이었다.

하지만 여기서 그런 말을 하면 미친놈 소리를 듣겠지.

그냥 형식적으로 대답하자.

"제가 가지고 있는 장점은 아이템을 잘 활용할 수 있는 능력입니다. 그리고 단점은 방어력에 있습니다."

"신체를 보아하니 탱커 쪽보다 딜러진에 어울리겠군요. 그리고 장점이 아이템을 잘 활용할 수 있는 능력이라고 했는데, 자세히 설명해 주실 수 있겠어요?"

"저는 세계 기능 올림픽 금형 부문 금메달리스트입니다. 공구를 다루는 것에 매우 익숙하고 아이템들의 능력을 누구보다 빨리 파악할 수 있습니다. 이게 헌터 생활에 큰 도움이 될지는 모르겠지만 남들이 가지고 있지 않은 능력을 가지고 있다고는 자부할 수 있습니다."

"오, 그렇군요. 평생을 공구만 만지신 분이 헌터가 되기로 마음먹으셨군요. 금메달을 딸 정도의 독기라면 충분히 헌터가 될 자격이 있죠. 여기 임시 헌터 자격증이 있습니다. 정식 임명식 날 보도록 하죠. 이만 나가 보셔도 됩니다."

정말 형식적인 면접이었다. 이런 면접을 보는 이유를 도통 모르겠지만 절차를 중시하는 한국의 문화라고 생각하고 넘어갔다.

우리는 위용욱이 면접이 끝날 때까지 기다렸고, 그의 손에도 임시 헌터 자격증이 들려 있었다.

드디어 헌터가 된 것이다. 아직 정식으로 임명식을 하지는 않았지만 임시 헌터 자격증만으로도 많은 혜택을 누릴 수가 있다.

아이템 상점에서 10% 할인율이 적용되었고, 인근 식당에서도 10%~20%의 할인율을 적용받았다. 그리고 백화점과 작은 상점에서까지 헌터 자격증으로 누릴 수 있는 혜택이 많았다.

"다들 오늘은 일찍 돌아가고, 헌터 임명식 날 보자."

그렇게 우리는 헤어졌고, 나는 곧장 집으로 갔다.

지금껏 가족들은 나를 걱정했는데 오늘에서야 그 걱정을 덜어줄 수가 있었다.

"아버지, 제가 오늘부로 헌터가 되었습니다. 여기 임시 헌터 자격증입니다."

가족들은 내가 내민 임시 헌터 자격증을 뚫어지게 쳐다봤다.

내가 헌터가 되겠다고 말하기는 했었지만 그 말을 농담으로 생각했던지 임시 헌터 자격증을 믿지 못하는 가족들이었다.

가족들을 완벽히 믿게 해줘야겠는데.

나는 미리 준비해 놓은, 돈이 든 박스를 가족들에게 주었다.

한마디만 하면 이제는 돈의 행방을 궁금해하지 않겠지.

"저를 후원해 주시는 분에게 후원금으로 받은 돈입니다. 이제 시작입니다. 앞으로는 더 큰돈을 벌 수 있습니다. 이제는 공사판에 나가지 마시고, 어머니도 농장에 그만 나가세요. 제가 조만간 작은 가게라도 하나 열어드리겠습니다."

"고생했다, 고생했어. 역시 내 아들이구나. 아빠는 아들을 믿었어."

가족들이 기뻐하는 모습을 보는 것만으로도 가슴이 따뜻해졌다.

정식 헌터 임명식이 있기 전까지 우리 집 식탁에는 매일같이 고기반찬이 올라왔고, 가족들은 앞으로 무슨 가게를 할지를 의논하며 시간을 보냈다.

다음 주까지 어떤 가게를 할지 결정해 달라고 내가 말했기 때문이었다.

"임명식을 다녀올 때까지 결정해 주세요. 정 모르겠으면 제가 알아서 계약을 할게요."

"그래. 아들, 조심히 다녀와."

가족들의 배웅을 받으며 집을 나왔고, 나는 곧장 헌터 협회로 갔다.

헌터 협회 입구에서는 위용욱과 현수가 나를 기다리고 있었다.

그들에게 영감님의 이름으로 많은 금액의 돈을 쥐어주었기에 깔끔한 정장을 맞춰 입고 있었다.

"옷이 날개다. 길 가다가 보면 몰라보겠어."

"형님도요. 매일 체육복 입은 모습만 보다가 이렇게 차려입으니까 사람이 달라 보입니다."

"헛소리 그만하고 들어가자. 첫날부터 늦을 수는 없잖아."

헌터는 한국에서 소수의 사람들만이 가질 수 있는 직업이었다.

국가에서 직접 관리를 하기에 공무원이라고 생각하는 사람도 있었지만 공무원과는 확연히 다른 구조였다.

일단 출퇴근이 자유로웠다. 헌터가 하는 일은 악마의 탑에 들어가 몬스터를 사냥해 사체나 아이템을 가지고 오는 것이었고, 그것은 누군가가 시킨다고 해서 할 수 있는 일이 아니었다.

자신이 원할 때 헌터 협회에 신청을 하면 헌터 협회에서 적당한 사람끼리 짝을 지어 악마의 탑으로 들어갈 자격을 부여해 주었다.

물론 팀이 있다면 그런 절차를 무시해도 되었다.

대부분의 베테랑 헌터들은 팀을 이루고 있었다. 헌터 사회도 사람이 모여 있는 곳이기에 파벌도 존재했다. 거대한 파벌들은 헌터 협회에 일정 수익을 상납하는 것으로 자유권을 부여받았다.

자유권을 가지게 되면 헌터 협회에 보고하지 않고 악마의 탑에 입장할 수 있었다.

하지만 자유권의 가격은 일반 헌터들이 몇 년을 벌어도 낼 수 없을 정도의 금액이었고, 자유권을 유지하기 위해 매달 내야 하는 상납금도 액수가 컸다.

많은 인원이 함께하는 조직이 아니라면 자유권을 취득할 생각을 하지 않았다.

"헌터 임명식을 시작하겠습니다. 각자 자리에 앉아주세요."

여전히 행사는 절차를 중시하네.

"진기 형, 갑자기 고등학교 조례 시간이 생각나는데요?"

"나도 그렇다. 여기까지 와서 훈화 말씀을 듣고 앉아 있어야 한다니 당황스럽다."

높은 사람들의 자기 자랑 시간이 끝나고 나서야 정식 헌터 자격증을 부여받았다.

자격증 부여가 끝나자 임명식장은 파티 장소로 바뀌었다.

돈이 넘쳐 나는 사람들은 큰돈을 미끼 삼아 아직 후원자가 없는 헌터들을 자신의 노예로 만들려고 했다. 그뿐 아니라 후원자가 있는 헌터에게까지 접근해 소속사를 옮기라고 유혹하는 브로커들도 있었다.

"절대 저런 말에 속으면 안 된다. 너희도 알고 있겠지만 완전 노예 계약이잖아."

"형이나 조심하세요. 저랑 용욱이는 이미 든든한 후원자가 있으니까요."

"저도 지금의 후원자가 매우 마음에 듭니다. 매일 고기를 배부르게 먹게 해주겠다는 약속을 한 번도 어긴 적이 없거든요."

그래, 그 약속 때문에 내 잔고가 빠르게 줄어들고 있다, 이 돼지 같은 놈.

돈과 음식으로 현수와 용욱이와 계약을 하긴 했지만 믿음을 완전히 얻었다고는 할 수 없었다. 그리고 그 틈을 파고들려고 하는 브로커들이 끝도 없이 그들에게 접근했다.

"아직 후원자가 없으시다면 저희 회사와 계약을 하시는 것이 어떻겠습니까? 우리는 최고의 대우를 약속합니다. 분배율도 다른 회사나 후원자들에 비해 매우 높게 책정되어 있습니다."

우리는 브로커들의 끈질긴 구애에 지친 나머지 대충 배만 채우고 연회장을 벗어났다.

"형, 저는 먼저 가볼게요. 너무 피곤하네요. 내일 뵐게요."

내일은 우리가 정식으로 헌터 수련을 받는 날이었다.

악마의 탑에 입장하기 전에 필수적으로 받아야 하는 훈련이 있었다.

파벌에 속하지 않은 신입 헌터들은 무조건 헌터 협회에서 주관하는 연수 스케줄을 이행해야 악마의 탑에 들어갈 자격이 주어졌다.

자유권을 가진 파벌에 속해 있는 신입 헌터들은 헌터 협회가 아닌 파벌의 선배 헌터들에게 교육을 받았다.

"그래. 조심히 가고, 내일 늦지 말고 와."

현수는 피곤한 눈을 비비며 집으로 이동했고, 용욱이는 그렇게 먹어놓고도 아직 배가 고픈지 입맛을 다시고 있었다.

먼저 용욱이의 마음부터 얻어볼까.

"용욱아, 내가 처음 영감님을 소개시켜 줄 때 한 말을 기억해?"

"기억하고말고요. 배 터지게 고기를 먹게 해준다고 했잖아요."

머릿속에 음식 말고는 다른 정보를 저장할 공간이 없는지 앞말은 쏙 빼놓고 음식에 대한 얘기만 기억하고 있는 용욱이었다.

"그거 말고 강하게 해준다는 약속 말이야."

"아, 그거요? 기억하고 있죠. 아이템을 지급해 주는 건가요? 아이템은 제 스타일이 아닌데. 이상하게 아이템이 손에 익지가 않아서요."

"아이템을 이용하는 게 아니야. 너만이 가능한 방법이지. 지금 너의 육체적 능력을 두 배 이상으로 키울 수 있는 방법이 있어. 부작용은 전혀 없지."

"그런 방법이 있어요? 그러면 당연히 해야죠."

"하나만 약속해 주면 돼. 계약을 성실히 이행해 주겠다는 약속."

"계약서요? 5년 동안 영감님 밑에서 일하겠다는 계약은 당연히 이행해야죠, 제가 이래 봬도 의리 빼면 시체인 사람입니다."

"그래, 그 마음만 변하지 않으면 된다. 그럼 내일 헌터 연수가 끝나면 따로 보자."

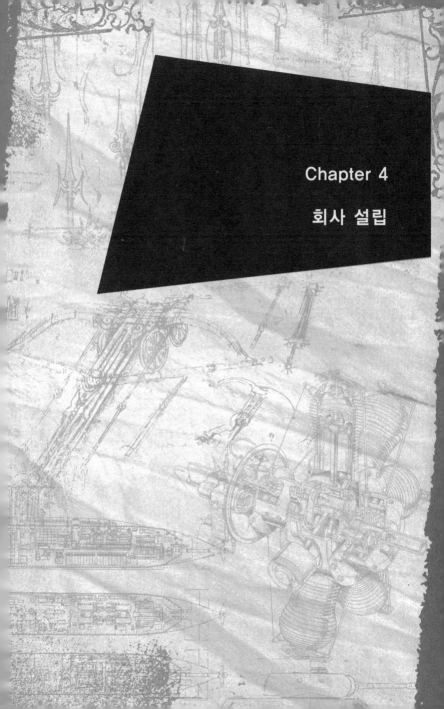

Chapter 4

회사 설립

모든 신입 헌터들은 최종 합격 통지를 받고 회사에 들어가며 설렘과 긴장을 동시에 느낀다. 그리고 신입 헌터 연수가 시작되면 하나라도 더 배우기 위해 열정적으로 행동한다.

신입 헌터들은 새로운 환경과 사람들에 적응하기 위해 가식적인 웃음을 항상 달고 다녀야 한다. 좋든 싫든 말이다.

헌터 협회의 첫 출근은 연수로 시작되었고, 헌터 협회의 높은 분들의 연설로 연수는 시작되었다.

연수에 참여하지 않은 사람이 1/3 정도 되네.

자유권을 가진 헌터 회사에 들어갔나 보네.

헌터 회사를 보유한 사람이 헌터인 경우는 드물었다. 회사를 설립하는 것은 그렇다 쳐도 자유권을 얻기 위해서는 많은 자본이 필요했다.

헌터가 아무리 일반 사람들보다는 많은 돈을 번다고는 하지만 회사를 설립할 정도의 자본을 단기간에 벌어들일 수는 없다.

신입 헌터들을 회유하는 브로커들을 고용한 후원자들은 회사를 가지고 있는 경우가 많았다.

회사에 들어간 신입 헌터들은 선배 헌터들에게 집중 교육을 받을 것이다.

나도 헌터 협회의 교육이 어떻게 진행되는지 몰랐기에 일단 연수에 참여하기는 했다.

오늘 연수를 통해 헌터 협회의 교육이 필요한지 아닌지 확인할 생각이다.

"진기 형. 오전은 정신교육만 들었네요. 일정표도 나눠주지 않고. 아무리 종이값이 비싸다고는 하지만 그래도 헌터 협회 정도면 일정표 정도는 나눠 줄 수 있지 않아요?"

"일단 오늘은 지켜보자. 어떤 방식으로 교육이 진행되는지 알고 나서 불평을 해도 늦지 않아."

위용욱은 정신교육이 진행되는 오전 시간 내내 의자에 앉아 꾸벅거렸고, 교육이 끝나서도 눈이 풀려 있었다.

우리는 헌터 협회에서 제공되는 간단한 점심을 먹고는 오후 교육에 참여했다.

"밥이 이렇게 시원찮아서 어떻게 몬스터와 싸우는지 모르겠네요. 간에 기별도 안 가요."

"네 배가 너무 커서 그렇지. 나는 배부르다고."

고기반찬이 무한 제공되지 않았다는 것에 불만을 품고 있는 위용욱 말고는 헌터 협회가 제공한 점심 식사에 불평하는 사람은 없었다.

우리의 교육을 담당한 강사진들이 차례대로 들어오고 있었다. 그들은 헌터라는 자부심으로 똘똘 뭉쳐 있는 사람들이었다.

가장 먼저 말을 꺼낸 사람은 온몸에 문신을 하고 있었는데 외모만 봤을 때는 건달 같았다.

"반갑다. 나는 헌터 협회 소속 A급 헌터 김도현이다. 연수 기간 동안 나를 가장 많이 보게 될 것이다. 자네들은 이제 헌터가 되었다. 하지만 쓰레기다. 우리는 몬스터 한 마리도 이기지 못하는 사람은 쓰레기로 취급한다. 너희가 우리에게서 하나라도 더 배우기 위해서는 우리를 신으로 받들어 모셔야 할 거다. 사실 나는 신입을 가르치는 것이 매우 싫다. 쓰레기들을 가르친다고 해서 온전한 물건이 되지 않으니. 그래도 재활용이 가능한 쓰레기 정도로는 만들어주마. 간단히 인사 정도는 해야겠지? 다들 엎드려라. 너희의 썩어빠진 정신부터 개조시켜 주마. 다들 반응이 왜 그래? 이 정도는 예상하고 오지 않았나? 아직도 멀뚱히 앉아 있는 놈은 뭐 하는 놈들이야!"

군대에서도 하지 않는 짓을 하려고 하다니. 기선 제압을 하겠다는 건가? 아니면 원래 이런 분위기인가? 아직 정확히 파악이 되지 않았다.

악마의 탑에 서식하는 몬스터를 사냥하기 위해서는 능력이 있어야 하는 것이 사실이었다.

개인행동을 하는 한 사람 때문에 파티원들이 전멸을 당할 수도 있다.

때문에 조직 문화를 심어주는 것이 나쁘다고만 할 수는 없었다.

나는 이미 엎드려 있는 현수의 옆에 엎드렸고, 위용욱은 내가 엎드리고 나서야 마지못해 몸을 숙였다.

"하나에 '선배는' 둘에 '신이다'. 목소리 작은 놈은 알아서 해라."

뒤에서 지켜보고 있는 상급 헌터들은 김도현의 기선 제압에 암묵적으로 동의하고 있었다. 소리 내어 웃기까지 하고 있는 걸로 보아 이런 일이 그들에게는 당연한 것이었다.

군대도 제대로 운영되지 않는데 군대식 문화는 여전하네.

신고식이라는 명목하에 신입 괴롭히기는 2시간이나 지속되었다.

"오늘은 첫날이라서 이 정도로 한다. 그리고 너희가 착용하고 있는 아이템은 연수 기간 동안 우리가 보관한다. 다들 아이템을 풀어라."

김도현의 눈에 탐욕이 잠시 스쳐 지나갔다.

최대한 무미건조한 말투로 말했지만 분명 탐욕을 느꼈다.

신입 괴롭히기의 연장이라는 말인데.

아이템은 헌터 생활을 위해서는 필수였다. 하나의 가격이 수백만 원에서 수천만 원까지 하는 고가의 물건이라 다른 사람에게 맡길 수 있는 게 아니었다.

왜 회사에서 신입 헌터들을 자체적으로 교육시키는지 이해가

갔다.

헌터 협회의 연수는 교육이 아니라 신입 길들이기였다.

"현수야, 용욱아, 일어나. 여기 더 있을 이유가 없겠다. 나가
자."

"하지만 형, 연수를 받지 않으면 악마의 탑에 들어갈 수가 없
는데요?"

헌터가 되었다고 해서 바로 고액의 연봉을 받을 수 있는 것은
아니다.

악마의 탑에 들어가고 난 후부터 연봉이 보장되었다.

그랬기에 악마의 탑을 인질 삼아 신입들을 괴롭히고 있는 선
임 헌터들이었다.

"괜찮으니까 어서 일어나기나 해. 여기 있어봤자 좋은 꼴을 보
지 못하겠네."

용욱이는 군말하지 않고 자리에서 일어나 내 뒤를 따라왔고,
현수는 불안한 기색을 감추지 못하고 억지로 발길을 옮겼다.

"너희들 어디 가? 어디 든든한 백이라도 있나 보지? 앞으로 헌
터 회사에 입사할 생각은 안 하는 게 좋을 거다. 우리한테 한번
찍히면 헌터 사회에서 매장당한다고 보면 되거든."

"그건 우리가 알아서 할 테니까 걱정은 마세요. 다시 볼 일이
없었으면 좋겠네요. 그럼 하던 일 마무리하세요. 애들 코 묻은
돈이나 뺏고, 헌터가 아니라 양아치 집단이네."

선임 헌터들이 신입을 이렇게 다루는 것을 헌터 협회에서 모
를 리가 없었다.

그렇다는 말은 그들도 이런 행태에 암묵적으로 동의하고 있다는 뜻이었다.

"그래, 잘 가라. 가는 놈은 붙잡지 않는다. 다른 놈들도 가려면 가라. 하지만 악마의 탑은 구경도 하지 못할 거다. 내가 그 정도 능력은 있는 사람이거든. 나만 믿고 따라온다면 누구보다 빠르게 악마의 탑에 들어가게 해주마."

우리는 김도현의 말을 무시하고 헌터 협회를 빠져나왔다.

"형, 어떻게 하실 생각이세요? 연수를 마치지 못하면 헌터 자격증은 종이 쪼가리가 되어버리고 마는데요."

"영감님이 헌터 회사를 차리신다고 그러셨어. 며칠 안에 자유권도 구입하신다고 했으니까 걱정 안 해도 돼."

"하지만 교육도 받지 않고 악마의 탑에 들어가면 자살행위라고 그랬는데요?"

자살행위? 헌터 협회에 있는 모든 헌터들이 악마의 탑에 들어간 횟수보다 내가 들어간 횟수가 몇십 배는 많다.

교육은 내가 책임지면 되는 거지.

암시장을 통해 벌어들인 돈이면 충분히 자유권을 살 수 있고, 몇 개의 아이템을 더 판매하면 건물을 매입할 자본금도 만들 수 있다.

이왕 말 나온 김에 당장 움직여야겠네.

현수와 용욱이를 집으로 돌려보내고 나는 곧장 영감으로 변신했다.

그러고는 다시 헌터 협회로 들어갔다.

이런 일을 대비해 고가의 옷을 구입해 둔 보람이 있었다. 한 벌에 수천만 원이나 하는 옷을 입고 있는 나를 헌터 협회의 경비원들은 쉽게 대하지 못했다.

"무슨 일로 오셨습니까?"

"수고가 많군. 자유권을 구입하려고 왔는데 관련 부처로 안내 좀 해주겠는가?"

자유권을 구입하겠다는 사람은 흔치 않다. 고작 악마의 탑 하나를 자유롭게 들어갈 수 있는 자격만으로 수십억을 사용할 사람은 거의 없었다.

한국에는 여전히 사용되지 않는 데빌 도어는 많았기 때문에 자유권을 구입하려는 사람이나 회사를 반기는 헌터 협회였다.

알아서 돈을 가져다 바치겠다는데 누가 싫어하겠는가.

"제가 협회장실로 안내하겠습니다. 따라오십시오."

경비원은 미리 언질을 받았는지 곧장 협회장실로 안내했다.

똑똑!

"협회장님, 자유권을 구입하고자 하는 손님을 모셔 왔습니다."

들뜬 목소리가 문 안에서 들려왔다.

"들어오시라고 하게."

임명식에서 자기 자랑만 30분을 했던 협회장이 가식이 아닌 진심으로 웃으며 나를 맞이했다.

"자유권을 구입하시겠다고 하셨습니까? 데빌 도어의 위치에 따라 가격은 조금 차이가 납니다. 특별히 원하는 장소가 있으십니까?"

"최대한 서울역에서 가까운 곳으로 하고 싶은데 가격이 어떻게 됩니까?"

"서울역 부근에 있는 데빌 도어는 이미 헌터 협회와 다른 회사의 소유입니다. 하지만 마침 서울역에서 1시간 정도 떨어진 곳에 있는 데빌 도어가 이번에 새롭게 발견되었습니다. 제가 특별 가격으로 판매하겠습니다. 30억에 서울에 있는 데빌 도어의 자유권을 구입할 수 있는 기회는 오늘밖에 없습니다."

30억이면 나쁘지 않은 금액이었다.

한 끼 식사로 수백만 원을 우습게 쓰는 세상이었고, 30억이면 건물 한 채의 가격 정도였다.

"조금 비싸지만 그런 기회를 놓칠 수는 없죠. 바로 계약하도록 하겠습니다."

계약은 간단했다. 전산이 마비되어 주민등록을 확인할 수 있는 세상이 아닌 데다 헌터 협회의 직인이 찍힌 계약서가 법보다 위에 있었다.

"혹시 제가 구입한 데빌 도어의 주변에 괜찮은 건물이 있습니까?"

"헌터 협회의 연수원으로 사용하려던 건물이 있긴 한데……. 데빌 도어를 구입하셨으니 근처에 건물이 필요하신가 보군요. 데빌 도어 계약도 했으니 특별히 싼 가격에 판매하겠습니다."

특별히라는 말을 유독 좋아하는 협회장이었다.

딱히 싼 가격도 아니었건만 괜한 생색이었다.

그래도 건물을 구입하기 위해 발품을 팔기는 귀찮았기에 바로 계약을 했다.

나는 데빌 도어에 이어 건물까지 구입한 다음 헌터 협회의 인증을 받은 헌터 회사를 정식으로 등록했다.

"상납금은 한 달에 3억입니다. 부디 회사가 번창하시기를 빌겠습니다."

앉아서 매달 3억을 벌어들이네. 진짜 돈 버는 데는 머리가 비상하다니까.

어쨌든 회사를 설립했다.

복잡하게 동사무소를 갈 필요도, 법을 따질 필요도 없었다.

나라가 망가진 것이 처음으로 도움이 되었다.

회사 하나 설립하는 데 1시간도 걸리지 않다니.

이제 내 계획이 한 발을 내디뎠다.

*　　　*　　　*

헌터 협회에서 매입한 건물은 생각보다 깔끔했다.

정말 연수원으로 사용하려고 했던 건지 보수 공사도 되어 있었고, 내부 청소도 어느 정도 되어 있었다.

건물을 매입하고 가장 먼저 한 일은 현수와 용욱이를 데리고 오는 것이었다.

"영감님, 이제 이 건물에서 살면 되는 겁니까?"

현수는 좁은 집에서만 살다 넓은 곳으로 나오게 되자 신기한 듯 주변을 둘러보았다.

"그렇다네. 원하는 방에 짐을 풀게나."

현수와 용욱이는 서로 좋은 방을 차지하기 위해 모든 방을 들락날락했다.

"내가 형이니까 양보해!"

"제가 덩치가 크니까 큰 방을 사용하는 게 당연하죠."

아웅다웅하는 목소리가 들려왔지만 큰 어려움 없이 자신만의 공간을 선택한 용욱이와 현수였다.

건물은 3층으로 되어 있었다.

1층 전체는 체육관의 형태로 되어 있었고, 2층과 3층은 20개가 넘는 방들이 다닥다닥 붙어 있었다.

보금자리가 결정되고 이제 남은 일은 악마의 탑으로 들어가는 것이다.

하지만 제대로 훈련이 되어 있지 않은 두 명을 데리고 들어간다면 짐을 안고 가는 것과 다름이 없었다.

저들의 능력치를 올려줘야 한다.

특히 용욱이의 육체를 각성시켜 줘야 했다.

파티에서 탱커의 역할은 백번 강조해도 부족하지 않았으니까.

간단한 바비큐 파티를 한 후 현수는 자신의 방으로 들어가 휴식을 취했고, 나는 용욱이를 1층 체육관 옆 의료실로 데리고 갔다.

"제가 어떤 방식으로 강해지는 겁니까? 아프지는 않나요?"

수련이나 아이템을 통하지 않고 육체의 능력을 강화시킬 방법이 있다고 하면 다른 사람들은 어떻게 반응을 할까?

백이면 백 사기라고 말할 것이다.

하지만 용욱이는 의심하지 않았다. 나를 맹목적으로 따르는 것은 아니다.

단지 비싼 밥을 사주고 거짓말을 하지는 않겠지 하는 단순한 생각에 나를 믿는 것이었다.

이러다가 스테이크 사주겠다는 다른 회사로 쫄래쫄래 따라가는 건 아닌가 몰라.

그래도 의리는 있어 보이니까 괜찮겠지, 뭐.

"윗옷을 벗어보거라. 고통은 크지 않을 것이니 잠시만 참거라."

위용욱은 윗옷을 훌러덩 벗어 버렸다.

운동을 전문적으로 하지 않았지만 근육으로 단단히 뭉쳐 있는 몸이었다.

하지만 근육으로 뭉쳐져 있는 몸보다 그 안에 있는 뼈가 진국이다.

나는 그의 몸에 손을 가져다 대었다.

나는 보관 상자 안에 들어 있던 필수 재료인 용암의 탯줄을 이용해 곧장 드래고니안의 뼈를 강화시켰다. 위용욱은 따끔거리는지 잠시 움찔렸지만 그것으로 강화는 끝이 났다.

용암의 탯줄이라는 재료가 없었다면 드래고니안의 뼈를 강화시킬 수 없다.

이계에서만 구할 수 있는 재료를 가지고 있는 사람이 있을 리 없을뿐더러 드래고니안의 뼈를 강화시킬 수 있는 능력을 보유하고 있는 사람도 나 말고는 없었기에 위용욱은 큰 기연을 얻은 것과 다름이 없었다.

그걸 알아주기를 바라지는 않았다. 앞으로 그의 역할이 중요했기에 자신의 역할에만 충실해 주면 그걸로 만족이었다.

[드래고니안의 뼈]
등급 : B
내구성 : 2,000/2,000
강도 : 1
순도 : 60%
방어력 증가 : 70%
체력 증가 : 50%
전체 능력치 증가 : 15%
피해 면역 : 30%
피해 반사 : 20%

드래고니안의 뼈가 아이템이었다면 충분히 A급의 가치가 있었다.

만약 드래고니안의 뼈를 이식할 수 있다면 그 가치는 A급 이상이다.

아직 자신의 강화된 능력을 모르고 있는 위용욱은 멀뚱히 침대에 앉아 있었다.

"이제 끝났으니 한번 움직여 보거라."

"벌써 끝났습니까? 5분도 지나지 않은 것 같은데 정말 제가 강해졌다고요?"

사람이 갑자기 힘이 강해지면 어떻게 되는지 이미 본 적이 있다.

쿵!

"몸이 제 마음대로 안 움직여요!"

수련에 의한 능력치 증가가 아니었기에 적응할 시간이 필요했다.

밥을 먹기 위해 숟가락을 입에 쑤셔 넣다 이빨이 나갈 수도 있었다.

위용욱은 천천히 걷는 것부터 시작했다.

제대로 뛰기까지는 1시간이 걸렸고, 이전처럼 몸을 움직이기까지 하루가 걸렸다.

위용욱은 자신이 강해졌다는 것을 느꼈고, 영감의 모습을 하고 있는 나를 신뢰하게 되었다.

드래고니안의 뼈를 강화시킨 것만으로 베테랑 헌터라면서 신입을 괴롭히던 헌터들보다 육체적으로는 훨씬 강한 힘을 낼 수 있으니 나를 신뢰하는 것이다.

나는 위용욱을 강화시켰기에 이제는 원래의 모습으로 돌아와 그들과 함께 생활했다.

헌터 협회에 회사를 등록시킬 때 회사명을 카인트 헌터 회사로 했다.

이계에서 나의 생명을 몇 번이나 구해주었던 사람의 이름이었다.

나에게는 스승과도 같은 분이었기에 그의 이름을 되새기기 위해 회사명을 그렇게 지었다.

그리고 건물의 이름도 새로 지었다.

우리가 생활하게 될 건물의 이름은 그분의 별칭이었던 '북부의 벽'이었다.

*　　　　*　　　　*

악마의 탑을 공략하기 위해 며칠을 준비했다.

만약을 대비해 비상식량을 구입해야 했고, 다른 필수품도 구비해야 했다.

그러기 위한 자금을 만들기 위해 아이템을 만들어 암시장에 내다 팔았다.

그러는 동안 위용욱은 육체에 익숙해졌고, 이제는 몸이 근질근질해지기까지 했다.

"진기 형! 우리는 악마의 탑에 언제 들어갑니까? 영감님이 자유권까지 구입했다고 했는데 슬슬 들어가 봐야 되는 거 아니에요? 몬스터를 상대하고 싶어 죽겠어요."

그러지 않아도 그럴 생각이었다.

이제 준비는 끝이 났고, 두 명의 생초보 헌터들을 본격적으로 수련시켜야 되었다.

네 명이 한 조가 되어야만 악마의 탑에 들어갈 수 있지만 세 명으로 갈 수 있는 방법이 나에게 있었다.

분신을 이용하면 데빌 도어를 속여 악마의 탑으로 들어가는 문을 열게 할 수 있다.

"진기 형이 두 명이다! 이거 어떻게 된 거죠?"

"아이템으로 분신을 만든 거야. 수선 떨지 말고 얌전히 앉아 있어."

데빌 도어의 4개의 돌 의자에 사람이 채워지면 데빌 도어의 중앙에 문이 생기고 그 문을 따라 악마의 탑에 들어갈 수 있다.

난생처음으로 악마의 탑에 들어가는 용욱과 현수는 긴장과 설렘이 섞여 있는 표정을 짓고 있었다. 붉은빛이 번쩍하고 나서 우리는 이윽고 악마에 탑에 들어오게 되었다.

"결국 또 오게 됐네. 지겹다, 지겨워."

"언제 악마의 탑에 온 적이 있으세요?"

"아니야, 헛소리니까 잊어. 너희들 악마의 탑 1층에서 어떤 몬스터가 나오는지 알고 있지?"

"그럼요. 학원에서 달달 외웠던 내용이니까요."

현수와 용욱이는 2차 테스트인 필기시험에 합격했고, 악마의 탑 1층에 서식하는 몬스터에 대해서는 빠삭하게 알고 있었다.

한국의 헌터들은 보통 악마의 탑 1층만 주구장창 공략하기 때문에 1층에 대한 정보는 꽤나 정확했다.

내가 따로 알려주지 않아도 될 정도였고, 바로 수련에 들어갈 수 있었다.

"형! 여기에 난생처음 보는 식물들이 있어요. 저런 모양의 꽃이 있다니 신기해요."

"우와! 흙도 촉감이 이상한데."

눈 내리는 날 강아지가 촐싹거리는 것처럼 잠시도 가만히 있지 못하는 두 명이었다.

"그만 진정들 하고, 긴장 좀 하지?"

내 말에 쪼르르 다가온 그들을 진정시키며 말했다.

"나는 영감님의 밑에서 악마의 탑에 몇 번 들어온 경험이 있어. 헌터 협회 모르게 말이지. 그러니 내가 하자는 대로만 움직이면 큰 어려움 없이 1층을 공략할 수 있어."

악마의 탑 1층은 튜토리얼 축에도 끼지 못할 정도로 쉬운 난이도였다.

물론 일반 사람은 절대 깨지 못할 난이도였지만 악마의 탑을 공략하려는 헌터라면 1층은 어렵지 않게 클리어할 수 있어야 한다.

"일단은 몬스터에 익숙해지자. 몬스터라고는 하지만 살아 움직이는 생물을 죽이는 것은 쉽지 않은 일이지. 동물을 잡아본 적 있어?"

두 명 다 고개를 저었다.

살생이라고는 곤충을 잡아본 정도가 전부인 두 명인지라 그들이 몬스터를 죽이는 일에 익숙해지게 하는 일부터 시작해야 했다.

처음 피를 보게 되면 몸이 제대로 움직이지 않지. 나도 그랬으니.

하지만 죽고 싶지 않으면 죽여야 된다는 사실을 깨닫게 되면 몸은 본능적으로 움직인다.

먼저 위기를 느끼게 해줄까나.

마침 1층에 서식하는 몬스터는 초원 늑대였다.

강한 공격력과 빠른 몸놀림.

슬라임처럼 쉽게 상대할 수 있는 놈이 아니었다.

수련을 하기에는 안성맞춤이군.

"초원 늑대를 사냥하는 법은 알고 있어요. 용욱아, 우리끼리 한번 잡아보자."

내가 말하지 않아도 알아서 움직이는 동생들이었고, 그들은 무리에서 떨어져 있는 초원 늑대 한 마리에게 다가갔다. 개와 비슷하게 생긴 초원 늑대였기에 만만하게 보고 있는 것이다. 하지만 첫 사냥으로 하기에는 절대 쉬운 몬스터가 아니다.

"제가 시선을 끌면 형이 옆에서 공격해 들어가요."

나름 작전을 짜는 모습이었다.

그런데 언제 들어도 용욱이가 현수에게 형이라고 부르는 게 적응이 안 되네.

30은 넘어 보이는 얼굴이 20대 초반이라니.

초원 늑대 한 마리는 자신을 향해 다가오는 낯선 두 사람에게 이빨을 보이며 위협했다. 무리에서 빠져나온 놈이라면 따돌림을 당하고 있을 가능성이 높았다.

같은 초원 늑대에게 따돌림을 당하는데 사람까지 자기를 무시하니 열이 받겠지.

초원 늑대는 계속해서 사람들이 자신에게 다가오자 거만한 자세를 취하고 있는 용욱이에게 달려갔다.

역시 드래고니안의 뼈를 가지고 있는 사람은 도발 능력이 있는 게 분명해.

이계에서도 그랬다.

몬스터들은 드래고니안의 뼈를 소유한 사람에게 집중 공격을 했었다.

이번에도 다르지 않았고 용욱이는 자신에게 무서운 속도로 달려드는 초원 늑대에게 같이 달려들었다.

무식한 놈.

공격만이 최선의 방어라고 생각하는 용욱이었고, 체중을 실어 초원 늑대에게 무식하게 달려들었다.

하지만 그의 공격은 성공하지 못한다. 초원 늑대는 영악한 놈이다.

자신은 피해를 입지 않고 적을 공격하는 법을 아는 놈이다.

급작스럽게 방향을 트는 초원 늑대에 용욱이는 체중을 못 이겨 앞으로 꼬꾸라졌다.

그 순간 초원 늑대는 용욱이의 목을 물기 위해 달려들었다.

구해줘야 하나?

아직은 아니다. 고생을 해야 몬스터가 무서운 존재라는 것을 깨닫게 될 것이다.

천방지축인 둘에게 고통의 시간이 필요했다.

"꺼져! 어디서 이빨을 들이밀고 있어!"

넘어진 용욱이에게 달려드는 초원 늑대에게 현수가 발길질을 했다.

하지만 느린 현수의 공격이 초원 늑대의 몸에 닿을 리가 없었다.

초원 늑대는 이번에도 현수의 공격을 쉽게 피해내고는 발톱으로 현수의 발목을 할퀴었고, 현수의 바지 아랫단은 피로 물들어 갔다.

모든 몬스터는 피 냄새에 민감하게 반응한다. 언제나 굶주린 몬스터는 향긋한 피 냄새에 이성을 잃는다.

초원 늑대의 공격이 더욱 빨라지고 집요해졌다.

손에 묻은 현수의 피를 핥아 먹은 초원 늑대는 피가 주는 강렬한 맛을 잊지 못하고 다시금 현수를 향해 달려들었다.

현수가 위험해지자 용욱이가 몸을 급히 일으켜 초원 늑대의 앞을 가로막았다.

자신의 앞을 가로막는 용욱이가 마음에 들지 않은 초원 늑대는 빠른 속도를 이용해 용욱이의 몸에 상처를 만들어내었다.

용욱이와 현수의 몸은 점점 피로 물들어갔고, 그들은 초원 늑대에게 한 번이라도 공격을 하기 위해 혼신의 힘을 다해 발과 주먹을 휘둘렀다.

하지만 초원 늑대는 그들의 공격을 너무도 쉽게 피해내었고, 일방적으로 상처만 주었다.

이제 슬슬 한계가 왔겠는데.

엄청난 능력치를 가지고 있는 용욱이였지만, 전투에 대한 경험이 없어 체력을 엉뚱하게 낭비했고, 현수는 긴장된 몸을 풀지 못하고 급속도로 지쳐 갔다.

몸을 움직이는 속도가 더욱 느려진 그들은 초원 늑대의 먹잇감이 될 뿐이다.

이 정도면 교육이 됐겠지.

"다들 물러서!"

현수와 용욱이는 뒤에서 들려오는 목소리에 본능적으로 몸을 뒤로 날렸고, 나는 그 사이를 파고들어가 초원 늑대의 목을 꺾어 비틀었다.

"수고했어. 몬스터가 만만하지 않다는 걸 배웠겠지."

"배웠다마다요. 한 마리도 상대하기 힘든데 무리 사냥이 가능하긴 한 거예요?"

바닥에 누워 가쁜 숨을 고르고 있는 그들은 불평을 쏟아내었다.

처음 보였던 자신감은 이미 사라져 있었고, 적당한 공포가 그들을 짓누르고 있었다.

악마의 탑 1층의 필드 몬스터 한 마리에 죽을 고비를 느낀 현수와 용욱이는 기가 질려 있었다. 몬스터와의 전투는 숙련된 격투가라고 할지라도 힘든 일이었다.

사람과 사람 간의 전투는 제압을 우선적으로 한다. 하지만 몬스터와의 전투는 제압이 아닌 목숨을 빼앗아야 한다. 여기는 심판이 있는 사각의 링이 아니라 서로의 목숨을 건 전장이다.

전장의 공포를 알아야만 헌터로서의 한 걸음을 내딛는 것이다.

"힘드냐? 너희가 지금 차고 있는 아이템이면 악마의 탑 1층을 공략하는 다른 헌터들하고 크게 차이 나지 않을 거야. 육체적인 능력이야 다 거기서 거기일 테고, 특히 용욱이 너는 다른 헌터들보다 우월한 육체 능력을 가지고 있어. 그런데 왜 그들은 1층을 공략할 수 있고, 너희는 그러지 못할까?"

아직도 반(半)공황 상태에 빠져 있는 두 명의 어린 양이었지만 지금은 더욱 몰아붙여야 한다.

처음에 제대로 마음을 잡아줘야만 빠르게 성장할 수가 있다.

"경험의 차이가 아닐까요? 몬스터의 공격 패턴도 글로만 배워서 제대로 반응하지 못한 것 같아요. 경험이 쌓이면 우리도 다른 헌터들처럼 몬스터들을 사냥할 수 있지 않을까요?"

경험도 물론 중요하고, 현수의 말도 틀리지 않았다.

하지만 그들은 더욱 중요한 포인트를 모르고 있었다.

"경험도 중요하지만 너희의 마음가짐이 엉망이라서 저따위 몬스터한테 당한 거야. 내가 방금 초원 늑대를 잡을 때 현수, 너보다 느린 움직임과 용욱이보다 약한 힘으로 공격했어. 오로지 나는 초원 늑대를 단숨에 죽여 버리겠다는 생각을 했다는 것이 너희들하고 다른 부분이지."

현수는 머리로는 이해했지만 육체가 받아들이지 못했다.

하지만 위용욱은 반대였다.

머리보다는 신체가 뛰어난 만큼 본능적으로 내 말을 이해한 것이다.

눈빛이 말해준다. 순둥이처럼 부드러운 눈에서 날카로운 살기가 묻어 나온다.

저 덩치로 어디서 맞고 다닌 적은 없을 것이고, 이렇게 처참히 당한 적은 오늘이 처음일 것이다.

"다시 싸워보고 싶어요. 이번에는 제 손으로 죽여 버릴 겁니다."

위용욱의 바뀐 분위기에 현수도 영향을 받았는지 그의 분위기도 약간이나마 변했다.

이제는 저들에게 경험을 쌓을 기회를 줘야겠지.

"전투를 준비하고 기다려. 초원 늑대 한 마리 데리고 올게."

한가롭게 낮잠을 자고 있던 초원 늑대를 납치했다.

내 품이 침대처럼 느껴지는지 여전히 자고 있는 초원 늑대를 현수와 위용욱에게 집어 던졌다.

깨갱!

초원 늑대는 갑작스럽게 자신을 찾아온 땅의 딱딱함에 짖어댔고, 부끄러운 모습을 구경하고 있는 두 명에게 살기 가득한 눈빛을 보냈다.

"집중해! 이번에는 너희들끼리 알아서 해. 불구가 되기 전에는 구해주지 않을 테니까."

한 번의 전투에서 크게 체력을 소모했기에 완벽한 컨디션은 아니었다.

하지만 이전보다 더욱 부드러운 움직임을 보였다.

"내가 앞을 막을게요. 현수 형은 틈을 노리세요."

이전과 같은 방식의 작전이었다. 하지만 작전을 수행하는 사람의 마음가짐이 바뀌었다.

"늑대 새끼야! 덤벼! 덤비라고!"

위용욱이 포효하듯 소리쳤고, 초원 늑대는 땅에 손바닥 모양의 구덩이를 만들었다.

강하게 땅을 굴렀기에 생긴 구덩이였다.

빠르게 뛰어오던 초원 늑대는 거리가 좁혀지자 거의 날다시피 뛰어 올라 위용욱을 공격했다.

"살을 내 주고 뼈를 씹어 먹어줄게!"

위용욱은 방어를 포기한 것처럼 보였다. 그의 손은 방어의 목적이 아닌 초원 늑대를 잡기 위해서만 움직였다.

공격하는 동안에는 빈틈이 보이게 마련이고, 위용욱은 자신의 가슴에 발톱 자국을 만드는 초원 늑대의 틈을 노려 끌어안았다.

초원 늑대는 외간 남자의 포옹을 격렬히 거부했고, 위용욱의 몸에 스크레치를 계속해서 냈다.

"현수 형! 빨리요!"

초원 늑대의 반항이 생각보다 거셌기에 오랜 시간 붙잡을 수 없었기에 현수의 도움이 필요했다.

고민하고 있군. 아직 마음을 다잡지 못했어.

현수의 손에는 내가 쥐어준 칼이 들려 있었다. 특수한 능력은 없지만 초원 늑대의 가죽 정도는 충분히 뚫을 수 있는 강도를 가진 칼이었다.

몸이 묶여 있는 초원 늑대를 칼로 찌르기만 하면 된다.

하지만 현수의 발은 멈춰져 있었다.

아직 살아 움직이는 존재를 죽일 정도로 독하지 못한 것이다.

"네가 망설이면 용욱이가 죽는다. 그렇게 나약한 마음으로 어떻게 헌터가 되려고 했던 거야. 독기는 자신 있다며!"

"씨X! 다 죽여 버린다! 죽여 버릴 거라고!"

현수는 멈춘 다리를 그제야 움직였고, 초원 늑대의 목에 칼을 찔러 넣었다.

거기서 멈추지 않았다.

푹! 푹!

현수는 계속해서 초원 늑대를 찔렀다.

저거 정신이 나간 것 같은데…….

자세히 보니 눈에 초점도 없었고, 입에서는 침이 질질 흐르고 있었다.

이미 숨이 완전히 끊어진 초원 늑대를 분해하다시피 한 현수였고, 그를 말리려는 위용욱까지 찌르려고 했다.

위험한 놈이었네. 독기를 품는 건 좋은데 정신은 붙잡아둬야지.

피범벅이 된 상태에서도 계속해서 초원 늑대의 몸에 칼을 찔러 넣고 있는 현수의 팔을 잡았다.

"놔! 이거 놓으라고! 죽여 버린다!"

미친놈에게는 매가 약이지.

퍽!

현수의 뒤통수가 앞으로 꼬꾸라졌다.

힘 조절을 실패했나? 너무 강하게 때려 버렸는데. 뭐, 안 죽으면 된 거지.

"진기 형… 제가 이렇게 한 거예요?"

현수는 자신의 발밑에 처참히 분해되어 있는 초원 늑대의 사체를 보고는 퍼렇게 질려 버렸다.

지가 찌를 때는 언제고, 자기가 당황스러워하면 어쩌라고.

"그래, 잘했어. 그런데 다음에는 정신은 잃지 말라고."

첫 살생을 한 직후였기에 현수의 손과 팔은 힘없이 움직였다.

"이 상태로 더 진행은 어렵겠네. 너희들, 여기서 잠시만 쉬고 있어."

오늘의 수업은 이 정도면 충분했다.

보충 수업을 하고 싶었지만 학생의 상태가 영 말이 아니었기에 나머지 과제는 내가 해주기로 했다.

무리를 지어 있는 초원 늑대들은 한가로이 휴식을 취하고 있었고, 곧 영원히 휴식을 취하게 만들어주었다. 그리고 1층의 보스 몬스터까지 가뿐히 처리하고 돌아왔다.

"진기 형, 어디 갔다 오셨어요? 화장실이라도 다녀왔어요?"

고작 10분 동안 자리를 비웠으니 화장실을 갔다 왔다고 오해할 만했다.

"내가 다 처리하고 왔으니까 이만 돌아가자."

여전히 성능 좋지 않은 기계처럼 움직이는 두 명을 끌고 데빌 도어로 걸어갔다.

"형이 초원 늑대 무리를 다 사냥하신 거예요?"

"왜, 존경스럽냐? 존경은 나중에 하고 일단은 나가자."

"잠시만요. 초원 늑대 사체를 버리고 갈 수는 없잖아요. 이게 다 돈인데 챙겨 가야죠!"

방금 전만 하더라도 축 처져 있던 놈 맞는 거지?

현수는 미친 듯이 뛰어 다니며 초원 늑대의 사체를 모았다.

두 손이 부족하자 입고 있던 옷까지 벗어 초원 늑대의 사체를 모으는 현수였다.

"용욱아, 뭐 해! 너도 좀 도와. 이게 다 돈이라고! 밥 굶기 싫으면 어서 모아!"

"밥 굶으면 안 되죠. 갑니다!"

어떤 의미로 대단한 놈들인 건 분명했다.

고작 악마의 탑 1층의 몬스터를 상대로 죽을 고비를 넘긴 위용욱과 현수는 풀이 죽어 있었다. 그래도 할 건 해야지.

"현수야, 몬스터 사체는 네가 알아서 판매해. 호위가 필요하면 용욱이랑 같이 다녀오."

죽을 고비를 넘기고도 몬스터 사체를 싸 들고 온 녀석답게 현수는 사체를 창고에 정리해 집어넣고 있었다.

"알겠어요. 암시장에서 판매할 만한 물건은 아닌 것 같으니 판매 경로를 알아볼게요. 제 전공이 경영 아닙니까. 물건을 사고파는 것은 자신 있습니다."

현수와 위용욱이 몬스터 사체를 판매하기 위해 나간 사이 나는 그들을 한 단계 업그레이드시켜 줄 방법을 강구했다.

"내가 언제까지 뒷바라지를 해줄 수는 없으니 빨리 강하게 만들어야겠지. 일단 방어구부터 만들어볼까."

수련을 통해 강해지는 것이 가장 좋은 방법이긴 했지만 그렇게 했다가는 최소 6개월은 악마의 탑 1층에서 시간을 보내야 한다.

강한 몬스터를 만나게 되면 자연스럽게 경험이 쌓이고, 그 경험을 바탕으로 강해지면 된다.

전투 기술이 부족한 것은 아이템으로 충분히 커버를 할 수 있다.

지금 그들에게 가장 필요한 아이템은 방어력을 높여주는 아이템이다.

공격도 중요하지만 악마의 탑에서 죽는 것만큼 개죽음은 없다.

악마의 탑 3층까지의 몬스터들은 그렇게 강한 공격력을 가지고 있지는 않다.

물론 일반 사람들은 1층의 몬스터에게도 목숨을 잃을 수도 있지만 숙련된 헌터라면 3층까지는 1시간 안에 돌파해야 한다.

악마의 탑 3층을 목표로 무기와 방어구를 제작했다.

위용욱은 덩치에 맞게 방어에 특화된 아이템이 좋겠지.

그에게는 방패가 딱이었다.

방패는 방어에 특화되어 있긴 하지만 공격 무기로도 손색이 없다.

그리고 현수는 몸이 빠르지만 방어력이 약하다.

그의 장점을 살려 방어보다는 회피에 중점을 둔 아이템을 만들었다.

그들은 생각보다 빠른 시간에 돌아왔다.

웃는 얼굴을 하고 돌아온 것을 봐서는 꽤나 좋은 가격으로 몬스터의 사체를 거래하고 온 것 같았다.

"형! 대박이에요. 몬스터의 사체를 비싸게 구입하는 곳을 찾았어요. 시세의 두 배나 더 받았어요. 제 친구 중에 몬스터 연구소에 일하는 친구가 있는데. 그곳과 거래를 하기로 했어요."

"몬스터 연구소도 있어? 처음 듣는 기관인데."

"거의 독립적인 기관이에요. 몬스터 사체를 이용해 에너지 자원을 만들기 위해 설립된 곳이라고는 하는데 생긴 지 얼마 되지 않아 크게 알려지지는 않았어요."

"그래? 그럼 계속 거기에 몬스터 사체를 판매하도록 하고 오늘은 일단 쉬어. 내일부터 수련을 계속하자고."

하루 동안 많은 일들이 있었기에 현수와 위용욱은 금세 잠에 빠져들었다.

꿈이라도 좋게 꿔라. 내가 할 말은 아니지만 내일부터는 지옥이 기다리고 있으니까.

*   *   *

회사를 설립했다고 끝이 아니다. 이제 시작일 뿐이다.

몬스터와의 치열한 전투가 끝난 지 얼마 되지 않았기에 경제 활동은 거의 없다시피 했다.

부유한 사람은 극소수이고, 그들은 자신들의 주머니를 더욱 불리기 위해 땅을 사들이고, 사업을 시작했다.

거기에 내가 빠질 수는 없다.

암시장만으로도 충분히 돈을 벌 수 있는데 다른 사업을 할 필요가 있겠냐고 생각할 수도 있지만 이후의 일을 대비해야 한다.

지금 대부분의 국가는 악마의 탑에만 집중하고 있지만 사실 더욱 중요한 일은 악마의 탑을 공략한 후에 있었다.

그때가 되면 믿을 수 있는 사람은 없어지고 오로지 내가 품고 있는 사람들만으로 위험을 헤쳐 나가야 한다.

이계에서는 경험이 부족했기에 매 순간이 죽을 고비였다.

바보가 아닌 이상 경험을 통해 학습을 해야 한다.

지금은 최대한 돈과 사람을 모아야 한다.

"어떻게 오셨습니까?"

어둠이 깔려야만 열리는 곳은 암시장 하나뿐만이 아니다.

암시장이 아이템을 판매하는 곳이라면 여긴 사람을 사고파는 곳이다.

이전에야 범죄를 저지르면 법에 따라 처벌되었지만 지금은 사법기관이 사실상 사라졌기 때문에 즉결 처분이 되거나 이곳을 통해 팔려 나간다.

사람을 돈으로 사고파는 행위는 모든 국가에서 사라졌었지만 범죄자에게 처벌을 해야 된다는 여론에 의해 시대를 역행하는 노예제도가 부활했다.

노예를 원하는 곳은 많았다.

특히 주 고객층은 헌터 회사라는 말이 있을 정도였다.

목숨이 여러 개라도 부족한 악마의 탑에 들어갈 수 있는 헌터는 제한적이었고, 헌터 회사들은 자신들의 이득을 위해 범죄자들을 구입해 악마의 탑에 밀어 넣었다.

그들은 악마의 탑에서 미끼로 사용된다.

몬스터들의 시선을 끄는 용도가 그들의 역할이었다.

내가 노예시장을 방문한 목적은 다른 헌터 회사와 비슷하지만 또 달랐다.

나는 그들을 미끼로 사용할 생각은 없다.

나만의 헌터 부대를 만들기 위해서 노예시장을 방문한 것이다.

헌터가 되고 싶어 하는 사람은 있지만 그에 합당한 능력을 가진 사람은 드물다.

아무리 건장한 신체를 가지고 있는 사람이라고 하더라도 생물을 죽이는 행위에 큰 거부감을 가지고 있다.

오히려 범죄자들이 헌터로서의 자질이 뛰어나다. 그렇기에 헌터 회사들이 노예를 구입하는 것이기도 했다.

"어떤 노예를 원하십니까? 등급에 따라 가격 차이가 많이 납니다. 그런데 어디서 오셨습니까?"

"이번에 헌터 회사를 하나 세웠다네."

이 말 한마디면 설명이 충분했다.

노예시장의 매니저로 보이는 사람은 큰돈을 만질 생각에 벌써 기대가 부풀어 올랐는지 두 손을 열심히 비비며 나를 안내했다.

"미끼로 쓸 만한 노예들이 많이 있습니다. 미끼도 여러 종류가 있다는 것을 저보다 더 잘 알고 계시겠지만 일반 노예들은 몬스 터를 상대로 발이 얼어버립니다. 그렇기에 가장 비싸게 팔려 나 가는 노예들은 육체적인 능력도 뛰어나고 겁이 없는 놈들이죠."

"등급이 가장 높은 노예들을 보고 싶네."

영감의 모습으로 변신한 상태였기에 이 말투가 자연스러웠고, 매니저도 이상하게 받아들이지 않았다.

노예시장은 양지에 있을 수가 없다. 암묵적으로 묵인된 사업 이지만 보는 시선이 곱지 않았기에 당연히 음지에 있어야 했다. 그랬기에 지하에 위치하고 있기도 했다.

지하 가장 깊숙한 곳으로 이동하자 사지가 묶여 있는 사람들 이 보였다.

노예시장의 입구에 있던 노예들은 갇혀만 있을 뿐 묶여 있지 는 않았다.

이들이 그만큼 위험하다는 뜻이겠지.

"모두 웬만한 헌터만큼 건장한 육체를 가지고 있습니다. 미끼 로 여러 번 사용할 수 있을 겁니다."

확실히 지하에 있는 사람들은 덩치가 크고 근육질의 몸을 가 지고 있었다.

"저기에 있는 노예는 전국구 조폭의 행동 대장을 하던 놈입니다. 그리고 그 옆에 있는 놈은 군대에서 사고를 크게 치고 여기에 팔려 왔습니다."

"살인죄로 들어온 자가 누구지?"

독한 마음을 가지고 있는 사람이 필요했다. 사이코패스처럼 살인이 취미인 사람을 원하는 것은 아니다. 하지만 그와 비슷한 경험이 있는 사람이 필요했다.

"모두 살인 비슷한 범죄를 저질렀지만 가장 많은 수의 사람을 죽인 놈은 저기 군용 바지를 입고 있는 놈입니다. 군대에서 동료들을 무참히 학살한 놈이지요."

"무슨 이유로 그랬는지 알고 있나?"

"이유는 잘 모르겠습니다. 직접 물어보시지요."

몬스터와의 전쟁에서 군대는 전멸하다시피 했고, 국가 차원에서 군대를 새로 구성하기 위해 많은 노력을 기울였다. 헌터 협회 다음으로 많은 투자를 하고 있는 것이 군대였다.

헌터 협회도 거시적으로 보면 군대의 일종이기도 했다.

국가적으로 위급 상황이 터지면 헌터는 동원령을 따라 움직여야 한다.

군인과 헌터는 국가에서 소중히 여기는 자원들이었기에 대우가 나름 좋았다.

하루에 한 끼도 제대로 먹지 못하는 사람들이 태반인 상황에서 음식을 매끼마다 제공해 주는 것보다 높은 차원의 복지는 없는 상황이니까.

그런 복지를 받으면서도 그는 동료들을 왜 학살했을까?

대답을 듣기 위해 그에게 다가갔다.

가슴에는 칼자국이 여러 개 나 있었고, 눈에는 독기만 남아 있었다.

그의 입에 물려 있는 재갈이 풀렸고, 그는 바로 소리쳤다.

"꺼져라! 날 죽여라! 노예로 살고 싶지 않다. 날 죽이라고!"

물도 제대로 마시지 못했는지 쇳소리가 섞여 나오는 목소리였다.

"이놈이 주인이 될지도 모르는 사람한테 큰소리를 치다니!"

노예시장의 매니저가 손짓을 하자 입구를 지키고 있던 건장한 사내 몇 명이 달려와 그를 진정시켰다.

몸과 머리를 가리지 않고 구타를 받은 그였지만 여전히 눈에는 독기가 남아 있었다.

"만약 제가 당신을 구입한다면 노예로서 살아가지 않게 해주겠습니다. 인간적인 대우를 약속하죠. 그 전에 한 가지만 물어보겠습니다. 왜 동료들을 죽인 겁니까?"

그의 입은 열리지 않았다. 이마에 솟은 핏줄에 그가 얼마나 지금의 상황을 싫어하는지 느낄 수 있었다. 하지만 대답을 듣고 싶었다.

그랬기에 구타를 가하는 매니저를 말리지 않았다.

한참이나 구타가 이어졌고, 그는 핏물을 뱉어내고는 대답했다.

"왜 죽였냐고? 나는 인간을 죽이지 않았다. 그들은 인간의 탈을 쓴 악마였다. 본능에 몸을 맡긴 악마들 말이다. 이제 10살도 되지 않는 여자아이에게 침을 흘리는 자들이 어찌 인간이란 말인가!"

합격이다. 사람의 감정을 가지고 있으면서도 살인의 경험이 있는 사람이다.

악마의 탑에 들어가기 가장 적합한 사람을 이렇게 빨리 찾을 수 있을지는 몰랐다.

"이자를 구입하도록 하죠."

매니저는 미리 준비해 놓은 계약서를 나에게 건넸고, 생각보다 비싸지 않은 금액을 지불했다. 노예의 가격이 소 한 마리 가격보다 쌌다.

사람의 가치가 땅에 떨어진 시대였기 때문이었다.

"혼자 오셨습니까? 추가 요금을 지불하시면 저희가 원하시는 장소까지 호위해 드릴 수 있습니다. 거친 놈이라서 혼자서는 힘드실 겁니다."

"괜찮네. 내가 알아서 하겠네."

아무리 강한 사내라고 하지만 그래도 평범한 인간이었다.

아이템도 착용하지 않은 사람이 나에게 피해를 입힐 가능성은 없었고, 도망조차 갈 수 없다. 노예시장 안에서 도망가면 자신들에게 책임이 있기에 출구까지 배웅을 해주는 매니저와 그의 수하들이었다.

출구를 나오자 그들은 곧장 안으로 들어갔다.

이제부터는 모든 책임이 나한테 있다고 그들의 뒷모습이 말해주고 있었다.

"나를 왜 구입했지? 나는 노예로 살고 싶지 않다."

그의 손과 발에는 사슬이 묶여 있어 움직임이 자연스럽지 않았다.

난 매니저에게 받은 열쇠로 사슬을 풀어주었다.

"족쇄를 풀어준다고 내가 너를 따를 거라고 생각하는 건가?"

"도망가려면 가게. 하지만 얼마 지나지 않아 현상 수배 전단지가 뿌려지겠지. 현상금 사냥꾼들을 피해 도망을 치고 싶으면 그래도 돼. 인간으로 살 수 있는 기회를 뿌리치면서까지 군이 그러고 싶다면 말리지는 않겠네."

"인간답게? 나를 몬스터의 먹이로 사용하려는 생각이 아닌가? 몬스터의 배 속으로 들어가는 것보다는 도망자의 신세가 낫지 않을까?"

"전에도 말했지만 그럴 용도로 당신을 구입한 것이 아니네. 노예가 아닌 헌터로서의 가능성을 보고 당신을 구입한 것이지. 우리 회사에 가보면 알겠지만 우리는 그렇게 비인간적인 회사가 아니네. 일단 가세. 회사 사람들을 보고 선택해도 늦지 않네."

군대라는 울타리 안에 있는 군인들은 전우애라는 이름하에 잘못을 덮어둔다.

예전에도 그랬지만 지금의 시대는 더욱 그렇다.

민가를 습격해 음식을 훔치는 것 정도는 애교였고, 살인과 강간까지 저질렀다.

하지만 민간인보다 군인을 더 중시하는 국가는 그런 짓을 저지른 군인들에게 합당한 처벌을 하지 않았다.

오히려 소문이 퍼지지 않게 하기 위해 급급한 모습이었다.

하지만 모든 군인이 그렇지는 않았다. 오히려 그런 범죄를 저지르는 군인들은 극소수였다.

대부분의 군인이 눈살을 찌푸리는 정도였다면 나와 같이 온 추용택은 불의를 보고 참지 못하는 성격을 가지고 있다는 것이 차이라면 차이였다.

"일단 따라오기는 했지만 믿음이 안 갑니다. 정말 저를 헌터로 고용할 생각입니까? 저를 믿을 수 있겠습니까?"

추용택의 의문은 당연했다.

일반적으로 노예들은 미끼로 사용될 뿐 헌터로 키워지는 일은 극소수였다.

극악한 범죄를 저질러 노예가 된 사람을 믿을 수 있는 고용주는 없다.

노예에게 무기를 주는 영주가 없었던 것처럼 노예에게 비싼 아이템을 주는 것은 뒤를 불안하게 하는 일이다.

하지만 그런 걱정을 하는 사람은 여유가 없기 때문이다.

자신의 안전을 불안해한다는 것은 자신의 능력이 떨어진다는 뜻이다.

지금 추용택이 도망을 가거나 나에게 무기를 들이민다고 해도 위협이 되지는 않는다.

몇 년이 지나더라도 그가 나를 이긴다는 것은 불가능한 일이다.

그렇기에 과감히 그를 헌터로 키울 수 있는 것이다.

"믿음은 물론 중요하지. 하지만 몇 마디 말로 믿음을 살 수는 없는 법이지. 언제든지 우리 회사가 마음에 들지 않으면 떠나게 나. 자네 정도의 인재는 어렵지 않게 찾을 수 있다네."

내가 선정한 기준에 적합한 사람이었지만 대체 불가의 인재는 아니다.

추용택이 우리에게 해가 된다는 판단이 서면 과감히 그를 버릴 것이다.

노예시장에 다시 팔지는 않겠지만 내가 만든 울타리 안으로 다시는 들어오지 못할 것이고 그 이후의 일은 그의 몫이다.

그를 데리고 회사로 돌아왔다. 이미 하늘은 밝게 빛나고 있었고, 1층 체육관에서는 현수와 위용욱이 몸을 풀고 있었다.

"어르신, 오셨습니까."

"그래, 아침부터 수련을 하느라 고생이 많구나. 이 사람은 앞으로 자네들과 같이 악마의 탑에 들어갈 사람이네. 그럼 인사들 하고 있게나."

이제는 영감의 모습으로 할 수 있는 일은 끝났다. 본래의 모습으로 돌아와야 했고, 간단한 인사 몇 마디를 더 하고는 건물을 빠져나간 뒤 변신을 풀고 다시 건물 안으로 돌아왔다.

현수는 낯을 조금 가리는 성격이지만 위용욱은 노안이라서 그런지 처음 보는 사람과 쉽게 대화를 나누는 편이었다.

한데 의외로 위용욱과 추용택은 눈싸움을 하고 있었다.

액면으로만 보면 비슷한 나이 대의 두 사람이지만 추용택은 20대 후반이었다.

"일찍 일어났네."

눈에서 레이저라도 쏘아 보낼 것 같은 위용욱을 인사를 핑계로 뒤로 물러나게 했다.

노예 생활로 피폐해진 추용택을 자극할 필요는 없다.

"영감님한테 들었습니다. 이번에 새로 합류한 헌터라고 들었습니다. 저는 카인트 헌터 회사의 전반적인 관리를 맡고 있는 최진기라고 합니다. 아침은 아직 안 드셨죠? 식사를 하러 가시죠."

사람과 사람이 친해지는 과정에서 같이 식사를 하는 것이 빠질 수는 없지.

남자끼리 친해지는 방법은 같이 식사를 하는 것을 제외하면 목욕탕을 가거나 같이 노력해서 무언가를 이루는 일이 있다.

목욕탕은 없으니 후자의 방법을 사용해야 했다.

죽을 만큼 힘든 고생을 해서 같이 무언가를 이루면 친해지겠지.

그래도 일단은 밥부터 먹이고 고생을 시켜야 한다.

"오늘은 용욱이, 네가 식사 당번이잖아. 빨리 준비해."

"아! 식사 당번을 정했었죠. 잠시만 기다리세요. 금방 준비할게요."

이전의 식당이었다면 가스레인지나 오븐을 이용해 요리를 했겠지만 지금은 구시대적인 방법으로 요리를 해야 한다.

그랬기에 식당 한편에는 장작이 수북이 쌓여 있었다.

"야! 아침부터 고기 먹어? 어제저녁도 고기 먹었잖아."

"밥을 하면 시간이 오래 걸리잖아요. 고기 구워 먹는 게 가장 빠르고 간편한 식사잖아요. 아침은 간단하게 먹어야 한다면서요. 간단하게 고기 구워 먹으면 되죠."

"고기 못 먹어서 죽은 귀신이라도 달라붙었나. 회사가 망하면 고깃값을 감당하지 못해서일 게 분명해."

"현수야, 그렇게 재정이 좋지 않은 회사가 아니라는 건 너도 알고 있잖아."

암시장을 몇 번이나 같이 다녀왔기에 회사의 자금력에 대해서는 어느 정도 알고 있는 현수였다.

"역시 고기는 언제나 옳다니까요. 아침부터 피어나는 고기 향에 식욕이 막 샘솟지 않아요?"

고기를 잔뜩 구워 온 위용욱은 식탁 위를 다른 반찬 하나 없이 고기로만 채웠다.

추용택은 육즙이 흘러나오는 고기에서 눈을 떼지 못하고 있었다.

자신이 이전까지 어떤 생각을 했었는가 잊어버렸는지 급히 젓가락을 들고 달려들었다.

"천천히 드세요. 고기는 많이 있어요."

말은 그렇게 했지만 위용욱도 추용택 못지않은 속도로 젓가락을 움직였고, 아침 식사는 1시간이나 지나서야 끝이 났다.

배가 불러서일까?

추용택의 얼굴에는 조금이지만 여유가 돌아왔고, 그래서인지 대화를 할 자세가 되어 있었다.

현수와 용욱이를 밖으로 내보내고 그와의 대화를 나눴다.

"무슨 일을 당했는지는 간단히 들어 알고 있습니다. 힘든 곳에서 생활했다면서요."

"그렇다. 나는 사람을 죽여 노예로 지냈다. 나랑 있는 게 역겨우면 말해라. 지금 당장에라도 떠나 줄 테니."

여유가 있는 줄 알았더니 아니네. 말에 무슨 가시가 저리 많이 붙어 있는지.

장미도 아니면서 말이야.

"그런 말을 한 적은 없어요. 전에 무슨 일을 했든지 저는 상관 안 합니다. 그리고 다른 아이들도 마찬가지고요. 단지 맡은 일만 잘해주시면 돼요."

"내가 할 일이 정확히 뭐지? 몬스터 사냥에 대한 얘기는 군대에 있을 때 듣긴 했지만 어떤 방식으로 진행되는지는 모른다."

"모르면 배우면 되죠. 몬스터를 낚는 미끼로 사용하지는 않겠다고 약속드릴 수 있지만, 악마의 탑에서는 우리도 목숨을 보장해 줄 수 없어요."

"나도 너희에게 목숨을 구걸하고 싶은 생각은 없다."

"알겠어요. 그러면 계약서를 작성하죠."

노예로 구입한 순간부터 추용택의 소유권은 나에게 있었고, 계약서를 작성할 이유는 없다.

하지만 그를 노예로 대우하고 싶진 않았기에 정식 계약서를 준비했다.

계약서의 내용은 간단했다.

계약 연장은 5년 주기로 하며 숙식 제공과 연봉 5억이 계약의 주된 내용이다.

연봉 5억은 나쁘지 않은 급여였지만 물가가 하늘 높은 줄 모르고 올라간 지금의 시대에서는 많지 않았다.

일반 사람들보다 더 나은 생활을 할 수 있는 정도였다.

하지만 노예였던 사람이 벌 수 있는 금액은 아니다.

"정말 이런 계약으로 나를 고용하겠다는 건가? 나는 도저히 너희의 생각을 이해하지 못하겠다. 나는 특별한 능력을 가지고 있지 않다. 군대에서 훈련을 받긴 했지만 전문적으로 훈련된 헌터들보다는 못할 것이다. 그런데도 이런 계약 조건으로 나와 계약하겠다는 것인가?"

"그건 추용택 씨가 판단할 문제가 아니지요. 고용주께서 심사숙고 끝에 책정한 계약서입니다. 추용택 씨는 지장을 찍을 건지만 고민하시면 됩니다."

잠시 머뭇거리던 추용택은 계약서에 지장을 찍었다.

일반적으로 계약서는 법으로 보호를 받지만 사법기관이 무실해진 지금은 법에 기대할 수 있는 게 없다. 단지 구두 약속보다 한 단계 높은 것이라고 보면 되었다.

"계약서를 보셔서 알겠지만 계약을 파기한다고 해도 다른 불이익은 없습니다. 단지 우리에게 받은 모든 것을 두고 가야 한다는 조건뿐입니다."

"나에게 뭘 줄지는 모르겠지만 알겠다."

내가 뭘 줄지 모르니까 저렇게 쉽게 대답하는 거겠지.

하나에 수십억이 넘는 아이템을 받아도 저렇게 쉽게 대답을 할 수 있으려나 몰라.

체육관에서 몸을 풀고 있는 현수와 용욱이를 불러 모았다.

"이제 네 명이 갖춰졌네. 그럼 오늘도 악마의 탑 투어를 가봐야지."

"오늘도 가요? 아직 몸이 성치 않은데."

방금까지 체육관을 방방 뛰어다니던 용욱이가 죽는 시늉을 했다.

어제 악마의 탑에서 몬스터에게 입은 피해는 하나도 남아 있지 않았다.

아이템의 능력과 더불어 이계에서 만든 특수 치료제를 먹였기에 상처와 고통은 완전히 사라져 있었다.

이계의 왕도 쉽게 구하지 못하는 약을 먹여줬는데 아픈 척을 하면 내가 섭섭하지.

"그만 떠들고 바로 들어가자. 추용택 씨와 합도 맞춰봐야 되지 않겠어. 이제는 우리 네 명이서 악마의 탑을 공략해야 되는데 하루라도 빠르게 익숙해져야지."

회사를 설립한 이상 가능한 한 많은 사람들을 모아 악마의 탑에 들여보낼 생각이지만 일단은 지금 멤버 위주로 악마의 탑을 공략할 생각이었다.

여전히 뚱한 얼굴을 하고 있는 위용욱과 현수를 데리고 데빌도어로 이동했고, 추용택은 묵묵히 뒤를 따라왔다.

*　　　　*　　　　*

"어울리지 않게 왜 풍경은 좋은지 몰라. 사람 심란하게."

악마의 탑 1층에 들어서고 현수가 가장 먼저 한 말이었다.

이번에도 악마의 탑 1층은 초원 지대였다.

초원 지대에서 나오는 몬스터는 대개 초원 늑대였다.

"악마의 탑 1층에는 슬라임 지대가 가장 많다는데 왜 우리만 연속으로 초원 늑대인지 모르겠어요. 1층에서 가장 상대하기 까다로운 몬스터가 초원 늑대인데."

"1층의 몬스터가 강하면 얼마나 강하다고 그런 말을 하냐. 초원 늑대도 제대로 상대하지 못해서 더 높은 층을 어떻게 갈 생각이야."

"그래서 저는 요즘 진지하게 고민 중입니다. 헌터 일을 하는 것보다 더 많은 돈을 벌 수 있다는 아이템 관리자로 완전히 전업을 할까 말까 생각하고 있어요."

현수야, 이미 늦었다. 진작 결정을 하지 그랬어. 이미 손에 피를 묻힌 이상 너는 헌터로 당첨이다. 전투 센스도 생각보다 나쁘지 않고 가르치면 충분히 제 몫을 할 수 있는 재목이거든.

"일단 몸 풀기로 세 명이서 초원 늑대 한 마리를 상대해 주세요. 제가 한 마리를 데리고 올게요."

추용택을 바라보며 말했다.

그는 바뀐 환경에 빠르게 적응한 상태였고, 이미 몸은 전투 준비를 마쳤다.

"그 전에 이 무기와 방어구를 착용하세요."

추용택에게 건넨 무기와 방어구는 위용욱이 착용하고 있는 무기와 동일한 등급의 아이템이었다.

한 번에 좋은 무기를 주는 것보다 조금씩 등급을 올려가는 것이 좋았다.

돼지 목에 진주 목걸이가 필요 없듯이 능력에 따른 무기를 착용해야 했다.

괜히 좋은 무기를 주었다가는 무기에만 의존하게 되어버린다.

악마의 탑 고층에 올라갈수록 어쩔 수 없이 무기에 의존하게 되어버리기는 하지만 그래도 육체적인 능력을 우선적으로 키워야만 무기를 더욱 잘 활용할 수 있다는 걸 뼈저리게 배워 알고 있었다.

*　　　　*　　　　*

두 번째 악마의 탑을 경험한 팀원들은 체육관에 너부러져 조상님들과 인사를 나누고 있었다. 이번 전투를 통해 내 선택이 틀리지 않았다는 것을 느꼈다.

위용욱과 강현수는 헌터 협회에서 인정받은 헌터 자격증을 보유하고 있었지만 몬스터와의 전투는 추용택이 더 능숙했다.

일단 움직임에 망설임이 없다.

육체적인 능력과 아무리 뛰어난 아이템을 가지고 있다고 하더라도 움직임에 망설임이 있는 순간 몬스터에게 주도권을 빼앗기고 만다.

몬스터의 공격은 변칙적이고 망설임이 없다. 그런 공격을 일방적으로 방어만 해서는 버티지 못한다. 위용욱은 처음부터 방어를 중시하는 탱커로 키울 생각이었기에 그렇다고 쳐도 현수는 가벼운 몸을 이용해 몬스터의 허점을 노려 공격을 해야 한다.

현수의 눈은 좋았다. 머리가 똑똑해서 그런지 몰라도 몬스터의 허점을 빠르게 찾아내기는 했다. 하지만 허점을 공격하는 데는 아직 머뭇거렸다.

눈이 한번 돌아가면 망설임은 없어지지만 방어를 포기하고 공격만 하는 것으로는 뒤를 보장할 수 없다.

그런 두 명과는 달리 추용택은 냉정을 유지하며 몬스터를 상대했다.

선불리 공격을 하지도 않았고 일방적으로 방어를 하지도 않았다.

몬스터의 허점이 보이면 과감하게 움직여 허점을 공격했고, 자신의 육체를 사용하는 법을 잘 알고 있기도 했다.

현수와 용욱이가 죽인 초원 늑대의 숫자보다 추용택 한 명이 죽인 초원 늑대의 숫자가 더 많았으니 추용택이 얼마나 뛰어난 자질을 가지고 있는지 말하지 않아도 설명이 될 것이다.

하지만 압도적으로 뛰어난 것은 아니다.

1층에 서식하는 몬스터의 능력은 훈련된 사람의 능력과 비슷하거나 뛰어났다.

아이템을 착용한 헌터가 우위겠지만, 목숨을 도외시하는 몬스터의 공격에 상처를 입지 않고 공략하는 것은 힘들었기에 추용택의 몸에도 자잘한 상처가 생겨났다.

악마의 탑 1층을 공략하는 것에 성공하고 추용택은 웃었다.

자신의 신세를 한탄하는 웃음이 아니라 가슴 깊은 곳에서 우러나오는 웃음이었다.

"이런 세상이 있었다니! 내가 살아 있다는 것을 느낄 수가 있다니 내가 바라오던 삶이 바로 이런 것이다."

추용택은 내가 생각하는 것보다 헌터에 적합한 사람일지도 모른다.

팀원들이 몸을 추스르는 동안 나는 다른 일을 하기 위해 회사를 나왔다.

헌터 회사의 수익 구조는 단순하지만 고용주의 능력에 따라 그 단순한 과정에서 최대한의 이득을 도출해 낼 수 있다.

몬스터 사체의 가격은 얼마 되지 않기에 어디에 팔더라도 큰 차이는 없지만 아이템은 다르다. 일반 상점에서 판매하는 것보다 약간의 위험을 감수하고 암시장에 판매하는 것이 더 큰 수익을 얻을 수 있고, 암시장과 전속 계약을 맺으면 수수료를 최대 절반까지 낮출 수 있다.

난 대형 헌터 회사들이 알게 모르게 암시장과 계약을 맺고 있는 것을 파악했다.

대형 헌터 회사들이 많은 아이템을 구할 수 있다고는 하지만 아이템은 양보다 질이 중요했기에 우리 회사가 대형 헌터 회사보다 유리한 입장에 있다고 볼 수도 있다.

아이템을 제작할 수 있는 유일한 사람인 내가 있으니 말이다.

오늘도 어김없이 어둠이 찾아온 서울역 부근에 열린 암시장에 영감의 모습을 하고는 들어갔다. 이제는 내 모습이 익숙한지 아는 척을 하는 경비원들에게 입장료와 약간의 수고비를 주고는 바로 경매장이 있는 천막으로 이동했다.

경매장은 탐욕에 눈이 먼 사람들이 만들어내는 기분 나쁜 열기로 가득했다.

"오늘도 아이템을 판매하러 오셨습니까? 바로 안내해 드리도록 하겠습니다."

"아이템을 팔기 위해 온 것은 맞지만 자네의 위에 있는 사람과 대화를 하고 싶은데 자리를 마련해 줄 수 있겠는가?"

"무슨 일로 그러십니까? 웬만한 일은 제 선에서 해결할 수 있습니다."

"전속 계약에 관련된 일이니 자네의 능력으로는 불가능할 것이네."

"전속 계약도 제가 담당하고 있습니다. 저와 대화를 나누시면 됩니다."

그는 내가 자기를 무시한다고 생각했는지 얼굴을 붉히고 자신의 의견을 피력하고 있었다.

하지만 그의 능력으로는 급이 맞지 않다.

"C급 중에서도 상급의 무기를 주기적으로 판매하겠다는 계약이네. 일주일에 C급 아이템 한 개에 관한 계약을 자네 선에서 해결할 수 있겠는가? 만약 내 마음에 들지 않는 계약 조건을 제시한다면 이번에 강북 지역에 새로 생긴 암시장과 계약을 할 수도 있다네. 자네가 책임질 수 있겠나?"

"상부에 연락을 하겠습니다."

다행히 자신의 능력을 제대로 파악하고 있는 사람이라 곧장 사람을 시켜 상부에 연락했고, 차 한 잔 마시기도 전에 암시장의 실질적인 관리자와 대화를 할 수 있게 되었다.

암시장과는 어울리지 않는 고급스러움이 묻어나오는 방에서 마네킹의 얼굴과도 같은 마스크를 쓰고 있는 자가 나를 반겼다.

"최근 들어 좋은 아이템들을 우리와 거래를 하고 있다고 들어 알고 있습니다. 항상 저희 암시장을 이용해 주셔서 감사합니다. 그리고 새로운 거래를 하고 싶다고 하셨는데 정확히 어떤 거래를 하기를 바라십니까?"

"C급 아이템 중에서도 상급의 아이템을 독점 계약하고 싶다 네. 현재 C급 아이템을 구하기가 하늘의 별 따기만큼 힘든 것으로 알고 있네. 미국의 헌터들이 구한 C급 아이템들을 불법적으로 빼돌려 한국으로 가지고 오는 것을 제외하면 극도로 소수의 C급 아이템만이 거래된다지?"

C급 아이템은 악마의 탑 3층부터 간간이 모습을 드러낸다.

미국은 정부 차원에서 적극적으로 헌터들을 지원했고, 다른 나라보다 뛰어난 무장으로 악마의 탑을 빠르게 돌파했다. 조만간 4층까지 공략할 수 있다는 미국을 제외하면 C급 아이템을 구경하기란 어려운 일이었다.

정말 기적적으로 악마의 탑 1층과 2층에서 나오는 C급 아이템 말고는 한국에서 자체적으로 C급 아이템을 구하기는 힘들었다.

안정적으로 C급 아이템을 경매에 내놓는다면 암시장 입장에선 국내뿐만 아니라 근접한 나라들의 부유층을 끌어들일 수 있는 좋은 기회였다.

"C급 아이템을 어디서 구하는지 여쭈어봐도 되겠습니까?"

아이템의 행방을 묻는 것은 암시장의 불문율을 깨는 것과 다름이 없었다.

호기심을 이기지 못하고 불문율을 어기면서까지 질문을 하는 암시장의 관리자였다.

"자네가 이 암시장의 실질적인 주인인가?"

"그렇지 않습니다. 저는 암시장의 관리를 위해 고용된 사람입니다. 하지만 암시장의 주인과 유일하게 연락할 수 있는 사람은 저뿐입니다."

"그렇군. 그러면 이번 거래가 무산된 것을 자네의 주인이 알게 된다면 자네의 목이 불안해지겠군. 그렇게 하고 싶지는 않은데 그렇게 될 것만 같네."

"제가 쓸데없는 질문을 했습니다. 죄송합니다."

고개를 깊게 숙이며 사과를 하는 암시장 관리자였다.

하루에 적게는 수십억, 많게는 수백억까지 오고 가는 암시장을 관리하는 사람이라고 하더라도 지금은 내게 고개를 숙일 수밖에 없는 입장이다.

갑의 횡포를 부리고 싶진 않은데 자꾸 날 나쁜 사람으로 만드네.

"일주일에 한 개 이상의 C급 아이템을 공급해 주신다면 수수료를 15%만 받도록 하겠습니다. 그리고 항상 경매의 마지막 순서를 약속드리겠습니다."

나쁘지 않은 조건이다. 하지만 좋은 조건도 아니었다.

C급 아이템을 판매하는 사람은 흔치 않았고, 당연히 내가 판매하는 아이템이 메인이 될 수밖에 없다. 마지막 순서를 약속하는 건 생색을 내는 것뿐이었고, 15%의 수수료만 받겠다는 것이 계약 조건의 전부였다.

"C급 무기의 독점 판매권을 그렇게 원하지 않는 것 같군. 그렇다면 그만 일어나겠네. 이전에 내가 무기를 판매했을 때 습격자들의 방문을 받았었지. 그것도 아마 자네가 주도한 일이겠지? 또 그렇게 해도 된다네. 지금 내 품에는 C급 아이템 하나가 들어 있네. 자신이 있으면 힘으로 빼앗아보게나."

감정을 철저히 뺀 무미건조한 말투로 말을 던지고는 자리에서 일어났다.

"어르신! 처음부터 모든 조건을 내걸고 하는 협상이 어디 있습니까. 서로의 의견을 조율해서 최고의 조건을 찾는 게 협상이지 않습니까. 너무 성급하십니다. 그리고 작은 오해가 있으신 것 같은데 저는 절대 고객의 물건이나 돈을 강제로 취하는 사람이 아닙니다. 좋지 않은 일을 당하신 적이 있으신 것 같은데 제가 꼭 범인을 찾아 어르신 앞에 무릎을 꿇게 하겠습니다."

이제야 대화를 할 자세가 된 것 같았다.

항상 강하게 나가는 것은 좋지 않지만 강하게 나가야 할 때는 과감히 행동해야만 좋은 결과를 얻을 수 있다.

"그럼 새로운 조건을 제시해 보게나."

"수수료는 10%가 저희가 제시할 수 있는 한계입니다. 대신 저희 암시장에서만 구할 수 있는 정보를 50% 할인된 가격에 제공하겠습니다. 인터넷은 물론이고 전화도 불통인 지금, 정보를 구할 수 있는 곳은 한정되어 있습니다. 우리 암시장에서 나오는 정보는 다른 정보 상인들의 것보다 정확도 면에서나 다양성 면에서나 몇 단계 우위에 있다고 자신할 수 있습니다."

'아는 것이 힘이다'라는 말이 있는 것처럼 정보의 중요성은 몇 번이나 강조해도 모자라지 않다. 그리고 앞으로의 계획을 위해서도 정보는 꼭 필요했다.

이 정도면 계약을 해도 좋은 조건이다.

그래도 아쉬우니 다른 조건을 한번 찔러나 볼까.

"10%의 수수료도 좋고 정보를 할인된 가격에 제공받는 것도 좋네. 하지만 조금 부족하다고 생각되지 않는가?"

"어르신께서 따로 생각하시는 조건이 있으십니까? 최대한 맞춰 드리겠습니다."

"암시장과 노예시장이 관련이 있는 것 같은데……."

정확한 정보 없이 그냥 찔러본 말이다.

음지에서 활동하는 조직이다 보니 연관성이 있을 것 같다는 생각이 들었다.

"관련이 없다고 볼 수는 없지만 저희가 직접적으로 운영하는 곳은 아닙니다. 노예시장에서 원하는 것이라도 있으십니까? 과한 조건만 아니라면 맞춰 드릴 수도 있을 것 같습니다."

혹시나 하고 던진 바늘을 덥석 물어버리는 물고기다.

"노예를 헐값에 제공받고 싶다는 그런 과한 조건은 아니네. 악마의 탑에 들어갈 만한 재질이 있는 노예가 있으면 내가 먼저 보고 싶다는 조건일세."

커다란 건물을 가지고 있었지만 방은 고작 4개만 사용하고 있었다.

계획을 위해서는 많은 수의 헌터가 필요했고 안정적으로 인력을 충원하기 위해서는 노예를 사는 수밖에 없다.

하지만 내가 매일같이 노예시장에 출근해 노예를 살 수는 없는 일이었고, 그런 일을 대신해 줄 사람이 필요했다.

"알겠습니다. 그 정도 조건이면 제 선에서 충분히 해결할 수 있습니다. 그런데 노예에 관한 정보를 어디로 보내면 되겠습니까?"

내가 누구인지, 어디에 사는지 이미 다 알고 있으면서 영악하게 모른 척을 하는 관리자였다.

세운 지 며칠 되지도 않은 회사였건만 몇 명의 초대받지 않은 방문자가 회사 주변을 어슬렁거리는 걸 느꼈었다.

그들의 뒤를 따라가 보지 않아 누가 보낸 사람인지는 정확히 파악하지 못했지만 그들 중 한 명은 분명히 암시장 쪽에서 보낸 사람임을 확신할 수 있었다.

"다 알고 있으니 모른 척하지 않아도 되네. 그런 일로 자네를 탓하지는 않을 테니. 그럼 계약서를 작성하고 오늘 가지고 온 무기를 위탁 판매하도록 하겠네. 그리고 다음부터는 대리자가 올 것이니 잘 부탁하네. 만약 내 대리자가 암시장 안에서 작은 사고라도 당한다면 계약은 무효가 될 것이네."

"알겠습니다. 암시장 안에서는 털끝 하나 다치지 않도록 하겠습니다."

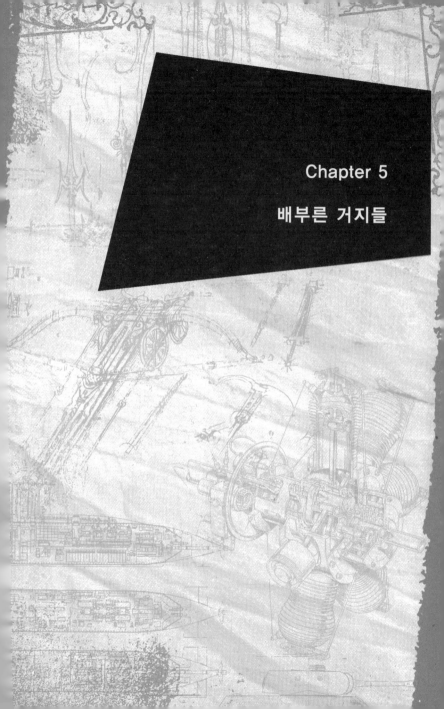

Chapter 5

배부른 거지들

경제가 완전히 무너진 지금의 시대에는 삼시 세끼를 챙겨 먹는 사람의 수보다 그렇지 못한 사람의 숫자가 더 많다. 욕심은 가진 게 많을수록 커지게 마련인지 배부른 거지들이 회사 주변을 알짱거리는 모습이 요즘 들어 자주 목격되었다.

회사를 설립하고 2주가 지났다.

어디서 정보가 새어 나갔는지는 모르겠지만 우리 헌터 회사에서 C급 아이템을 구한다는 정보를 입수한 배부른 거지 놈들이 직간접적으로 접촉을 해왔다.

특히 가장 나를 귀찮게 하는 것은 한국에서 가장 큰 헌터 회사인 삼진 헌팅 대행 회사였다. 삼진 회사를 설립한 신택일은 흐름을 잘 탄 사람이었다.

세계가 몬스터로 혼란스러운 틈을 타 식량을 대량으로 구입해 부를 축적했다.

그는 회사를 운영했던 이전의 경험을 살려 빠르게 헌터들을 고용했고, 한국에서 헌터 협회 다음으로 가장 많은 수의 헌터를 고용하고 있었다.

데빌 도어의 소유권을 10개나 가지고 있었고, 하루에도 수십 개의 아이템을 구할 능력이 있는 회사였다.

그렇게 많이 벌면서 뭐가 그리 배가 아파 우리 회사에 알짱거리는지.

대리인을 몇 번이나 보내 나를 괴롭힌 것에 지쳐 그의 방문을 허락했다.

어린 모습을 하고 있으면 괜히 더 귀찮은 일이 생길 것 같아 영감의 모습으로 변해 그를 맞이했다.

"반갑습니다. 저는 카인트 헌터 회사 대표입니다. 그냥 영감이라고 불러주세요."

나이에 어울리지 않게 건장한 몸을 하고 있는 사람이다.

호탕한 웃음이 매력적이었는데, 왜 많은 헌터들이 그를 믿고 회사에 취직했는지 이해가 갔다.

"저는 삼진이라는 작은 회사의 대표인 신택일입니다. 소문이 무성한 분을 오늘 이렇게 뵙게 돼서 영광입니다."

"저보다 훨씬 큰 규모의 회사를 가지고 계신 분이 저에게 관심을 가질 이유가 있나요? 저는 그냥 제가 데리고 있는 직원들 입에 풀칠이나 하려고 회사를 운영하고 있습니다."

"겸손이 너무 과하십니다. 한국에서 같은 업종을 하고 있는 사람끼리 도와야 하지 않겠습니까? 한국의 헌팅 능력은 다른 나라에 비해 많이 떨어집니다. 미국은 벌써 4층에 진입했다는 소식이 들려오는데 우리는 아직 2층에 머물러 있으니 이러다가는 최약체 국가로 전락할 것입니다."

애국심을 강조하겠다 이거지.

애국심으로 포장을 했다고는 하지만 결국은 자신의 배를 불려 줄 C급 아이템을 어떻게 구할 수 있는지 알려달라고 하는 말이었다.

그래도 아직 거래 조건을 말하지 않았으니 신택일이라는 사람의 평가는 잠시 미루어두었다.

"우리 회사가 딱히 특별하다고는 생각하지 않지만 원하는 게 있으시다면 거래를 해야 되지 않겠습니까?"

"저도 그렇게 생각하고 있습니다. 우리가 동물도 아닌 이상 원하는 것을 얻기 위해서는 거래를 해야 하죠. 제가 원하는 것은 작은 정보입니다. 어떻게 하면 C급 아이템을 구할 수 있는지만 알려주시면 됩니다. 그리고 우리가 제시할 조건은 100억입니다."

100억. 큰 액수임에는 분명하다. 하지만 C급 아이템의 희소성에 비하면 적은 금액이다.

상질의 C급 아이템 가격이 10억을 넘어가는 경우도 있었으니 10개만 팔아도 100억을 벌 수 있다. 그리고 내가 알려준다고 하더라도 다른 사람은 C급 아이템을 만들 수 없다.

"방법을 알려주는 것은 어렵지 않지만 그런 능력이 있는 장인을 찾는 것은 쉽지 않을 겁니다. 돈은 받지 않겠습니다. 나중에 그런 장인을 찾게 된다면 그때 주세요."

나는 자리에서 일어나 책상 밑에 숨겨둔 상자에서 문양이 각인된 몬스터의 이빨 하나를 꺼내왔다.

능력치 강화와 방어 향상 능력이 있는 C급 아이템이다.

"한번 착용해 보시겠습니까?"

목걸이의 형태로 되어 있었기에 신택일은 주저하지 않고 아이템을 착용했다.

그는 간단히 몸을 움직이는 것으로 목걸이가 C급 아이템이라는 것을 알아챘다.

실험을 한 뒤에야 정확이 알 수 있는 것이지만 자기에게 저급의 아이템을 건넬 이유가 없었기에 목걸이가 C급 아이템이라고 예상한 듯했다.

"보시다시피 C급 능력이 있는 목걸이입니다. 목걸이를 자세히 보세요."

"처음 보는 문양이 새겨져 있군요. 이 문양이 C급 아이템의 비밀입니까?"

눈을 반짝이면서 목걸이를 바라보는 신택일은 눈으로 문양을 외울 기세였다.

문양을 외운다고 해서 끝이 아니라고, 이 양반아.

"문양은 손재주가 뛰어난 사람이라면 충분히 새길 수 있습니다. 하지만 문양에 생명을 집어넣을 수 있는 사람은 드뭅니다. 저도 우연한 기회에 알게 된 장인을 영입해 아이템을 제작할 수 있게 되었습니다."

여기서 약간의 구라가 필요했다.

"하지만 문양에 생명을 집어넣는 작업은 매우 정밀하고 힘들었기에 일주일에 하나 이상은 만들어내지 못합니다. 어떨 때는 한 달에 하나를 만들기도 힘든 작업이죠."

이런 터무니없는 밑밥을 뿌린 이유는 따로 있었다.

신택일이라는 사람을 파악하기 위해서다.

그가 배부른 거지인지, 아니면 손을 맞잡을 위인인지 알고 싶었다.

내가 사람을 모으는 것에는 한계가 있다.

파트너가 필요했다. 나의 파트너가 된다면 아이템은 물론이고 악마의 탑에 숨어 있는 비밀들을 공유해 줄 것이다.

하지만 그가 내 시험을 통과할 수 있을까?

목걸이를 보며 탐욕스럽게 웃고 있는 그를 보니 그럴 가능성은 높지 않을 것 같았다.

"문양 하나의 도면을 주겠습니다. 이대로만 하면 C급 목걸이를 만들 수 있습니다. 문양은 몬스터의 이빨이나 뼈에만 새길 수 있습니다. 나중에 문양에 생명을 불어 넣을 수 있는 능력을 가진 장인을 찾는다면 그때 다른 도면을 합당한 조건에 거래해 드리겠습니다. 그리고 오늘 일은 다른 사람의 귀에 들어가지 않았으면 좋겠습니다. 오늘 제가 이 정보를 드린 것은 대표님을 믿기 때문입니다."

아무리 한국에서 가장 큰 헌터 회사를 가지고 있다고는 하지만 이렇게 저자세로 그를 대할 이유는 없다. 하지만 이것도 시험의 일환이다.

존대를 꼬박꼬박 하는 내가 만만해 보일 것이다. 그의 탐욕에 약간의 부채질을 더해주었다.

이 정도의 시험도 통과하지 못한다면 나의 파트너가 될 자격은 없다.

삼진 헌팅 회사처럼 대표가 직접 찾아와 거래를 요청하는 경우는 양반이다.

밤이 깊어오면 탐욕에 미친 금수들이 회사로 찾아왔다.

암시장에서 흘러나온 정보를 바탕으로 우리 회사 건물 내에 숨어 있는 아이템을 훔치기 위해 찾아온 좀도둑은 내가 움직이지 않더라도 추용택과 위용욱의 선에서 해결이 가능했다.

하지만 조만간 제대로 된 도둑들이 찾아올 것이다.

며칠 동안 회사 주변에 있는 눈의 수가 많아졌고, 은밀한 움직임을 보여주고 있었다.

이건 좀도둑이 보일 수 있는 움직임이 아니다.

＊   ＊   ＊

신택일에게 시험 과제를 준 지 2주가 지났다.

그동안 직원들은 빠르게 성장했다.

워낙 가지고 있는 아이템들의 성능이 뛰어났고, 유능한 스승도 있었으니 성장을 할 수밖에 없었다.

내 입으로 말하기는 그렇지만 나에게 가르침을 받는 것은 수백억을 주더라도 얻을 수 없는 기연이다.

위용욱과 강현수는 살생에 대한 두려움에서 완전히 벗어났고, 추용택의 전투 기술도 하루가 다르게 발전했다.

그리고 오늘은 그들이 몬스터가 아닌 사람들에게 실력을 발휘할 때였다.

"오늘은 초대받지 않은 손님들이 올 것 같아. 다들 대기해."

"형님! 누가 오기로 했어요?"

"팀장! 팀장이라고 부르라니까. 여기가 학교도 아니고 사회에 나왔으면 호칭 정리 좀 하자. 너보다 나이가 훨씬 많은 추용택 씨도 꼬박꼬박 팀장님이라고 부르는데 너는 왜 그게 안 되냐."

"한 번 입에 붙어서 그래요. 어쨌든 오늘 누가 오기로 했어요?"

"초대받지 않은 손님이라고 했잖아."

음식의 영양분이 머리로 향하지 않는 위용욱을 대신해 강현수가 초대받지 않은 손님에 대해 말했다.

"침입자가 오는 건가요? 하긴 헌터의 숫자에 비해 우리 회사가 보유하고 있는 자금이 많긴 합니다. 도둑놈들이 보기에는 먹음직스러운 고기겠네요."

나를 대신해 강현수가 암시장에 아이템을 팔았기에 회사의 자금 사정에 대해 잘 알고 있었다.

"그래, 고기를 노리는 하이에나 떼들이 오늘 찾아올 것 같아. 내가 알아서 처리하긴 할 건데 괜히 애먼 칼에 당하지 말라고 하는 말이야.”

이미 악마의 탑에서 내 능력을 엿본 직원들이었기에 내 능력을 의심하진 않았다.

아주 약간의 힘만을 보여주었을 뿐이지만 그들의 눈에는 내가 초인이나 다름없이 보였을 것이다.

이 정도는 너희도 조금만 노력하면 도달할 수 있는 경지니까 그렇게 부담스럽게 안 쳐다봤으면 좋겠는데.

나와 팀원들은 무기를 손에 쥐고 손놈을 기다렸다.

초대받지 않은 손님이니 님 대신 놈이 어울리지.

“오는군. 다들 준비해. 괜히 나대다가 칼 맞지 말고 안으로 들어오는 사람만 처리해.”

나를 뚫고 손놈이 건물 안으로 들어갈 거라고는 생각되지 않았지만 그래도 대비는 해야 했다.

보자. 숫자는 대략 30명 정도 되어 보이네.

손놈들의 중심에 있는 세 명은 헌터로 보였다.

“여기는 사유지인데 돌아가지. 사유지에 침입한 사람을 죽이는 것은 법에 걸리지 않는다고.”

“이제부터 여기는 우리가 접수하겠다. 살고 싶으면 열을 셀 동안 도망가라. 오직 몸만 가지고 떠나는 게 좋을 거야. 속옷 하나라도 입고 가면 목숨을 장담 못 해주거든.”

“어디서 주먹 자랑 좀 했나 본데. 여기가 헌터 회사라는 건 알고 온 거 맞지? 괜히 힘 약한 사람 괴롭혔다는 말 듣고 싶지 않은데, 이만 돌아가는 게 어때?”

"말장난을 좋아하는 놈이구나. 나는 말보다는 행동을 좋아하는 성격이거든. 쳐라!"

기회를 알아보지 못하고 발로 걷어찬 대가는 너희의 몫이다.

저 정도 능력의 사람이라면 문양을 활성화할 필요도, 아이템을 꺼낼 필요도 없다.

조폭들의 전유물이 되다시피 한 야구방망이를 들고 뛰어오는 비곗덩어리들을 부드럽게 다져 주기 위해 앞으로 나아갔다.

그리고 5명의 비곗덩어리가 주먹 마사지를 맞고 부드럽게 변해 버렸다.

비곗덩어리 다음은 고등어인가. 팔딱팔딱 뛰는 게 회 쳐 먹으면 딱이겠네.

갓 잡은 듯한 움직임을 하고 있는 10마리의 고등어의 머리에 작은 혹을 달아주었다.

헌터로 보이는 자는 아직은 여유를 보이고 있었다.

이 정도 능력은 자신도 할 수 있다는 자신이 있겠지.

가지고 있는 아이템을 봐서는 C급인 것 같으니 그런 생각을 충분히 할 수 있지.

하지만 아이템만으로 채울 수 없는 격차가 있다는 것을 배울 수 있도록 기회를 주겠다.

교육의 기회를 제대로 받지 못한 사람에게 공부를 못한다고 혼낼 수는 없다.

친절히 하나부터 열까지 알려준 뒤에도 이해하지 못하면 그때 혼내도 늦지 않다.

"다들 꺼져!"

아이템을 차고 있는 헌터들에게 달려들었다.

나를 막으려고 하는 덩어리들이 있었지만 손짓 몇 번에 가볍게 정리를 했고, 어느새 내 손에는 옷깃이 잡혀 있었다.

"상대방과의 능력 격차를 제대로 파악하지 못하면 몸이 고생해."

수업의 첫 과목으로 사람 보는 눈을 알려줬다.

수업료는 눈에 보라색 색칠을 해주는 것으로 대신했다.

다음 과목은 숫자가 전부가 아니라는 것을 알려주었다.

이번 수업료는 팔에 경쾌한 소리가 나게 한 것으로 만족했다.

그리고 마지막 과목은 사람을 귀찮게 하면 대가를 치른다는 것을 알려주었다.

이번엔 특별히 수업료로 어제 먹은 저녁을 바닥에 뿌리게 해주었다.

헌터들로 보이는 세 명이 쓰러지자 피라미들은 알아서 기었다.

"쓰러진 사람은 데리고 도망가야지, 의리 없는 놈들아!"

역시 손놈이라고 부르기에 적합한 놈들이었다. 동료애는 전혀 없이 자신의 목숨만 아까운 줄 아는 이기적인 놈들이었다.

이렇게 어질러 놓으면 결국 내가 치워야 되잖아. 괘씸해서 안 되겠어.

"너희들, 누가 시켜서 왔어? 좋게 말할 때 대답하는 게 좋을 거야. 내가 지금 조금 흥분해서 힘 조절이 제대로 되지 않거든.

빨리 말하지 않으면 영원히 불구가 될지도 몰라. 나를 나쁜 사람으로 만들지 않아 줬으면 좋겠는데."

눈에 공포심이 부족해 보였다.

진실 된 대답을 듣기 위해서는 극심한 고통으로 눈이 물들어야 한다.

"으아아아!"

"내가 빨리 말하라고 했잖아. 나도 모르게 손을 밟아버렸잖아. 다음은 왠지 다리 중앙을 잘못 밟아버릴 것 같은데?"

"대답하겠습니다. 제발 거기만은!"

역시 남자들은 어디를 가도 물건은 소중히 여기네.

*   *   *

한국에 있는 많은 헌터 회사들이 양지에서 활동하고 있지만 그렇지 않은 회사들도 있었다. 악마의 탑에서 아이템 사냥을 통해 벌어들이는 돈에 만족하지 못하고 가지고 있는 힘을 이용해 부당 수익을 얻는 회사들도 있었다.

물론 대부분의 헌터 회사들도 작은 사업을 같이하고 있긴 했지만 그래도 도의는 지켰다.

하지만 돈독이 오른 회사는 꼭 있었고, 그런 회사들은 대부업과 강탈이나 다름없는 부동산 장악 등 악질적인 범죄 행위를 저질렀다. 하지만 그들을 제재하는 국가기관은 없었다.

사회가 붕괴될수록 비리 행위는 만연했고, 힘과 돈 있는 자들은 법 위에 군림했다.

그리고 손놈들의 배후에는 세진 헌터 회사가 있었다.

세진 헌터 회사는 이름만 헌터 회사였지 몬스터 사냥은 뒷전이었고 오로지 불법적인 행위로 돈을 버는 데 안달이 난 회사였다.

"그래서 너희 회장이 오늘 안에 우리 회사를 접수하라고 했단 말이지? 이거 참 웃기는 놈이네. 지가 뭔데 허가를 받은 회사를 강제로 뺏으려 들려고 하는 거냐? 너희, 이런 방식으로 몇 개나 해쳐먹었냐?"

자신이 만든 소화되다 만 음식 위에 무릎을 꿇고 있던 손놈이 대답했다.

"작은 회사를 몇 개 인수했었습니다. 회장님은 자격이 없는 사람이 회사를 운영하는 것보다 자신이 회사를 운영하는 것이 국가를 위한 일이라고 생각하셔서……."

"그래? 그러면 너희 회장보다 내가 회사를 더 잘 운영하면 내가 너희 회사 인수해도 되겠네. 그것도 땡전 한 푼 안 쓰고 말이야. 웃기는 소리들 하고 있네. 너희 회장님한테 전해. 한 번만 더 이런 쓸데없는 짓 저지르면 내가 직접 찾아간다고. 부상자들 데리고 다들 꺼져."

이대로 이들을 보내면 세진 헌터 회사가 우리를 포기할까?

아마 그렇지 않을 것이다. 하지만 다시 저들이 여기를 찾는 순간 세진은 공중분해될 것이다. 아량은 한 번이면 족하다. 한 번은 몰라서 저지른 실수라고 할 수 있지만 두 번은 아니었다.

침입자들은 서로 부축을 하며 회사를 빠져나갔고, 주변의 눈들이 빠르게 사라지는 것이 느껴졌다.

보고거리가 생겼으니 바쁘겠지.

"팀장님, 괜찮아요?"

현수는 별로 걱정하지 않는 표정으로 물어왔다.

"보고도 그런 질문을 하냐. 한밤중에 생 지랄을 했는데 괜찮겠냐. 빨리 들어가서 잠이나 자자. 오늘은 다른 손님이 안 올 거 같으니까."

*　　　　　*　　　　　*

사람의 욕심이란 게 끝이 없다고는 하지만 욕심을 채우는 방법은 달랐다.

자신의 능력을 이용해 합법적으로 성공하며 사람들에게 존경을 받는 사람이 있는가 하면 불법적으로 욕심을 채우는 사람도 있다.

세진 헌터 회사의 창립자이자 서울에서 가장 많은 원한 관계를 만들어놓은 황준성은 후자의 사람이었다.

그는 웃지 않는다. 아무리 많은 재물을 가지고 있어도 그의 욕심을 채울 수 없었기에 그의 웃음은 평생 볼 수 없을지도 모른다.

세진 헌터 회사 회장 집무실.

황준성은 용 문양으로 깎인 고가의 재떨이를 집어 던졌다.

재떨이는 직선으로 한 사람의 머리를 향해 날아갔다.

"죄송합니다, 회장님."

"죄송하면 끝날 일이야, 이게? 고작 네 명밖에 없는 회사를 접수하지 못하고 당하고 와? 내가 너한테 투자한 돈이 얼만 줄 알아? 밥버러지 같은 새끼."

황준성은 암시장의 VIP 고객이었고, 최근 들어 자주 등장하는 C급 아이템의 등장에 관심을 기울였다. 자신의 인맥을 이용해 C급 아이템이 카인트 헌터 회사에서 나온다는 정보를 입수했다. 그리고 며칠 동안 카인트 헌터 회사 주변에 정찰을 보내 헌터 수를 파악했다.

고작 네 명. 그것도 정식으로 헌터 협회에 인증을 받은 헌터는 세 명뿐이었다. 이제 헌터가 된 지 한 달도 되지 않은 초보 헌터들.

그런 회사에서 어떻게 C급 아이템을 구할 수 있냐는 것보다 분노가 먼저 들끓는 그였다.

자신은 30명이 넘는 헌터를 보유하고 있었다. 카인트 헌터 회사는 C급 아이템을 소유할 자격이 없다고 생각하는 그였다.

그래서 오늘 카인트 헌터 회사의 모든 것을 자신의 것으로 만들 수 있다는 데 한 치의 의심도 하지 않고 있었다.

"초급이라고 하기에는 뛰어난 실력을 가지고 있는 헌터가 있었습니다. 그는 우리가 전부 달려들어도 이기기 힘들었습니다."

"배 속에 비계만 낀 너희가 무슨 헌터냐. 아이템빨로 간신히 일반인보다 강할 뿐이지. 꺼져라."

악마의 탑에 들어가는 횟수는 줄어들었고, 몬스터 사냥보다 안전한 일들에 집중했기에 회사 소속의 헌터들이 제대로 수련을 하지 않고 있다는 것은 알고 있었다.

카인트 헌터 회사의 헌터가 강한 것이 아니다. 배를 비계로 채운 자신의 헌터들이 약한 것이다.

"이대로는 억울해서 안 되겠어."

손에 들어왔다고 생각했던 카인트 헌터 회사가 손아귀에서 빠져나가자 억울한 마음이 들었다. 강한 헌터들이 필요했다. 이럴 때 사용하려고 만든 인맥들이다.

황준성은 아침 해가 뜨기를 기다리며 한숨도 자지 않았다.

해가 조심스럽게 고개를 내밀자 그는 평소 친분이 있는 사람들을 불러 모았다.

헌터 회사를 보유하고 있는 회사 대표도 있었고, 음지에서 활동하는 조직의 보스도 있었다.

그들과 함께한다면 자신의 지분이 줄어들겠지만 아무것도 얻지 못하는 것보다는 낫다고 판단했기에 내린 결정이었다.

아침 일찍 사람을 보냈기에 저녁이 되기 전에 모든 인맥들을 불러 모을 수 있었다.

여기에 모인 10명의 사람들은 전부 서울에서 명성이, 혹은 원성이 높은 사람들이다.

그는 특히 상석을 차지하고 앉아 있는 왕진수에게 큰 기대를 하고 있었다.

왕진수는 엄밀히 말하면 한국 사람이 아니다.

그는 화교 출신으로, 중국에서 많은 원조를 받고 있었다.

한국에서 활동하는 중국 출신 헌터들은 전부 그의 밑에 있었고, 그들은 체계적인 수련을 받고 있었다.

우연한 기회에 자신의 회사 소속 헌터들과 왕진수 소속의 헌터들이 대련을 한 적이 있었다.

결과는 처참했다. 단 3명의 화교 출신 헌터들에게 20명이 넘는 헌터들이 패배했다.

그때 이후 황준성은 왕진수를 형님으로 모셨다.

황준성은 약한 사람에게는 강한 사람이었지만 자신보다 강한 사람에게는 꼬리를 흔드는 애완견이 될 수 있는 사람이다.

황준성의 눈빛이 부담스러웠던 왕진수는 자신을 부른 이유를 설명할 것을 요청했다.

"우리 회사 소속 헌터들이 카인트 헌터 회사 헌터들에게 당했습니다. 복수를 하고 싶습니다."

"복수?"

자신들을 부른 이유가 고작 복수 때문이라고 하니 흥미를 잃어버리는 사람들이었다.

평소 친분으로 여기까지 오기는 했지만 이득이 되지도 않는 일을 하고 싶지는 않았다.

최소 하나 이상의 조직을 운영하고 있는 대표가 자신들이다.

돈이 되지 않는 일에 자신의 사람들을 파견 보낼 정도로 황준성과 친분이 있는 것도 아니다. 단지 그에게서 흘러나오는 돈 냄새 때문에 관계를 유지하고 있었을 뿐이다.

"요즘 들어 암시장에 나오는 C급 아이템들이 전부 카인트 헌터 회사에서 나온다는 정보를 입수했습니다. 저는 그들에게 정중히 C급 아이템의 출처를 물어봤을 뿐인데 저희 아이들을 전부 반죽음 상태로 만들어서 돌려보냈습니다."

황준성이 거짓말을 하고 있다는 사실을 모르는 사람은 여기에 아무도 없었다.

아이템이 욕심나 카인트 헌터 회사를 쳤나 보군.

아무리 세진 헌터 회사의 전력이 약하다고 하지만 그들을 막아냈다면 꽤나 강한 조직이겠어.

그들은 동시에 자리에 앉아 있는 사람들의 면모를 살폈다.

그래, 여기에 있는 조직들이 동시에 움직인다면 아무리 강한 조직이라도, 설혹 헌터 협회라도 충분히 뒤집어엎을 수 있지.

돈 냄새가 강하게 난다.

그들은 소극적인 자세를 버리고 황준성의 말에 동조했다.

"같은 업종에 종사하면서도 도의를 모르는 회사가 아닙니까. 가만히 있어서는 안 됩니다. 미쳐 날뛰는 망아지는 신속히 목을 잘라 버려야 조용해지는 법 아니겠습니까?"

한 사람이 먼저 말을 꺼내자 모두가 한마디씩 던졌고, 당장에라도 카인트 헌터 회사로 달려갈 분위기가 조성되었다.

결정만이 남았다. 결정권은 왕진수의 입에 달려 있다.

모두가 한 사람을 바라보는 상황.

왕진수는 굳게 다문 입을 열었다.

"그들의 전력은 어떻게 되는가?"

되었다. 그도 우리와 함께할 생각이다.

황준성은 자신이 알고 있는 모든 정보를 쏟아내었다.

"헌터 자격증을 취득한 지 한 달도 되지 않은 헌터 세 명과 군대 출신 노예 한 명이 있습니다. 딱히 다른 배후가 있지는 않아 보입니다."

"초급 헌터 3명에게 당했다는 말인가? 아무리 수련을 게을리 했다고 하더라도 그게 가능한 일이라고는 생각되지 않는데."

"우리 헌터들을 알고 계시지 않습니까. 형님이 데리고 있는 헌터 한 명이면 우리 헌터들 열 명을 쉽게 이길 수 있지 않습니까."

자신이 원하는 바를 이루기 위해 자신이 데리고 있는 헌터들의 실력을 깎아내리는 황준성이 좋아 보이지는 않았다. 하지만 어느 정도 수긍은 갔다.

"아이템 보유 상황이 좋은가 보군. 하지만 명분이 약해. 자네는 정중히 사람을 보냈다고는 했지만 아마 밤중에 사람을 보냈겠지. 그것도 무장을 시키고 말이야. 그런 식으로 일을 하다가는 전국의 모든 헌터 회사들이 우리를 적으로 생각하게 될지도 모르네. 명분부터 만들어야겠네."

왕진수의 말에 뜨거운 열기는 잠시 가라앉았지만 그들의 가슴에 불타고 있는 탐욕은 전혀 줄어들지 않았다.

*　　　　*　　　　*

손놈들이 다녀간 이후 며칠간은 아무도 회사를 방문하지 않았다.

이렇게 쉽게 끝날 리는 없다고 생각하고 있는 찰나 삼진의 신택일 대표가 찾아왔다.

그는 전과 달리 간단한 분장까지 하며 자신의 신분을 감추었다.

간단한 인사를 마치고 그가 꺼낸 말은 혹시나 했던 일들이 벌어지고 있다는 것이었다.

"제가 받은 것이 있어 모른 척을 할 수 없어 찾아왔습니다. 세진을 필두로 여러 개의 조직이 뭉쳐 카인트 회사를 친다고 합니다. 아직은 명분이 약해 움직이지 않고 있지만 작은 명분이라도 생긴다면 카인트 회사를 잡아먹으려고 달려들 겁니다."

혼자의 힘으로는 안 되니 사람을 불러 모으겠다?

뭐, 나쁜 생각은 아니지만 상대가 좋지 않지.

그런데 이 말을 해주려고 대한민국에서 가장 큰 헌터 회사의 대표가 직접 찾아왔다고?

분명 내가 그에게 아이템 제작에 대한 비밀을 알려주긴 했지만 그렇다고 해서 그가 직접 여기에 올 정도는 아니었다.

무슨 꿍꿍이가 있군.

꿍꿍이가 무엇인지는 모르겠지만 어쨌든 지금 그가 나쁘게 보이지는 않았다.

높은 자리에 있으면서도 직접 움직이는 행동력에 높은 점수를 주었다.

뒤통수가 간지럽기는 하지만 파트너 시험에 추가 점수를 줘야 겠어.

"그들을 적으로 돌릴 수도 있는데 직접 경고를 해주시러 여기 까지 찾아와 주셔서 고맙습니다. 하지만 큰 걱정은 하지 않아도 됩니다. 이미 그들을 막을 준비는 끝내놓았습니다."

"무슨 준비를 어떻게 했는지는 모르겠지만 그들을 막기는 힘 들 겁니다. 차라리 우리 회사로 들어오지 않겠습니까?"

그가 직접 여기에 온 이유 중 하나는 알 수 있었다.

우리를 영입하기 위해 직접 움직인 것이다.

하지만 그도 우리가 그에게 가지 않을 것을 예상하고 있을 것 이고, 다른 큰 그림을 그리고 있는 게 분명했다.

"대표님에게 부담을 주고 싶지 않습니다. 우리들의 힘만으로 막아내겠습니다. 제안은 감사히 생각합니다."

세진을 중심으로 뭉친 조직들이 우리를 치기 위한 명분을 만 들려고 한단 말이지.

그 명분, 내가 먼저 만들어주지.

개미가 걸어오는 싸움을 거부할 이유 따위는 없으니까.

나를 노리는 거지들이 있다는 정보를 얻은 이후 나는 정보를 얻기 위해 암시장으로 이동했다. 암시장에 있는 정보 팀은 경매 장과 정반대의 방향에 위치하고 있었고, 타로 점집을 연상시키는 천막에 위치하고 있었다.

자신을 정보 팀 팀장이라고 소개한 자는 40이 조금 넘어 보이는 마른 사내였다.

그는 약간의 집착 증세가 있는지 천막 안은 모든 물건이 좌우 대칭을 정확히 유지하고 있었다.

"우리 회사를 노리고 있는 조직들이 있다고 하던데… 명단을 알고 싶군."

"카인트 헌터 회사를 노리는 조직들을 말씀하시는 겁니까? 우리도 어렵게 구한 정보라서 가격이 조금 비쌉니다. 하지만 주인님의 지시에 따라 할인된 가격에 제공하도록 하겠습니다."

"돈은 얼마가 들어도 상관없으니 정확한 명단을 주게나."

정보가 귀한 시대였기에 정보의 가격은 비싸다. 하지만 이미 벌어들인 자금이 충분했기에 정보 하나의 가격에 손을 벌벌 떨 필요는 없었고, 또한 돈보다 정확한 정보가 더욱 중요했다.

"총 10개의 조직이 카인트 헌터 회사를 노리고 있습니다. 자세한 정보는 여기 정리해 놓은 자료를 보시면 됩니다. 여기서 필사는 가능하지만 자료를 들고 가시려면 따로 추가 금액을 지불해야 합니다."

A4 용지 5장 분량의 정보를 필사하는 데 시간을 낭비하고 싶지 않았기에 추가 금액을 지불하고는 자료를 가지고 나왔다.

어떤 놈들이 독이 든 사과를 따 먹으려고 하는지 볼까.

예상한 대로 세진이 가장 먼저 이름을 올리고 있었고, 세진 헌터 회사의 헌터 숫자와 조직도도 그려져 있었다.

자료집을 쭉 훑어봤다. 가장 강한 조직은 중국 화교 출신의 흑두방이었다.

특히 보스로 있는 왕진수는 음지에서 활동하는 다른 조직과는 다르게 인망이 높은 편이라고 적혀 있었다.

깡패 새끼가 인망이 높아 봤자 거기서 거기지.

자신의 힘을 이용해 부당 이익을 챙기는 놈은 아무리 좋게 포장해도 쓰레기라는 게 내 평소 생각이었다.

"그럼 명분을 주러 가볼까."

암시장에서 산 정보에는 각 조직의 위치가 잘 그려져 있었기에 어렵지 않게 세진 헌터 회사를 찾아갈 수 있었다.

세진 헌터 회사의 건물은 음지에서 활동하는 조직답게 칙칙했다.

시멘트가 그대로 드러나 있는 회색의 건물은 보기만 해도 답답한 느낌이 든다.

입구를 지키는 사람의 숫자는 12명.

원한을 많이 산 사람답게 경계를 중시하고 있었다.

하지만 일반 사람이 나를 잡을 수는 없지.

난 비둘기와 비슷한 형태의 야수로 변신했고, 하늘을 날아 건물 최고층의 창문을 통해 진입했다.

높은 자리에 있는 사람은 이상하게 최고층을 선호한다.

그리고 역시 세진의 보스인 황준성도 그런 성향을 가지고 있었다.

건물의 외관과는 전혀 어울리지 않는 고급스러운 가구들과 벽에 걸려 있는 장식용 무기들.

C급의 능력을 가지고 있는 무기들이었지만 벽에 걸려 있으면 그냥 장식용일 뿐이다.

황준성의 얼굴은 한 번도 본적은 없었지만 고급스러운 방에서 다리를 책상 위에 올리고 눈을 감고 있을 사람이 황준성 말고 다른 사람이 있을 거라고는 생각되지 않았다.

"네가 황준성이냐?"

곤히 자고 있는 사람을 깨우는 것은 예의에 어긋나는 일이지만 황준성 같은 쓰레기에게 예의를 차릴 정도로 내가 예의 바른 사람은 아니었다.

그의 목에 칼을 들이밀고는 그를 흔들어 깨웠다.

"누구냐!"

"소리치면 좋을 게 없을 건데. 내가 소리에 좀 민감해서 큰 소리가 나오면 생각하지 않고 손을 쓰는 경향이 있거든. 그 바람에 칼이 네 목을 찌르면 너만 손해잖아."

황준성은 자신이 처한 상황을 대번에 깨달았다.

"나에게 원하는 것이 뭐지? 돈이 필요하면 주겠다. 저기 금고 안에 네가 평생 먹고살 만한 돈이 있다."

입을 나불거리면서도 황준성의 손이 꿈틀거리고 있다.

그의 손이 향하려는 곳으로 시선을 이동하니 작은 끈이 책상 밑에 달려 있었고, 그 끈은 벽을 뚫고 지나가 다른 방으로 연결되어 있었다.

비상벨과 비슷한 원리로 만들어놓았네. 역시 죄를 지으면 걱정이 많다니까.

하지만 하늘을 날아 들어올 사람이 있다는 것은 예상하지 못했겠지.

"손가락을 1㎜라도 더 움직이면 와이셔츠가 피로 물드는 장면을 목격하게 될 거야. 그것도 아래로 쳐다보는 게 아니라 내 몸을 정면으로 바라보게 해주지."

목을 자르겠다는 협박에 황준성의 손은 무릎에 딱 붙은 상태로 꼼짝도 하지 않았다.

생각보다 겁이 많은 사람이었다.

권력을 가지고 있는 사람은 공통적으로 겁이 많다.

지금까지 쌓아 올린 권력이 아까워 목숨을 소중히 여기는 것이다.

목숨이 아까우면 욕심을 줄이면 된다는 간단한 생각을 못 하는 것도 공통점 중 하나다.

"네가 카인트 헌터 회사를 노린다면서? 좋은 말로 할 때 들어먹지 않으니 행동으로 보여줘야겠지."

칼을 든 손에 약간의 힘을 주었고, 황준성은 다급히 말했다.

"죄송합니다. 하지만 저는 억울합니다. 저는 흑두방의 명령에 따라 움직인 것뿐입니다."

암시장에서 받은 정보에 의하면 이번 사건을 주도한 사람은 황준성이다.

그는 단지 위협을 피하기 위해 자신이 형님으로 모시고 있는 왕진수의 이름을 팔고 있는 것이다.

더러운 쓰레기라는 것은 알고 있었지만 이 정도일 줄이야.

"그래? 그래도 이왕 여기까지 왔는데 맨손으로 돌아갈 수는 없잖아. 그리고 입 열지 마. 하수구 냄새 나니까. 한 번만 더 혀를 나불거리면 혓바닥이 어떻게 생겼는지 자세히 보게 해줄게."

이렇게 비굴한 모습을 하고 있는 황준성을 용서해 줄까?

터무니없는 생각이다.

그가 지금까지 어떻게 부를 축적했는지 조금이라도 알고 있는 사람이라면 그를 용서해 주라는 말은 절대 나오지 않을 것이다.

그래도 내 손에 피를 묻히기는 싫었다.

마모그란트의 위액.

마모그란트는 악마의 탑 7층에서 나오는 몬스터다.

지금의 한국 헌터들의 실력이라면 마모그란트를 구경이라도 하려면 최소 20년은 더 걸릴 것이다.

마모그란트는 두꺼비처럼 흉측한 피부를 가지고 있다.

미끌거리면서도 오돌토돌한 그의 외형을 보면 아무리 비위가 좋은 사람이라고 하더라도 위액이 밖으로 나오려는 느낌을 받아야 했다.

흉측한 외모 말고도 무서운 점은 더 있었다.

특히 마모그란트의 공격 방법은 매우 특이했는데, 마모그란트는 공격을 할 때 피부를 뒤집어 올려 버렸고 배 속에 있는 위액 샘에서 그대로 위액을 발사했다.

보통 위액은 산성이 강해 음식물을 녹이는 데 사용되지만 마모그란트의 위액은 달랐다.

마모그란트의 위액에 조금이라도 접촉을 하게 되면 극심한 환각 증세에 빠지게 된다.

그리고 그렇게 시간을 더 보내면 백치가 되어버린다.

마모그란트의 위액 성분에 뇌세포를 파괴하는 효과가 있는 것이다.

"이 물 마실래, 아니면 죽을래?"

선택권을 황준성에게 주었다.

마모그란트의 위액은 무색무취였다. 다른 극독처럼 냄새가 역하지도 않았고, 모습도 일반 물과 크게 다르지 않았다. 그랬기에 황준성은 한 번의 망설임도 없이 마모그란트의 위액을 마셨다.

"으으으으!"

좀비처럼 손발을 흔드는 황준성.

환각이 시작되고 있는 것이다. 그의 입에서 침이 흘러나왔고, 발작 증세를 보였다.

황준성 하나를 병신으로 만든다고 이번 사건이 끝날 거라고는 생각되지 않는다.

하지만 경고 정도는 된다.

'카인트 헌터 회사'.

책상 위에 우리 회사 이름을 선명하게 새겨주었다.

이제는 경고뿐만 아니라 전쟁의 명분도 주었다.

경고를 받아들여 후퇴를 할지, 전쟁을 할지는 이제 나머지 사람들의 선택이었다.

이미 두 번의 경고를 주었고, 세 번은 없다.

흑두방 건물의 회의실.

익숙한 얼굴들이 회의실을 채우고 있었다. 황준성이 도움을 요청했던 조직의 대표들과 그들과 친한 조직의 대표들이 흑두방의 회의실에 앉아 있었고, 분노한 표정으로 왕진수의 말을 기다리고 있었다.

"세진의 황준성이 당했다는 소식을 들었네. 그리고 범인이 당당하게 자신의 회사의 이름을 책상에 새기고 떠났지. 이는 우리에게 도발을 하는 것과 동시에 경고를 하는 거지. 더는 덤비지 말라고, 만약 덤빈다면 황준성처럼 만들어주겠다는 그런 뜻이 담겨 있지."

"가만히 있으면 안 됩니다. 우리가 이런 대접을 받을 사람들입니까? 헌터 협회라고 하더라도 우리에게 이런 경고를 할 수는 없습니다. 고작 네 명뿐인 헌터 회사에 겁을 먹어서 되겠습니까? 지금 당장 치러 가야 됩니다. 명분도 충분하니 더는 참을 이유가 없습니다."

황준성과 라이벌의 위치에 있다고 생각하는 진성 헌터 회사의 대표에게서는 분노와 함께 탐욕을 느낄 수 있었다.

흑두방을 열외로 치면 항상 세진이 음지에서 활동하는 헌터 회사 중 서열 1위를 달렸다.

아무리 노력을 해도 세진을 따라잡지 못해 만년 2인자의 위치에 있어야 했던 진성이었다.

그는 이번을 자신에게 주어진 마지막 기회라고 생각하고 있었다.

하지만 그는 혼자 움직일 자신이 없었다.

그가 만년 2인자의 위치에 있어야 했던 가장 큰 이유는 결단력 부족이었다.

우유부단한 성격 때문에 좋은 기회를 세진에게 빼앗겼고, 그는 남은 콩고물이나 주워 먹어야 했다.

이번에도 자신의 조직원들만 이용해도 카인트 헌터 회사를 잡아먹을 수 있다고 생각하고는 있었지만 황준성의 모습을 전해 듣고 나니 쉽게 결정을 내리지 못했다.

동맹을 뒤로하고 혼자 움직일 수 없다고 스스로 자위하며 이번 회의에 참석한 그였다.

"자네와 같은 생각을 나도 하고 있다네. 하지만 이상한 점이 있네. 내가 보유하고 있는 헌터 중에 가장 능력이 뛰어난 헌터라고 할지라도 수십 명의 이목을 숨기고 8층 사무실에 숨어 있는 황준성을 죽일 수 없네."

"그렇습니다. 죽이는 것까지는 어떻게 할 수 있겠지만 유유히 사라졌다는 것이 더욱 힘든 일입니다. 우리가 예상하는 것보다 적이 더 강할 수도 있습니다."

"나는 처음부터 이번 일이 그렇게 마음에 들지 않았다네. 욕심 때문에 헌터 회사와 싸운다? 처음부터 말도 되지 않는 일이었지. 나는 이번 일에서 손을 떼고 싶다네."

왕진수가 화교 출신으로 성공할 수 있었던 이유는 진성 대표의 단점과 비슷했지만 달랐다. 진성의 대표는 우유부단한 성격으로 고민을 많이 한다면, 왕진수는 고민을 통해 최선의 판단을 내렸다.

그 작은 차이가 지금의 흑두방을 있게 했다.

왕진수가 이번 일을 하지 않겠다고 하자 여러 가지 감정이 회의실을 감돌았다.

파이를 나눌 상대가 줄어들었다고 좋아하는 사람도 있었으며, 가장 큰 조직인 흑두방이 빠진다고 하니 불안해하는 사람도 있었다.

그렇게 조직들은 두 개의 의견으로 나뉘었다.

흑두방을 따라 카인트 헌터 회사를 치는 것을 포기한 사람들과 그렇지 않은 사람들로 나뉘었고, 그 숫자는 후자가 압도적으로 많았다.

눈앞에 있는 황금 알을 포기할 정도의 사람은 극소수였다.

욕심을 통해 성장한 사람들이 대부분이었기에 그 욕심을 포기할 수 없었을 것이다.

"내 의견은 여기까지네. 나머지 일들은 알아서들 하게나."

축객령이 떨어졌고, 사람들은 우르르 밖으로 나가며 자신과 의견을 같이하는 사람들을 모았다.

총 7개의 조직이 경고를 무시하고 카인트 헌터 회사를 공격하기로 약속했다.

명분은 충분했고, 준비는 길게 필요하지 않았다.

정확히 3일 후 해가 지는 시간에 카인트 헌터 회사를 동시에 공격하기로 한 그들이었다.

3일 후에 황금알을 가질 수 있다는 상상을 하며 행복한 표정을 짓고 있었지만 그 상상은 상상으로만 끝날 것 같았다.

3명의 팀원들과 매일같이 악마의 탑 1층을 공략했고, 이제는 내 도움을 받지 않아도 일반 몬스터를 충분히 사냥할 수 있을 정도로 적응을 했다.

물론 보스 몬스터는 도움을 줘야 했지만 말이다.

내 기준으로 봤을 때는 매우 느린 속도였지만 다른 헌터들을 기준으로 봤을 때는 매우 빠른 속도였다.

시중에서 구할 수도 없는 아이템을 주었는데 이 정도 속도면 내가 답답하지.

그래도 발전은 꾸준히 하고 있으니 지켜봐야지.

악마의 탑을 나온 이후 팀원들은 기다시피 해서 침대에 쓰러졌고, 회사에는 고요함이 찾아왔다.

나는 고요함을 좋아하지 않는다.

고요함 뒤에는 항상 시끄러운 일이 기다리고 있다. 지금도 무기를 든 100명가량의 사람이 회사로 접근하고 있었으니 말이다.

"그래도 경고가 통하긴 했나 본데? 생각보다 손놈들이 적네."

가장 큰 조직인 흑두방의 모습이 보이지 않았다.

흑두방이라는 큰 조직을 고스톱 쳐서 일군 건 아닌가 보네.

숫자는 단순히 눈에 보이는 게 다가 아니었다.

자신의 옆에 많은 수의 동료가 있으면 덩달아 사기가 오르고 전투력이 오르게 된다.

불청객들의 손에는 하나같이 날카로운 무기가 들려 있었고, 그들은 당장에라도 피를 보고 싶어 했다.

피가 보고 싶으면 보게 해줘야지. 단지 피를 흘리는 대상이 생각과는 다르겠지만.

회사의 정문은 언제나 열려 있었고, 불청객들은 아무런 거리낌 없이 정문 안으로 걸어 들어왔다.

불청객이 찾아올 줄 알면서도 정문을 열어놓은 것이 이상하지 않나?

생각이 없는 놈들이군. 생각이 짧은 것을 탓해라.

불청객들이 정문 안으로 들어서자 바닥 위에서 하얀 연기가 솟구쳐 올랐다.

밤안개를 보는 것은 흔치 않다.

하지만 이계에서는 여러 번 본 적이 있다.

이계에서 연금술을 연구하는 마법사들이 만든 것 중에는 안개를 피워내는 돌이 있다.

단지 시야를 가리는 목적으로 만들어진 안개가 아니다.

광기의 안개라고 불리는 이 연기는 이성을 마비시키고 정신을 광기에 물들게 만든다.

적이 누구인지 구별하지 못하고, 아군의 가슴에 망설임 없이 검을 찔러 넣을 수 있는 그런 광기.

안개의 성분이 땀으로 배출되기 전까지 오로지 상대방을 죽이기 위해 움직인다.

몬스터들을 상대하기 위해 만든 안개였지만 국가 간의 전쟁에서도 자주 사용되곤 했다.

적의 수가 많을수록 효과적인 무기였고, 치료제를 미리 복용하지 않는다면 안개의 광기에서 벗어날 수가 없다.

슬슬 안개의 효과가 올라오는가 보군.

"죽어라!"

"왜 그래! 나라고! 정신 차려!"

정신력이 강하고 약하고의 차이에 따라 광기에 빠져드는 속도가 달라진다.

하지만 그 차이는 5분 정도였다.

푹!

검이 살을 파고드는 끔찍한 소리가 울려 퍼지기 시작했다.

하지만 이제 시작이다.

무기로 상대방의 급소를 때리는 것은 물론이고, 검이 없어지면 이빨로 살을 물어뜯는다.

전투가 길어질수록 좀비들의 싸움처럼 변해 버린다.

바닥에 피로 만든 웅덩이가 생길 때쯤 되면 전투는 끝이 난다.

살아 있는 사람보다 죽은 사람이 더 많았고, 살아 있는 사람도 끔찍한 장면에 정신을 놓고 만다.

"으아아! 내가 한 짓이 아니라고. 제발 꿈이라고 말해줘!"

입속에 들어 있는 동료의 귀를 뱉어내며 누군가가 소리쳤다.

쓰레기들을 쓰레기로 처리하는 것이 나쁠까?

나는 나쁘지 않다고 생각한다.

이미 두 번의 경고를 주었고, 쓰레기에게 내가 할 수 있는 최선을 다했다.

지금의 결과는 그들의 선택이었다.

"쓰레기 잔해 처리를 내가 해야 되나? 시체가 썩으면 벌레가 꼬이는데."

이계에서 수십 번의 전쟁을 경험했기에 나는 시체의 잔인함에 많이 무뎌져 있었다.

"마계의 꽃에 오랜만에 영양분을 공급해 줘야겠네."

마계의 꽃은 악마의 탑 7층에 서식하는 식물 중 하나다.

식물인 주제에 피와 살을 좋아하는 미친 식물인 마계의 꽃은 보통 죽어 있는 시체를 집어삼켰지만 부상을 입고 쓰러진 생물도 가리지 않고 빨아들였다.

마계의 꽃이 열매를 만들어내기 위해서는 백 명 이상 사람의 영양분을 섭취해야 했고, 그 열매는 엄청난 생기 에너지를 저장하고 있었다.

그리고 그것은 생명만 붙어 있으면 이전의 모습으로 돌아가게 할 수 있는 엄청난 회복제의 재료로 사용되는 열매이기도 했다.

"오랜만에 배 좀 불려라."

보관 상자에서 오랜만에 밖으로 나온 마계의 꽃은 허기를 참지 못하고 시체를 향해 달려들었다. 피에 절어 있는 흙까지 빨아들이며 순식간에 마당을 청소했다.

모든 시체를 빨아들였으면서도 여전히 배가 부르지 않은지 줄기를 뻗어 주변을 살피는 마계의 꽃을 다시 보관 상자 안에 집어 넣었다.

불청객들이 찾아오기 전부터 회사를 지켜보는 눈 몇 개를 감지했었다.

하지만 지금의 장면은 보지 못했을 것이다.

광기의 안개가 그들의 시야를 가려주었으니 말이다.

백 명가량의 사람이 사라지면 여러 가지 소문을 만들어낸다.

그들이 죽었는지 살았는지도 모르는 상황에서 억측들이 난무할 것이고, 소문에 힘입어 더는 회사를 찾아오는 불청객이 없을 것이다.

*   *   *

악마의 탑을 공략하기 위해서는 헌터들만으로는 불가능하다.

몬스터와 싸워 이겨 악마의 탑을 공략하면 되지 않느냐고 생각하는 사람이 대다수겠지만 악마의 탑은 무력만으로 공략할 수 있는 곳이 아니다.

특히 6층 이상의 악마의 탑에서는 몬스터뿐만 아니라 마족과 악마들이 자리를 지키고 있다.

그들을 인간의 힘으로만 상대한다는 것은 불가능한 일이기 때문에 그들의 약점을 노리는 아이템들이 필수적으로 필요했다.

하지만 지금은 그런 연구가 전혀 되어 있지 않았다.

이제 악마의 탑 3층을 공략하고 있는 사람들이었기에 그런 생각을 미처 하지 못하고 있는 거겠지.

이계에서 연금술을 연구했던 것처럼 회복약과 여러 능력이 있는 물건들을 제작해야만 한다.

그러기 위해서는 헌터들뿐만 아니라 연구진들을 영입할 필요가 있다.

"팀장님! 아니, 진기 형, 제가 어떻게 교수님들하고 친구들이 있는 곳을 알고 있겠어요. 저 하나 먹고살기도 바빴는데 연락을 할 틈이 어디 있었겠어요."

현수는 한국에서 가장 좋은 S대를 다녔었기에 혹시나 하는 심정으로 현수에게 대학 교수진들과 연구진들의 위치에 대해서 물었다.

하지만 휴대폰이나 전화기가 불통인 지금 그들에게 연락을 하는 건 매우 힘든 일이었다.

결국 암시장에서 정보를 구해야 하나.

고연봉 직업이었던 대학 교수나 연구직 인재들은 현재 공사장을 전전하는 하루살이 인생이 되어버린 경우가 많았다.

물론 큰돈을 가지고 있는 사람들도 있겠지만 그런 사람은 극소수일 것이다.

이제는 익숙해진 암시장을 자연스럽게 들어섰고 다른 사람의 안내 없이 정보 시장 천막을 찾아 들어갔다.

"오늘은 어떤 정보를 구입하길 원하십니까?"

직업적인 멘트를 날리는 직원이었고, 나는 바로 본론을 꺼내 들었다.

"화학이나 기계공학 같은 이공계 전공의 교수들이나 연구진들의 위치를 찾고 싶은데 그런 정보도 가지고 있나?"

"잠시만 기다려 주십시오."

내가 원하는 정보가 너무 생뚱맞았는지 우왕좌왕하는 모습을 보이는 직원이었다.

"죄송합니다. 그런 정보는 없습니다. 그런 정보를 원하는 사람이 있을 거라고는 생각지도 못해서……"

그렇겠지. 지금의 시대에 누가 돈도 되지 않는 그런 인재들을 원하겠는가.

이공계 교수들은 과학의 발전이 있어야 능력을 발휘하는 사람들이었고, 지금은 불필요한 지식으로 머리를 가득 채우고 있는 사람일 뿐이었다.

"그들의 정보를 원하시는 이유를 여쭈어봐도 되겠습니까? 그런 인재를 채용하기 위해서라면 방법이 하나 있긴 합니다."

"맞네. 이공계 지식을 가지고 있는 인재들을 채용하고자 한다네."

"그렇다면 어렵지 않습니다. 서울에서 가장 큰 인력 시장이 근처에 있습니다. 그곳에 가면 충분히 찾을 수 있을 겁니다."

인력시장?

하루살이 노동을 하기 위해 사람들이 드럼통에 불을 피우고 고용주를 찾는 그런 곳을 말하는 건가?

하긴 공부만 했던 사람들이 건장한 육체를 가지고 있을 리 만무하니 그런 곳에서 일자리를 찾아야겠지.

건장한 몸을 가지고 있는 사람이라면 국영 노동 시장이나 큰 규모의 건설 회사에 취직해 그나마 안정적인 생활을 할 수 있었다.

아무런 소득도 없이 암시장에서 돌아와 회사로 돌아갔고, 아침이 밝아오자 세 명의 팀원을 데리고 인력시장으로 갔다.

촉촉한 안개가 가시지 않은 이른 아침부터 잠을 깨웠기에 뿔이 잔뜩 난 위용욱이 한마디를 했다.

"어디를 가는데요. 이유나 알고 데리고 가세요."

"새로운 인력을 충원하려고 그런다. 그렇게 잠만 자다가 너 소 된다."

"소요? 소가 되면 좋겠네요. 원할 때 자고 먹고 싶은 만큼 먹고."

"그리고 잡아먹히고. 내가 너 잡아먹기 전에 조용히 하고 따라와."

인력시장은 정말 내가 상상하던 그런 모습을 하고 있었다.

아침의 차가움을 피하기 위해 드럼통에 불붙은 장작을 쑤셔 넣고 손을 녹이는 사람들이 수백 명 넘게 있었다.

"이런 곳에서 누구를 채용하려고요? 다들 쌀 포대 하나 들지 못하게 생겼는데요."

여기까지 왔다는 것 자체가 인생의 끝자락이라는 뜻이다.

하지만 인생의 끝자락에서 새로운 기회를 찾는 사람도 있을 것이다.

"용욱아, 내가 하라는 대로 소리쳐 봐. 이공계 석사 이상 졸업자 구합니다."

잠시 머리에 물음표를 띄운 위용욱이였지만 그답게 큰 고민을 하지 않고 소리쳤다.

"이공계 석사 이상 졸업자 구합니다!"

조용한 인력시장에서 울려 퍼진 위용욱의 외침에 하나둘 관심을 가지기 시작했다.

"이공계 교수직에 있었거나 연구소에 근무했던 사람 우대합니다!"

위용욱은 계속해서 소리쳤고, 몇 명의 사람이 우리에게 다가왔다.

"저는 K대학교에서 화학 교수로 있었습니다."

드디어 한 명을 찾았다.

"제가 연구소를 하나 차리려고 하는데 거기서 일할 사람을 찾고 있습니다. 원하신다면 우리와 일을 하지 않겠습니까?"

"연구? 지금의 상황에서 연구소를 만든다는 말씀인가요? 무슨 연구를 어떻게 하시려고……."

"그건 나중에 설명드리겠습니다. 혹시 비슷한 업종에서 일했던 사람을 알고 계시다면 다 데리고 와주세요."

백발이 되기 직전의 교수는 인력시장 곳곳을 다니며 자신과 친분이 있던 사람을 데리고 돌아왔고, 위용욱의 외침에 반응한 사람들도 속속들이 모여들었다.

이제는 옥석을 가려야 한다.

"저는 새로운 연구소를 하나 만들려고 계획 중입니다. 그렇기에 수준급의 이공계 지식을 가지고 있는 사람이 필요합니다. 화학을 전공했거나 고분자를 전공한 사람은 우대하겠습니다."

분명 여기 있는 사람 중에는 거짓말을 하는 사람도 있을 것이다.

하지만 그런 사람을 가려내는 것은 어렵지 않다.

"관심이 있는 분들은 내일 카인트 헌터 회사로 찾아와 주세요. 합당한 능력이 있는 사람만 찾아와 주세요. 내일 시험을 치르고 직원으로 채용하도록 하겠습니다."

인력시장에 채용 공고까지 작성해 두고 다시 회사로 돌아왔다.

[카인트 헌터 회사 채용 공고]
이공계 계열 석사 이상의 학력을 가지고 있는 분을 모집합니다.

〈우대 사항〉
1. 대학 교수였던 분
2. 연구소에서 일한 경험이 있는 분
테스트를 통해 선발

〈복지〉
월급 : 업계 최고 대우

숙식 제공

누가 봐도 알아보기 쉬운 채용 공고였기에 내일 회사로 찾아오는 사람의 수는 더 많을 거라고 예상했다.

그리고 다음 날 오전이 되자 우리 모두는 입을 떡 벌릴 수밖에 없었다.

아무리 취업난의 시대라고 하지만 많아도 너무 많았다.

"팀장님, 몇 명이나 될까요? 제가 보기에는 못해도 3천 명은 넘어 보이는데요."

"현수 형, 저게 무슨 3천 명이에요. 못해도 5천은 될 것 같구만."

체육관에 들어올 수 있는 인원은 한계가 있었다. 뒤에 줄 서 있는 사람을 다시 집으로 돌려보내야 할 정도였다.

"시험은 며칠간 계속 진행됩니다. 내일 다시 와주세요."

약간의 반발은 있었지만 험악한 위용욱의 얼굴 덕에 별 무리 없이 사람들을 돌려보낼 수 있었다.

많은 구직자들이 찾아왔기에 모든 인원에게 시험을 치르게 하는 것은 비효율적이었고, 증명 서류가 있는 사람들은 시험 없이 통과시켰다.

특히 처음 만났던 화학과 교수라는 사람은 교수 임명서와 박사 학위를 가지고 왔고, 현수가 어설프게 만들어놓은 시험지를 급수정해 시험을 치르게 했다.

"이거 참, 눈이 핑 돌아가네. 하얀 것은 종이요, 검은 것은 글자라."

고등학교 졸업이 최종 학력인 나로서는 도저히 알 수 없는 기호들과 문자들이 시험지에 가득했고, 시험지를 받자마자 시험 장소인 체육관을 떠나는 사람들이 생겨났다.

1차 필기시험은 일주일이나 계속되었고, 시험을 통과한 사람에게 2차 면접 자격을 주었다.

워낙 많은 사람들이 찾아왔기에 1차 필기 합격자는 300명에 육박했고, 회사 건물에서 지낼 수 있는 사람의 수는 많이 잡아도 70명 정도였기에 2차 면접은 깐깐하게 진행되었다.

화학과 교수였던 김민중 교수와 그와 비슷한 능력이 있는 5명의 교수진들과 내가 들어가 면접을 실시했다.

교수진들이라서 그런가?

면접은 생각보다 강도가 높았다.

전문 지식이 오고 간 것은 물론이고, 자신이 얼마나 힘들게 살고 있는지를 어필하며 구걸하다시피 매달리는 사람도 있었다.

그런 사람들은 위용욱의 선에서 해결이 되었고, 면접은 빠르게 진행되었다.

"교수님들, 이제 50명 정도 봤는데 합격이 일곱 명이면 인원이 부족하지 않을까요?"

"아직 무슨 일을 할지도 모르는 상황에서 우리가 할 수 있는 일은 최고의 인재를 선발하는 것뿐이지 않은가. 당연히 기준이 높을 수밖에 없지 않겠나."

필기시험에 합격한 면접자들의 학벌과 경력은 생각보다 뛰어났다.

한국 5대 대학에서 석사 졸업을 한 사람부터 대기업 연구진에서 일한 사람까지.

이런 고급 인재들이 지금까지 직업을 찾지 못하고 있었다.

하긴 요즘은 머리가 좋다고 해서 우대를 받는 시대가 아니니까.

가장 선망되는 직업은 헌터였고, 그다음으로는 건축업이었다.

30년 넘게 공부하며 쌓은 지식은 쓰레기가 되어버렸고, 오로지 몸을 이용해 생계를 꾸려 나가야만 했다.

그러니 다들 이렇게 필사적인 거겠지.

"저는 K대학교에서 화학을 전공했고, K연구 단지에서 연구원으로 3년 동안 고분자 관련 연구를 했습니다."

"그래? K대학교라면 내가 화학을 가르치던 학교인데… 나는 자네를 본 적이 없는데?"

이렇게 거짓말을 하는 사람도 있었다. 필기시험을 어렵게 합격했으니 거짓말이라도 해서 합격을 하고 싶었을 것이다.

면접은 다시 5일 동안 진행되었고, 최종적으로 합격한 사람은 64명이었다.

면접이 끝난 후 교수진들은 피로를 호소했고, 나는 고기로 원기 회복을 시켜주었다.

면접을 치르는 동안 지하에 있는 세미나실을 개조해 연구실로 만들었고, 건축업자들을 고용해 회사 바로 옆에 새로운 연구소의 건설을 시작했다.

교수진들과 64명의 합격자들은 아직도 자신들이 무슨 일을 하게 되는지에 대해서 몰랐고, 오늘에서야 그들에게 연구소 설립 목적에 대해서 설명했다.

"우리와 함께 일하게 되신 것을 진심으로 축하드립니다. 저는 카인트 헌터 회사의 팀장을 맡고 있는 최진기입니다. 회장님은 몸이 좋지 않아 제가 대신 OT를 진행하게 된 점, 양해를 부탁드립니다. 여러분들이 하게 되실 일은 지금까지 세상에 존재하지 않았던 물건을 만드는 것입니다. 약품이 될 수도 있고, 새로운 형태의 아이템일 수도 있습니다. 악마의 탑에서 몬스터를 사냥해서만 아이템을 구할 수 있다는 생각은 버려주세요. 여러분이 힘을 합치면 새로운 무언가를 만들어낼 수 있다고 확신합니다."

가장 선두에 앉아 있던 김민중 교수가 손을 들어 질문을 했다.

"연구를 하기 위해서는 필연적으로 많은 기기들이 필요하지만 지금은 그런 기기들을 하나도 사용할 수가 없는데 어떤 방식으로 연구를 진행할 생각인가?"

전자 기기를 이용한 실험에 익숙한 사람들에게는 낯설겠지만 이계에서는 그런 전자 기기의 도움을 받지 않고도 많은 아이템들을 제작했었다.

"전자 기기가 있으면 더 효율적으로 연구를 진행할 수 있겠지만 그런 기기들이 없다고 해도 충분합니다. 저는 교수님들을 포함한 여러분들의 능력을 믿습니다. 그리고 악마의 탑에서 나오는 몬스터 사체들과 다른 부산물들에 지구에서는 발견할 수 없는 능력들이 있다고 믿고 있습니다. 그것들을 연구하고 새로운 물건을 만들어주시면 됩니다."

"하지만 연구라는 게 결과를 단시간에 도출할 수 없을 가능성도 높네. 기간은 얼마로 잡고 있는지 궁금하군."

당연한 질문이다. 기껏 힘들게 취업했는데 결과를 내놓지 못했다고 정리 해고를 당하게 되면 얼마나 억울하겠는가.

뭐, 이계에서의 경험이 있어 오래지 않아 결과를 도출해 낼 자신은 있었지만 일단은 직원들의 불안감을 해소해 줘야 했다.

"계약서를 쓰시면 알게 되겠지만 전 평생직장을 염두에 두고 있습니다. 규정에 어긋나는 행동만 하지 않는다면 결과를 도출하든 못하든 해고는 없습니다. 그리고 규정에 대한 말이 나와서 한마디 드리지만 연구는 보안이 생명입니다. 만약 연구 결과를 외부로 유출하거나 그런 시도를 하는 사람이 있으면… 그러지 않기를 바랍니다."

입사 첫날부터 너무 험한 말을 하는 것은 좋지 않아 말을 줄였지만 여기 있는 모두가 뒷말을 충분히 예상할 수 있을 것이다.

"첫날부터 일을 하기도 그렇고, 아직 연구실이 제대로 단장을 하지 못했으니 회식부터 할까요?"

"오오오!"

역시 먹는 거를 싫어하는 사람은 아무도 없지. 특히 고기반찬이라면 말이야.

오늘을 대비해 미리 소 한 마리와 돼지 한 마리 분량의 고기를 준비해 놓았고, 회사 마당에서 파티를 벌였다.

술이 없는 것이 아쉽기는 했지만 고기보다 비싼 가격에 거래되는 술을 이 많은 인원들에게 나눠주기에는 통장 잔고가 부족했다.

직원을 새로 뽑고 연구실을 리모델링하거나 증축하는 것만으로도 이미 통장 잔고는 0에 가까워졌고, 오늘 회식으로 정점을 찍게 되었다.

*   *   *

"형님, 오늘도 암시장에 가야 합니까? 예전에는 일주일에 한 번만 갔는데 요즘은 매일같이 암시장에 가야 되네요. 잠이 부족해 죽겠어요."

"건물도 새로 짓고 직원도 많이 뽑아서 그렇잖아. 며칠만 더 고생해 줘."

불씨를 잃어 가는 잔고에 불을 다시 피우기 위해 현수가 고생했다.

조금만 더 참아줘. 나중에는 암시장에 갈 필요가 없을 테니까.

무기나 방어류 같은 아이템을 암시장에 판매하는 것이 유일한 수익 구조였지만 연구소가 제대로 작동만 한다면 수익 구조가 다양화될 것이고 지금과는 차원이 다른 금액을 벌어들일 수 있을 것이다.

"어서 자. 야간에 암시장에 가려면 미리 잠을 자 둬야지. 나는 연구소에 갈 거니 방문자가 있으면 추용택 씨가 알아서 좀 처리해 달라고 전해줘."

추용택은 노예였던 이전의 삶을 거의 극복했고, 이제는 회사에서 없어서는 안 될 인재가 되었다.

연구소는 리모델링이 끝났지만 연구원들은 아무런 일도 하지 않고 연구소를 구경하기에 바쁘다. 난생처음 보는 기구들이 가득 깔려 있으니 구경하는 재미가 있겠지.

이계에서 가지고 온 기구들과 재료들로 연구실을 가득 채워두었으니 당연한 반응이다.

"구경들 하셨으면 제가 말 좀 해도 될까요? 일단 보서서 알겠지만 처음 보는 기구들이 여러 개 보일 겁니다. 사용법은 제가 설명해 드릴게요."

"기구의 사용법은 다들 알고 있다네. 이런 것들은 몇백 년 전에 사용되던 기구들이고 이런 기구들이 발전해 지금의 전자 기기들이 만들어졌으니 사용 원리나 사용법에 대해서는 대충 예상할 수 있다네."

역시 엘리트들은 다르구나. 이계에서 이런 기구들을 만들기 위해 수백 명의 사람과 몇 년을 고생했는데.

"제가 연구원님들의 능력을 과소평가했나 보네요. 그러면 기구에 대한 설명은 생략하고… 우리가 가장 먼저 해야 할 연구 과제는 이겁니다."

손가락이 가리킨 방향으로 수십 개의 눈이 동시에 움직였고, 단지 특별한 고무라고만 생각했던 것이 연구 과제라고 하니 다들 당황하는 것처럼 보였다.

"악마의 탑에서 나오는 몬스터들의 종류에 대해서는 한 번쯤 들어보셨을 겁니다. 이 고무 같은 재질은 슬라임의 사체입니다. 슬라임은 재생력이 매우 뛰어난 몬스터죠. 이 몬스터를 이용해 치료제를 만들 생각입니다. 바르기만 해도 새 살이 솔솔 피어나고, 복용하면 찢어진 장기가 회복되는 그런 전설 속의 약을 말이죠."

"그런 약을 만들 수가 있겠습니까?"

약의 종류는 많다.

김기약부터 항암제까지.

그런 약들을 연구하거나 만들어본 사람들이 이곳에 여럿 있었는데 그들은 내 말이 허황되다 생각하고 있는 듯했다.

"가능하니 제가 여러분들을 고용하지 않았겠습니까. 일단은 제가 알고 있는 정보를 설명해 드리겠습니다."

이계에서 천사의 눈물이라고 불리는 명약이 있다.

모든 상처를 씻은 듯이 치료해 주는 천사의 눈물은 악마의 탑을 공략하는 헌터들에게 필수적인 약이었고, 한 병이 C급 무기 정도의 가격에 팔려 나갔다.

물론 나중에는 공급이 많아져 가격이 많이 떨어지긴 했지만 그래도 비싼 가격에 팔려 나간 명약이었다.

천사의 눈물을 만드는 과정은 전부 머릿속에 들어 있다.

"일단 슬라임의 사체에서 독성을 제거하는 과정부터 시작합니다. 슬라임의 사체를 두드리면 독성이 있는 부분이 아래로 향하게 되는데, 독성이 빠진 윗부분이 약의 재료가 됩니다."

사실 천사의 눈물 정도면 나 혼자서도 충분히 만들 수 있는 약이다.

모든 재료가 보관 상자 안에 들어 있었기에 연구원들을 고용하지 않아도 충분히 제조가 가능했다.

하지만 내가 가지고 있는 재료로는 한계가 있었다.

대부분의 재료를 악마의 탑에서 구할 수 있지만 몇 개의 재료는 이계에서만 구할 수 있는 약재였다.

그래서 한정된 재료를 대체할 수 있는 약재를 찾아야 했다.

그리고 그것이 연구원들이 풀어야 할 숙제였다.

천사의 눈물 정도의 능력이 있는 약이면 좋겠지만 조금 부족해도 상관없다.

치료제에 대한 개념이 없는 지금 천사의 눈물이나 그것보다 조금 떨어지는 약효를 가지고 있는 약을 대량생산할 수만 있다면 돈방석에 앉는 것은 시간문제였다.

슬라임을 정제하는 법부터 다른 공정까지 설명을 해주었고, 필요한 약재에 대한 설명도 해주었다. 이제는 연구원들이 일할 시간이다.

그들은 자신들이 알고 있는 지식을 이용해 여러 가지 실험을 할 것이고, 결과물을 내놓을 것이다.

의욕을 높이려면 성과금이 있어야겠지.

"가장 먼저 결과물을 내놓는 팀에게는 월급의 두 배를 보너스로 드리겠습니다. 그리고 처음보다 나은 결과물을 내놓는 팀에게도 두 배의 보너스를 지급하겠습니다."

지식을 탐구했던 사람들이었지만 돈에 대한 욕심이 없지는 않았다.

예전에는 돈에 대한 욕심이 없었다고 하더라도 지금은 달랐다. 배고픈 시절을 견딘 사람들이었기에 돈에 대한 가치를 더욱 잘 알고 있었다.

그리고 연구가 빠르게 진행되기 위해서는 더 많은 돈이 필요했다.

슬라임이야 악마의 탑을 돌면 구할 수 있지만 약을 시험하기 위해서는 실험체가 필요하다.

한데 임상 실험을 바로 할 수는 없었기에 생쥐나 돼지 같은 동물로 실험을 해야 했는데, 비싼 가격에 거래되는 동물들을 구입하기 위해서는 많은 돈이 들어간다.

그래서 천사의 눈물을 제조하기 전까지는 계속해서 C급 아이템을 만들어 팔아야 했다.

단순노동을 좋아하지는 않지만 어쩔 수 없이 계속해서 몬스터의 뼈를 이용해 C급 아이템을 만들어 돈을 충당했다.

돈을 벌어 연구소에 투자한다?

다른 헌터 회사들은 고개를 가로저었다.

구멍 난 독에 물 붓기라고 하는 사람도 있었고, 우리를 멍청하다고 욕하는 소리도 들렸다.

연구소에 투자하는 돈을 욕심내는 사람도 있었다.

하지만 직접적으로 움직이는 사람은 없었다.

몇몇 조직들이 우리 회사를 공격하려고 이동한 직후 실종되었고, 아직도 그들의 행방을 찾지 못했기에 이를 염두에 두고 움직이지 못하고 있는 것 같았다.

Chapter 6

연구소와 헌터

연구소에 지원하는 구직자들은 매일같이 회사를 찾아왔고, 시험을 통해 소수의 연구원들을 더 선발했다. 그 결과 이제는 100명이 조금 넘는 인원의 연구원이 연구소에서 일을 했다.

그들은 시키지도 않은 야근을 하면서까지 회복약을 만들기 위해 노력을 했고, 내 생각보다 빠르게 회복약을 완성시킬 수 있었다.

내가 기본 레시피를 알려줬다고는 하지만 이계에 있을 때보다 훨씬 빠른 속도로 회복약을 완성한 것이다.

아직 임상 실험 단계가 남아 있긴 했지만 동물 실험에 성공했으면 거의 사람에게도 효과가 있다는 걸 이계에서 경험했었다.

"수고하셨습니다. 이렇게 빠른 시간에 결과를 만들어낼 줄은 예상도 하지 못했습니다."

"이게 다 아낌없이 지원을 해준 회사 덕분이네. 특히 연구원들의 생활이 안정되니 집중력이 높아져서 가능했다네."

회복약을 만들어 팔면 얼마를 벌 수 있을까?

좋지 않은 머리로 내린 예측이었지만 결코 적은 액수는 아니다.

당장에라도 회복약을 판매하고 싶었지만 아직은 때가 아니다.

C급 아이템을 경매장에 공급한다는 이유만으로도 여러 조직들의 표적이 되었는데, 회복약까지 만들어 판다면 회사는 전쟁터가 되어버릴 것이다.

물론 그들이 회사로 쳐들어온다고 하더라도 큰 피해 없이 이길 자신은 있다.

하지만 그 과정에서 어쩔 수 없이 많은 사람이 죽어 나갈 것이고, 그 원망은 내가 들어야 할 것이다. 난 원망을 들어야 하는 상황은 원치 않았다. 그러니 애초에 그런 생각을 하지 못하게 해야 한다.

그러니 전력을 키우고 연구소와의 시너지 효과를 일으킬 수 있는 사업을 새로 시작한 후에야 회복약을 판매하는 게 좋을 것 같다.

그 사업은 바로 악마의 탑 1층 공략 사업이다.

대다수의 헌터 회사들은 표면적으로나마 악마의 탑 1층을 공략하면서 구한 아이템과 부산물을 판매해 수익을 올린다. 물론 그것만으로는 상납금을 채우기에 벅찼고, 헌터들의 무력을 이용해 여러 가지 사업을 하고는 있지만 그래도 주가 되는 것은 악마의 탑 헌팅이었다.

나도 그와 비슷한 사업을 구상 중이다.

단지 다른 점이 있다면 헌터들이 아닌 노예들을 대거 구입해 그들을 헌터로 만든 것 정도다.

암시장에서 받은 노예들의 정보는 이미 차곡차곡 쌓여 있었고, 구매 예약까지 걸어놓은 상태다.

새로운 건물이 완공되기까지 얼마 남지 않은 상황인데, 건물이 완공되면 노예들을 대거 구입할 것이다.

노예들에게 아이템을 지급하고 훈련을 시키는 것은 양날의 검이 될 수도 있다.

억울하게 노예가 된 이들도 많았지만 극악무도한 범죄를 저지른 노예들도 많았다.

그들이 다른 범죄를 저지르지 않을 것이라는 확신도 없다.

하지만 범죄자를 사람으로 만드는 법 정도는 알고 있다.

회유와 공포.

능력에 따른 보상을 해주면 사람은 따르게 마련이다.

하지만 본성적으로 악한 사람은 보상을 아무리 주어도 통제가 되지 않는다. 아무리 능력이 뛰어나다고 해도 그런 사람은 조직에 금이 가게 한다.

그래서 공포가 필요하다.

지금은 한 명이라도 많은 헌터가 필요했고, 사람을 가려가며 구하기에는 인재가 너무 부족했다. 보상을 줄지 공포심을 새겨 줄지는 그들의 행동에 달렸다.

*　　　　*　　　　*

노예시장.

"어서 오십시오. 오랜만에 오셨습니다."

노예시장의 매니저는 기억력이 좋은 건지, 아니면 고가의 노예를 구입했기에 나를 기억하고 있는 건지 나에게 아는 척을 했다.

"암시장을 통해 구매 예약을 걸어놓았는데 확인 부탁하네."

"아! 암시장을 통해 구매 예약을 걸어놓으신 고객님이 어르신입니까? 안으로 들어오시지요. 이미 준비를 다 해놓았습니다."

암시장에서 받은 정보를 토대로 구매 예약을 걸어 놓은 노예는 총 11명이었다.

더 많은 수의 노예가 필요했지만 기준을 통과하는 노예는 그 정도뿐이었고, 오늘 직접 눈으로 보고 괜찮은 노예가 있으면 구입할 생각이다.

그리고 나를 돕기 위해 추용택이 같이 노예시장을 방문했다.

자신이 노예로 생활했던 노예시장을 다시 방문하는 것은 그의 트라우마를 자극하는 행동이 될 수도 있었지만 그는 흔쾌히 나를 따라 노예시장으로 왔다.

매니저도 추용택의 얼굴을 기억하고 있었지만 의도적으로 추용택을 보지 않으며 말했다.

노예였던 사람과 노예상인의 관계는 아무리 좋게 포장해도 좋은 관계가 될 수가 없었다.

"어르신께서 구매 예약을 걸어놓은 노예들은 1층에 자리를 옮겨 두었습니다. 직접 확인해 보시지요."

11명의 노예들은 확실히 다른 노예들보다 건장한 몸과 날카로운 눈빛을 가지고 있었다.

암시장의 정보가 거짓이 아니라는 사실을 다시 느낄 수 있었다.

"자네는 저들이 어때 보이는가?"

추용택은 족쇄에 묶여 있는 노예들에게서 자신의 모습이 투영되는지 눈꼬리가 심하게 흔들리고 있었다.

"좋아 보입니다. 수련을 통하면 충분히 악마의 탑 1층을 공략할 수 있을 것 같습니다."

추용택을 비롯한 3명의 팀원들은 이제 그들만의 힘으로도 충분히 악마의 탑 1층을 공략할 수 있었다. 아이템의 능력을 제대로 활용할 수 있었고, 몬스터를 상대함에 있어 망설임이 사라졌다.

특히 추용택의 발전 속도는 놀라웠다. 누구보다 빠르게 아이템에 적응을 했고 몬스터의 약점을 단번에 공격하는 집중력을 가지고 있었다.

이제는 노예가 아닌 헌터로서 성장한 추용택이었고, 그는 이전의 자신처럼 노예로 살고 있는 저들을 보며 안타까워하고 있었다.

그런 추용택의 옆에 서 있는 노예시장 매니저는 노예 구입 의사를 눈으로 물어보고 있었다.

"모두 구입하겠네. 그리고 새로 들어온 노예들이나 능력이 괜찮은 노예가 있으면 추가로 구입하고 싶군."

"알겠습니다. 지하로 안내해 드리겠습니다."

추용택을 처음 만난 지하에서는 많은 노예들이 철창에 갇혀 죽은 눈을 하고 있었다.

그들은 동물원 원숭이의 신세가 익숙한지 우리가 들어와도 아무런 반응을 하지 않고 있었다.

"나쁘지는 않군."

하지만 좋지도 않다. 영양 공급이 원활하지 않았기 때문이겠지만 뼈만 남은 앙상한 몸을 하고 있는 노예들이었기에 당장 쓰러져도 이상하지 않았다.

그래도 돌멩이 사이에 옥은 있었다.

이제 갓 스물이 되었을까?

앳되어 보이는 사내 한 명이 눈에 들어왔다.

죽은 눈을 하고 있는 대부분의 노예들과는 달리 눈빛이 죽어 있지 않았다.

이런 눈빛을 하고 있었던 사람이 바로 내 옆에 있다.

"저 아이 어때 보이는가? 자네와 비슷해 보이는데."

"저도 저 아이에게 눈이 갑니다. 여기서 저 아이 말고는 딱히 쓸 만한 사람이 없어 보입니다."

악마의 탑에서 살아남으려면 독기가 필요하다.

이미 죽은 눈을 하고 있는 노예들에게 독기를 심어주는 일은 힘들다.

차라리 독기가 있는 사람을 키우는 것이 쉬웠다.

아이템을 지급하고, 수련을 시킨다면 비교적 짧은 시간 내에 1인분을 할 수 있는 헌터로 만들 수 있다.

"저 아이도 함께 구입하도록 하겠네."

"아이고! 감사합니다. 다음에는 더 많은 노예들을 준비해 놓겠습니다."

노예시장에 들를 때마다 기분이 더러웠다.

칙칙한 냄새 때문도 아니었고, 조광이 들어오지 않아서도 아니다.

사람을 동물처럼 사고판다는 것 자체가 마음에 들지 않았다.

그래도 어쩔 수가 없지. 헌터들을 영입하는 것보다 몇 배는 효율적이니.

12명 노예들의 족쇄가 끊어졌다.

자신들의 자유를 억압하고 있던 족쇄가 풀리자 몇 노예의 눈빛이 사납게 바뀌었다.

추용택의 경우는 혼자였기에 다른 마음을 먹지 않았지만 집단은 다르다.

특히 자신들이 어떤 대우를 받을지 전혀 모르는 상황이었기에 도망갈 생각을 한다.

이런 상황에서 추용택의 한마디가 노예들의 마음을 돌렸다.

"불과 세 달 전, 나도 이곳에서 노예로 있었다. 너희들처럼 족쇄에 묶여 죽음을 기다렸었지. 하지만 지금은 다르다. 사람으로 살아가고 있다. 여기서 도망친다고 해서 너희가 사람으로 살 수 있을까? 노예 사냥꾼들에게 잡혀 다시 노예시장으로 팔려 나가거나 죽음을 맞이하겠지. 노예 선배로서 말하겠다. 반항하지 말고 따라와라. 절대 후회하지 않을 것이다."

추용택의 진실 가득한 말이 노예들의 마음에 박혔고, 때문에 특별한 반항 없이 노예들을 데리고 회사로 돌아올 수 있었다.

회사 체육관에 12명의 노예들이 서 있다.

여전히 불안함을 감추지 못하는지 다리에 잔뜩 힘이 들어가 있었다.

언제든지 도망갈 수 있게 말이다.

"내가 자네들을 여기로 데리고 온 이유를 설명하겠네. 나는 자네들을 노예로 쓰지 않을 걸세. 아직은 노예 신분이지만 회사에서 1년만 일하면 완전한 자유를 주겠네. 그 이후 계속 회사에서 일을 할지, 아니면 새로운 삶을 살지는 자네들이 결정하게나."

노예들의 완전한 자유.

그것은 불가능한 일이나 다름없었다.

한 번 노예 신분이 된 사람들은 평생을 노예로 살아야 했다.

노예의 뒷목에는 가축 등급을 매길 때나 사용되는 인두 자국이 진하게 남아 있었고, 그 자국이 사라지지 않는 이상 평생 노예 사냥꾼을 피해 살아야 했다.

하지만 나에게는 그런 자국을 지워줄 수 있는 방법이 있다.

아직 추용택에게도 해주지 못했지만 조만간 그의 자국을 지워 줄 것이다.

"우리 회사에서 일하는 1년 동안 최고의 복지를 지원해 주겠네. 숙식은 물론이고, 생활이 가능하도록 월급도 지불해 주겠네."

가건물 형식으로 만든 숙소는 이미 완공이 되어 있었다.

한국의 건설 능력은 속도만 따지고 봤을 때는 세계 최고였다.

200명이 지낼 수 있는 건물들을 불과 세 달도 되지 않아 만들어내었다.

그리고 노예들에게 월급도 지불해 줄 것이다.

아무리 숙식을 제공해 준다고 하더라도 사람처럼 살기 위해서는 돈이 필요했다.

처음은 연구원들보다 적은 금액의 월급을 받겠지만 1년이 지나면 더 많은 월급을 받을 수 있을 것이다.

"우리가 할 일은 무엇입니까?"

"그건 자네들의 선배가 설명해 줄 걸세."

내가 말하는 것보다 같은 노예 계급이었던 추용택이 설명해 주는 것이 그들에게 더 큰 공감을 살 수 있을 거라고 판단해 설명을 추용택에게 맡겼다.

"자네들은 어떤 능력을 가지고 있는가? 건설에 재능이 있나, 아니면 경영에 재능이 있나? 자네들은 나와 마찬가지로 그런 능력을 가지고 있지 않을 걸세. 결국 우리가 할 수 있는 일은 몸을 쓰는 일이지. 무슨 이유로 자네들이 노예가 되었는지는 모르겠네. 하지만 그런 과거는 아무도 신경 쓰지 않을 걸세. 우리가 신경 써야 하는 것은 그런 과거가 아니라 몬스터니까. 자네들은 악마의 탑을 공략하는 헌터로 키워질 걸세. 충분한 수련과 적당한 아이템을 지급받게 되면 곧장 악마의 탑으로 입장하게 될 걸세. 혹시 몬스터와 싸우는 것이 무서운 사람이 있나? 그렇다면 빨리 말하게나. 다시 노예시장으로 돌려보내 주겠네."

추용택은 부드러우면서도 강하게 말했다.

"헌터 회사들이 노예를 구입해 미끼로 사용한다는 말을 들었습니다. 혹시 우리들도 그런 역할을 하게 되는 것이 아닙니까?"

"미끼? 우리 회사는 몬스터를 사냥하면서 미끼를 쓸 정도로 약한 헌터는 없다. 미끼를 사용하는 헌터는 자신이 약하다고 광고를 하는 것과 다름없지."

좁은 사각 철창에 갇혀 사는 생활과 위험하지만 미래가 보장되는 생활.

전자를 선택하는 겁쟁이는 여기에 없었다.

"수련은 내일부터 진행될 것이고 내가 너희들을 직접 가르칠 것이다. 오늘은 충분한 휴식을 취하는 것이 좋을 것이다. 그리고 앞으로 나를 교관이라고 부르도록. 나는 자네들을 훈련생이라고 부르겠다."

추용택은 군대를 경험한 사람답게 군대 방식으로 교육할 생각 같았다.

내가 직접 노예들을 교육하는 것이 가장 좋겠지만 나는 다른 할 일이 많았다.

그리고 이런 기초적인 교육은 추용택이 더 잘할 수도 있었다.

"오늘은 특별히 고기반찬을 준비했으니 많이들 먹어라."

추용택의 말투는 이제 완전히 하대로 바뀌어 있었지만 훈련생들은 추용택의 말투보다는 뒷말에 더 관심을 두고 있었다.

고기.

노예시장에서 제대로 된 밥을 먹어본 적이 없었으니 고기라는 단어에 더 크게 반응하는 것은 어쩌면 당연할 것이다.

근데 왜 특별하지?

하루라도 고기를 못 먹으면 가시가 돋치는 위용욱 덕분에 매일 고기반찬이 나오는데.

＊　　　　　＊　　　　　＊

10명의 사람을 모아놓으면 그중 한 명 이상은 집단의 우두머리가 되고 싶어 한다.

자기가 되고 싶든, 아니면 타의로 그렇게 되든 말이다.

리더가 된 사람이 어떤 방향성을 가지고 집단을 이끄는지에 따라 집단의 분위기는 바뀐다.

그리고 지금 12명의 수련생 중 리더가 된 추수길은 속에 구렁이 한 마리쯤 숨겨놓은 사람 같았다. 겉으로는 웃는 얼굴을 하고 있지만 속으로는 다른 생각을 품고 있는 그런 사람 말이다.

가장 먼저 추수길의 이상행동을 발견한 것은 위용욱이었다.

"팀장님, 이번에 새로 들어온 직원들이 조금 이상한 것 같은데요. 제가 자세히 보지는 못했는데 아이템 보관 창고의 위치를 몰래 파악하고 있는 것 같았어요."

"그래? 일단 알았어."

자유를 억압받고 살아온 사람들이었기에 회사 생활이 또 다른 감옥이라고 생각하는 건가?

아이템을 훔쳐 완전한 자유를 누릴 수 있다고 착각하고 있는 거라면 깨닫게 해주는 것도 나쁘지 않다.

수련생들을 체육관으로 불렀다.

"다시 묻겠습니다. 회사를 떠나고 싶은 사람이 있으면 떠나세요. 붙잡지 않겠습니다."

서로의 눈치만 보는 사람들.

내 말을 잘못 이해하고 자신들을 괴롭히려 한다고 생각하는 듯했다.

"정말입니다. 나가고 싶은 사람은 나가세요. 아무런 해도 가하

지 않겠습니다. 하지만 만약 지금 나가지 않고 회사에 손해를 끼
친다면 제가 약속했던 모든 것을 철회하겠습니다. 연봉은 물론
이고, 자유 또한 없습니다. 그러니 나갈 사람은 나가고 여기서 일
할 사람은 남으세요."

수련생들의 이목은 자연스레 자신들의 리더인 추수길에게 모
였다.

"그런 생각을 하는 사람은 없습니다."

추수길의 대답이다.

그의 대답이 사실일까? 아마 그렇지 않겠지.

하지만 일단 기회는 주고 싶었다.

사람답게 살 수 있는 기회를.

수련생들이 회사에 들어오고 2주가 지났다.

추용택은 자신이 알고 있는 모든 지식을 이용해 노예들을 가
르쳤다.

악마의 탑에 서식하는 몬스터들의 위험성을 알고 있었기에 훈
련의 중요성을 알고 있는 추용택이었고, 수련생들의 입에서는 하
루도 빠지지 않고 단내가 물씬 풍겼다.

＊　　　＊　　　＊

수련생 숙소.

수련이 끝나고 꿀맛 같은 휴식을 즐기고 있어야 할 수련생들

이 어두운 방에 모여 대화를 나누고 있었다.

"계획은 언제 실행하는 겁니까? 이대로는 더 못 견디겠습니다. 교관이라는 사람은 우리를 장난감으로 생각하는지 뺑뺑이만 미친 듯이 돌리고… 차라리 노예시장에서 사는 게 더 나은 것 같습니다."

추수길이 다른 동료들을 진정시키며 말했다.

"조금만 더 참으면 돼. 그냥 나가서 뭐 먹고 살 거야? 어디 한적한 곳으로 도망쳐 살려면 기본 자금은 있어야 되지 않겠어? 일단 아이템 창고의 위치를 파악했으니 기회를 노려야지."

"또 그 얘기 하시는 겁니까? 저는 이만 돌아가 볼게요."

막 불길이 치솟는 아궁이에 찬물을 뿌리는 듯한 말.

그 말을 한 사람은 수련생 중에서 가장 나이가 어린 정기람이었다.

추용택과 비슷한 눈빛을 가지고 있는 정기람은 도저히 다른 동료들의 생각을 이해하지 못했다.

하루에 세끼를 먹을 수도 있고, 미래와 희망까지 보여줬는데 왜 도망을 생각하는 걸까?

다른 동료들의 행동을 막을 생각은 없다. 하지만 참여하고 싶은 생각도 없다.

"어린놈이 죽고 싶어? 여기서 살아 봤자 몬스터를 유인하는 미끼밖에 더 되냐. 너는 그렇게 죽고 싶어?"

"몬스터의 미끼로 삼을 거면 우리를 왜 수련시켜 주고, 식사를 왜 꼬박꼬박 챙겨줍니까. 지금의 생활에 만족하니 저는 빼주세요."

"뼛속까지 노예근성이 가득 찼네. 그런 정신머리로는 죽을 때까지 남 똥꼬나 빨면서 살 거다. 아니지 조만간 몬스터에 잡아먹히겠지."

"저는 그렇게 평생 살다가 죽을 테니까 신경 쓰지 마세요."

"저 새끼 잡아."

정기람은 계획을 교관이나 다른 사람들에게 알릴 생각은 없었지만 그의 생각을 읽을 수 없었기에 그는 다른 동료들의 밀착 감시를 받으며 지내야 했다.

상처가 남으면 교관이 이상하게 생각할 수도 있었기에 티 나지 않게 괴롭히는 것은 물론이고 정기람을 제대로 자지도 못하게 했다.

그렇게 보름을 견딘 정기람은 체력적으로나 정신적으로 한계를 느꼈다.

오늘도 동료들의 괴롭힘에 노곤해진 몸을 겨우 움직여 침대에 누웠다.

손가락 하나 움직일 힘도 남아 있지 않았고, 천천히 눈이 감겨왔다.

그 순간 무슨 소리가 들려왔다.

"오늘이 디데이다. 다들 계획대로만 움직이면 된다. 최대한 은밀하게 움직여야겠지만 불가피한 상황이 닥치면 망설이지 말고 찔러라."

오늘이 계획을 실행하는 날인가 보군. 그래, 빨리 좀 가라.

하지만 우리를 망설이지 않고 받아들였다면 제어할 자신이 있다는 뜻일 텐데.

침대에 누워 있는 정기람은 빨리 저들이 나갔으면 했다.

"저 새끼는 어떻게 합니까? 죽입니까?"

"그냥 둬라. 괜히 여기서 소란을 피워서 좋을 거 하나 없다."

죽은 듯이 누워 있어서였을까?

저들은 정기람을 두고 밖으로 나갔다.

"빨리 좀 나가지. 괜히 사람 두근거리게 하고 있어. 이제 내일부터는 편안히 수련을 받을 수 있겠네. 밥도 주고 운동도 시켜주고 미래도 보장해 주는 이런 직장을 어디서 또 구한다고 저러는지. 진짜 이해를 못 하겠네."

오랜만에 두 다리를 쭉 펴고 자리에 누운 정기람의 옆에 그림자가 나타났다.

"그렇지? 나도 그렇게 생각해. 호의를 베풀면 받아들일 줄도 알아야지. 착잡하다."

"교관님?"

추용택을 비롯한 선배 헌터들을 모두 교관이라는 호칭으로 통일해 부르고 있는 수련생들이었다.

"그동안 고생했다. 미리 구해줄까 생각도 했는데 괜히 그랬다가 너만 더 힘들어질 것 같아서 그냥 저들이 행동할 때까지 기다렸어. 이제 슬슬 정리가 끝날 시간인데."

말이 끝나기도 전에 문밖에서 시끄러운 소리가 들려왔다.

우당탕탕!

시끌벅적한 소리가 끝나고 문이 열렸다.

"팀장님, 여기 계셨네요. 상황 정리 끝났습니다. 사람이 한 명 부족해서 혹시나 하고 들어와 봤는데 나머지 한 명이 여기에 있었네요. 너도 나와라."

"얘는 가담하지 않았으니 그냥 둬도 돼. 다른 사람들이나 잘 데리고 체육관으로 와라. 그동안 잠도 제대로 자지 못한 것 같은데 오늘은 푹 자둬. 내일은 아마 훈련이 없을 것 같으니까."

*　　　　*　　　　*

체육관에 모인 11명의 수련생들에게는 크고 작은 멍 자국이 가득했다.

그들을 제압하기 위해 추용택과 위용욱, 그리고 강현수가 움직였지만 위용욱의 선에서 모두 정리가 가능했다.

아무리 건장한 신체를 가지고 있는 수련생들이라고 하지만 악마의 탑을 경험하고, 고가의 아이템까지 착용하고 있는 위용욱을 이길 수는 없었다.

위용욱은 드래고니안의 뼈라는 사기급 아이템을 선천적으로 가지고 태어났으니 아이템이 없다고 하더라도 위용욱을 피해 빠져나갈 수는 없었을 것이다.

"제가 전에 분명히 말씀드린 것 같은데? 나갈 사람은 나가라고요. 노예 신분에서 해방시켜 주니 이제 다른 욕심이 생겼나 보지요? 이제 여러분들에게 기회는 없습니다. 아니, 없다. 평생 노예로 살아가면 되겠네."

내가 손짓하자 수련생의 신분이었던 그들의 팔목과 발목에 족쇄가 채워졌다.

추용택은 이 모든 일이 자신의 책임이라 생각하고 있는 듯했다.

"원하는 대로 훈련을 할 필요도 없다. 그냥 청소나 하면서 하루하루 살아가면 되겠네. 그래도 밥은 먹여줄 테니 굶어 죽지는 않을 거야. 하지만 지금의 숙소에서 살 수는 없지. 거기는 예비 헌터들의 숙소니까. 너희는 이제 체육관에서 자라. 노예들에게 푹신한 침대와 따뜻한 이불은 사치겠지. 너희도 이 정도는 예상하고 움직인 거잖아? 사실 마음 같아서는 노예시장에 환불하고 싶지만 거기서 제대로 환불을 해줄 것 같지도 않고 해서 청소부로 쓰는 거니까 청소나 잘해."

이제 수련생의 신분이 아닌 청소 노예로 전락한 저들은 지금의 상황을 제대로 이해하지 못하고 있었다. 손에 족쇄가 채워지긴 했지만 다른 폭력적인 행위는 당하지 않았고, 더는 입에서 단내가 나는 수련을 하지 않아도 된다는 생각에 안도를 하는 사람까지 있었다.

자신들이 걷어찬 게 얼마나 큰 기회였는지 모르고 있는 것이다.

"이만 돌아가자. 갈 때 체육관 문단속 잘하고. 또 도망갈지 모르니까."

다음 날이 밝아 왔고, 밤사이 많은 일을 겪은 청소 노예들은 깊은 잠에 빠져 있었다.

"다들 일어나. 지금까지 퍼질러 자고 있으면 어쩌자는 거야. 조를 나눠 주겠다. 너희 세 명은 회사 건물을 청소하고 다른 사람들은 건물 밖을 청소해라. 조금이라도 느릿하게 움직이면 점심은 없다. 알아서 하라고."

체육관 앞에 던져 놓은 청소 도구를 집어 드는 청소 노예들은 군말하지 않고 청소를 하기 시작했다.

"오히려 더 낫지 않습니까? 족쇄가 채워져 있어 조금 불편하긴 하지만 그래도 더는 훈련을 하지 않아도 되잖습니까."

하지만 그 생각은 반나절이 되지 않아 바뀌었다.

"아니, 이런 음식을 먹고 어떻게 버팁니까. 고기 냄새 하나 나지 않는 반찬으로 어떻게 삽니까."

식단부터 달라졌다.

식판에 담겨진 반찬들은 나물 종류 몇 개가 전부였다.

사람은 소중한 것을 잃고 나서야 깨닫는 존재다.

호의를 당연하게 생각하고, 더 많은 것을 원하는 존재가 사람이다.

추수길은 음식을 배급해 주는 강현수에게로 걸어갔다.

"우리가 도망치려고 했던 것은 잘못이지만 음식으로 장난을 치는 것은 너무하지 않습니까? 사람이 어떻게 이런 음식을 먹고 살 수 있습니까."

"그런 말을 할 줄 알았는지 팀장님이 너희가 그런 말을 하면 전해주라고 한 말씀이 있어. 노예시장에서 어떤 음식을 먹고 살아왔는지 기억해? 그리고 요즘 같은 세상에 세끼를 다 챙겨먹는 사람이 몇 명이나 있을 거 같아? 또 뭐였지… 아! 싫으면 먹지 말고 굶든가. 제대로 말했나 모르겠네. 그럼 식사들 맛있게 하라고."

추수길의 손이 부들부들 떨렸다.

"빌어먹을 놈들. 사람을 이렇게 취급하면 어떻게 되는지 보여주지."

자리로 돌아온 추수길은 다른 사람들에게 강현수가 했던 말을 그대로 전해주었다.

"이런 미친놈들. 아무리 그래도 그렇지, 먹는 거 가지고 장난치면 안 돼지!"

점점 언성이 커져 가려고 할 때 식당으로 네 사람이 들어왔다.

표정을 보아하니 반찬 투정을 하고 있었나 보군.

지금 주는 밥도 너희들한테는 사치라는 것을 모르고 있네.

"다들 밥 먹자. 현수야, 오늘 반찬은 뭐냐?"

돌아가면서 정하는 식사 당번이었고, 오늘은 현수 차례였다.

식당을 담당해 줄 요리사가 다음 주부터 출근하기로 했기에 이번 주까지는 우리가 직접 밥을 해 먹어야 했다.

"오늘은 위용욱이 좋아하는 반찬입니다."

"내가 좋아하는 반찬? 그럼 고기반찬이겠네."

"언제는 고기 안 먹었냐. 어서들 먹어."

고기로 가득 채워진 식판을 보는 청소 노예들의 눈빛이 빛나고 있었다.

"기람이, 너도 많이 먹어라. 저들은 신경 쓰지 말고."

정기람이 식판을 들고 고기를 담자 청소 노예들의 눈이 더욱 크게 떠졌다.

불과 어제까지만 해도 그들이 괴롭히던 정기람이었기에 상실감은 더욱 컸다.

"오늘 든든히 먹어둬. 내일부터는 수련을 다시 해야 되니까. 오늘부터 숙소를 혼자 써도 되니까 편안히 쉬라고."

차별 대우라고 생각하겠지.

하지만 이건 차별이 아니라 능력에 따른 보상이다.

헌터가 되기 위해 수련을 하는 사람과 청소를 하는 사람을 똑같이 대우해 줄 수는 없다.

다행히 정기람은 마이 웨이 성격을 가지고 있어서 자신을 뚫어져라 쳐다보는 전 동료들의 눈빛에도 불구하고 아무런 동요 없이 묵묵히 밥만 먹었다.

그렇게 2주가 지났고, 정기람의 육체는 어느 정도 완성 단계에 접어들었다.

"오늘부터는 악마의 탑에 데리고 가도 되겠는데… 어떻게 할까?"

악마의 탑 1층 정도는 내 도움이 필요하지 않을 정도로 성장한 팀원들이었기에 정기람을 그들에게 맡겨도 된다는 판단이 섰다.

"충분합니다. 우리끼리 다녀오겠습니다."

추용택의 말에 다른 팀원들도 고개를 끄덕였고, 그렇게 정기람의 첫 경험은 시작되었다.

조금은 불안했지만 그래도 그들의 능력만으로 충분히 할 수 있다고 믿었다.

5시간.

평소보다 조금 오래 걸려서야 악마의 탑에서 빠져나온 팀원들. 작은 상처를 입긴 했지만 크게 걱정할 정도의 상처는 아니었다.

몬스터와의 첫 전투는 힘들다. 위용욱도 그랬고, 강현수도 그랬다.

악마의 탑을 처음 경험하고 나온 사람 대부분이 극심한 피로를 호소했었다.

"하하하!"

몬스터와의 전투에서 머리라도 심하게 다친 건가?

정기람이 갑자기 크게 웃었다.

"제가 원하던 삶이 이겁니다. 감사합니다. 속에 뭉쳐 있던 응어리가 한순간에 빠져나간 기분입니다."

정기람은 헌터 체질이었다. 그리고 정기람이 새로운 헌터가 되었다.

정기람은 어린 나이에 맞지 않게 망설임이 없었고, 악마의 탑

1층 정도면 내가 굳이 따라나서지 않아도 안정적으로 사냥을 할 수 있을 정도가 되었다.

내 계획대로라면 지금쯤이면 최소 세 개의 조가 더 구성되어야 했지만 기회를 걷어차 버린 사람들 덕분에 새로 사람들을 모집해야 했다.

매일 노예시장에 들러 소수의 노예들을 구입했다. 대다수의 노예들을 구입해 교육시키면 어떤 결과가 생기는지 경험했기에 집단행동을 하기에는 적다 싶은 정도의 인원을 구입하고 관리했다.

11명의 노예들이 이상했던 걸까?

새롭게 고용한 수련생들은 도망칠 마음이 없어 보였다.

물론 정기람의 역할이 컸다.

"저기 청소하는 사람도 저처럼 수련생의 신분이었던 사람들이었는데 훈련하기 싫다고 도망치려다 걸려서 저렇게 됐죠. 몇 번이나 나가고 싶으면 나가라고 교관님들이 말했는데 탐욕에 눈이 멀어 회사 아이템을 훔쳐 도망가려다 저 꼴이 나버렸죠. 그래도 세끼는 다 챙겨주니 얼마나 인간적인 회사입니까. 우리가 먹는 것보다는 훨씬 부실한 식단이긴 하지만요."

회사를 청소하는 사람들이 자신들과 같은 수련생이었다는 것을 강조하는 정기람의 말은 새로 들어온 수련생들에게 좋은 자극제가 되었다.

새로 들어온 수련생들을 수련시키는 데는 한 달이 더 걸렸고, 그중 자질이 뛰어난 네 명을 선발해 악마의 탑을 경험시켜 주었다. 그렇게 하나의 조를 더 만들었고, 다시 한 달이 지나서는 세 개의 조가 더 생겨났다.

수련생의 신분에서 회사 정식 직원이 된 그들에게는 약속한 보상을 해주었다.

월급을 지급하고 수련생 때보다 자유로운 생활을 보장해 주었다.

직접 수련생의 신분에서 헌터로 신분 상승을 하는 것을 목격한 수련생들은 더욱 수련에 열심이었고 청소부들을 보며 녹슨 마음을 다잡았다.

"팀장님, 사람을 얼마나 더 모집할 생각입니까? 이대로는 적자가 나겠는데요."

회사의 자금을 담당하는 현수의 말이었다.

확실히 이제는 새로운 수익 구조가 필요했다.

연구소에서 만든 회복약은 이미 임상 실험을 통해서 효과를 입증했고, 판매할 시기만 노리고 있었다. 이제 20명의 헌터를 보유하고 있고, 수련생 신분으로 있는 예비 헌터의 수도 50명가량이 된다. 일반적인 헌터 회사의 규모는 갖춘 것이다. 이제는 연구소에서 만든 결과물로 수익을 창출할 시기가 되었다.

지금까지 세상에 한 번도 나오지 않았던 특별한 회복약을 어디서 팔아야 가장 큰 수익을 얻을 수 있을까?

경매장에서 경매를 하는 것이 좋을까? 아니면 새로운 곳에 위탁판매를 하는 것이 좋을까?

가장 편하게 판매하는 루트는 경매장일 것이다. 하지만 그렇게 판매하고 싶지는 않았다.

처음 아이템을 판매할 때야 인맥도 정보도 부족했기에 그런 선택을 했지만 더 큰 수익을 얻을 수 있는 방법이 있는 상황에서 굳이 경매장을 이용할 필요는 없었다.

"현수야, 옷 챙겨 입고 나와. 나랑 같이 갈 데가 있어."

"어디를 갑니까? 암시장이 열리려면 아직 멀었는데요."

"암시장 말고 다른 곳에 갈 거야. 잔말하지 말고 빨리 차려입고 나와."

현수를 데리고 간 곳은 삼진 헌터 회사였다.

삼진 헌터 회사의 대표인 신택일은 내가 준 숙제를 가지고 여전히 고민을 하고 있었다.

문양을 이용해 아이템을 만드는 것이 쉬운 일일 리가 없잖아.

신택일 대표는 나의 방문을 크게 반기며 정갈하게 꾸민 자신의 사무실로 우리를 안내했다.

"어르신은 잘 지내고 계신가? 문양의 비밀을 풀면 한번 방문해야지 생각하고 있었는데 답이 보이지 않아 찾아가지를 못했군. 그래, 요즘 카인트 헌터 회사가 규모를 키우고 있다는 소문은 들어 알고 있다네. 그리고 연구소도 세웠다면서? 쉽지 않은 길이겠지만 남들이 하지 않는 일을 해야 성공을 할 수 있는 법이지."

처음 보는 신택일 대표였지만 내가 영감의 모습을 하고 있을 때 현수와는 일면식을 가졌기에 아는 척을 해왔다. 그리고 카인트 헌터 회사에 좋은 감정을 가지고 있는지 나를 편하게 대해주었다.

"아직은 삼진에 비하면 작은 헌터 회사입니다."

"허허. 고맙네. 그래, 인사를 하려고 찾아온 것은 아닐 테고, 무슨 일인가?"

삼진은 내가 유일하게 인정하는 헌터 회사다.

탐욕에 물들어 있는 다른 헌터 회사와는 달리 정도를 지켰다.

문양을 이용해 아이템을 제작할 수 있다는 비밀을 알면서도 자신의 힘만으로 그것을 이루고자 노력했다. 다른 헌터 회사들이 무력을 이용해 쉽게 얻으려고 하는 행동과는 매우 달랐다. 삼진이라면 비즈니스 파트너로서 합격이다.

"우리가 연구소를 운영하고 있다는 것을 아시니 긴 설명은 하지 않겠습니다. 이번에 연구소에서 새로운 약을 하나 개발했습니다."

"약? 무슨 약을 개발했는가?"

궁금증이 동하는지 신택일 대표는 의자를 바싹 당기며 얼굴을 들이밀었다.

"헌터들에게 가장 필요한 약이기도 하고, 부유한 사람들이 필요로 할 만한 약입니다. 바로 회복약이죠."

"회복약? 이름만 들어서는 잘 모르겠네. 감질나게 하지 말고 제대로 설명해 보게나."

"우리는 이 약을 천사의 눈물이라고 부릅니다."

이계에서 나보다 먼저 회복약을 만든 국가가 사용한 회복약의 이름을 그대로 따왔다.

이계에서 저작권을 요구할 것도 아니기에 아무런 고민 없이 이름을 훔쳐 온 것이다.

"천사의 눈물은 지금까지 시중에 유통되고 있는 회복약과는 다릅니다. 상처 부위에 바르기만 해도 엄청난 재생력으로 상처가 아물어 버립니다."

"연고 같은 건가? 새살이 솔솔 생기는 그런 연고를 연구소에서 만들었다는 말을 하고 싶은 건가?"

회복약의 효능을 오해한 신택일이 다시 자세를 바로 했다.

벌써 호기심을 떨쳐 버리기엔 이른데.

"현수야, 돼지를 가지고 와라."

백 마디 말보다 눈으로 한 번 보는 게 효과적이지.

꾸엑꾸엑 하며 돼지 한 마리가 사무실로 들어왔고, 그대로 단검을 뽑아 돼지의 배를 갈랐다. 내장까지 흘러나올 정도로 깊은 상처였다.

"아무리 좋은 연고가 있다고 하더라도 이렇게 깊은 상처를 아물게 할 수는 없죠. 하지만 우리가 만든 연고는 다릅니다."

피가 줄줄 흘러나오고 있는 돼지의 배에 천사의 눈물을 고르게 바르자 상처는 눈에 보일 정도의 속도로 빠르게 회복되어 갔다. 돼지도 고통이 줄어들었는지 발버둥을 멈추고 고른 숨을 쉬었다.

"아니! 어떻게 이런 일이……."

눈 깜빡이는 것도 잊고 신택일 대표는 조용히 돼지의 상처 부위만 바라봤다.

"어떻습니까. 우리가 만든 약이 비싸게 팔리겠습니까?"

"그렇고말고! 우리 회사에 판매하게나. 가격이 얼마가 되든지 다 구입하겠네."

"저도 그러고 싶지만 약의 가격이 워낙 높게 책정되어 있어서… 하지만 몇 병을 드릴 수는 있습니다."

협상의 시간이 왔다는 것을 느낀 것인지 신택일 대표는 놀란 눈을 바로 하고는 다시 자리에 앉았다.

"무슨 조건인가? 최대한 맞춰주겠네."

"이 약을 구입할 능력이 있는 사람들을 모으고 싶습니다."

"암시장의 경매장에 아이템을 판매하고 있는 것으로 알고 있네. 경매장을 이용하면 따로 그런 사람을 모으지 않더라도 고가에 약을 판매할 수 있을 거라고 생각되네만."

"약을 비싸게 파는 것도 물론 중요하지만 저는 다른 계획을 가지고 있습니다. 헌터 협회가 있다고는 하지만 협회로서의 역할을 하나도 하지 못하고 있습니다. 서로 정보 공유도 제대로 되지 않고 있는 건 물론이고 조금만 틈을 보이면 다른 헌터 회사들의 표적이 되어버리죠. 믿을 수 있는 사람들을 모으고 싶습니다. 천사의 눈물이 그 역할을 해줄 수 있을 거라고 생각합니다."

"천사의 눈물을 통해 조직을 만들려 하는 건가? 좋은 생각이야. 나도 헌터 회사를 운영하는 입장이지만 뒤통수가 가렵지 않은 날이 없었네. 그런데 만들려는 조직의 궁극적인 목적은 무엇인가?"

"목적은 단순합니다. 조직의 힘을 이용해 다른 헌터 회사들을 압박하고자 하는 것도 아니고 힘을 악용할 생각도 없습니다. 단지 마음 맞는 사람들끼리 뭉쳐 있고 싶을 뿐입니다. 그렇게 뭉쳐만 있어도 부가적으로 많은 것을 이룰 수 있을 거라고 생각합니다."

"흠… 알겠네. 믿을 만한 사람을 불러주겠네. 얼마나 많은 사람들이 응할지는 모르겠지만 분명 천사의 눈물은 매력적인 아이템이니 참석하는 사람이 적지 않을 걸세."

천사의 눈물을 고가에 판매하면서 사람을 모을 수 있는 일석이조의 방법.

헌터를 모으고, 연구소를 아무리 크게 확장한다고 해도 하나의 조직으로는 할 수 있는 일에 한계가 있다. 아직 시간이 남았지만 악마와의 전쟁을 준비해야 하기 때문에 여러 조직과 친분을 다질 필요가 있다.

삼진의 신택일 대표는 헌터 회사의 대표로 이름을 날리기 전에도 큰 사업으로 성공한 사람이었기에 그가 알고 있는 이들이 적지 않았는데, 한국에서 이름깨나 날리는 부유층도 잘 알고 있었다.

부유층 중에는 새로운 사업을 하며 돈을 벌려고 하는 사람도 있었고, 기회를 엿보며 숨죽이고 있는 사람도 있었다.

하지만 그들 모두 지금의 시대에 대한 불안감을 가지고 살아가고 있었다.

법이 자신을 지켜주지 못한다는 사실을 알기에 많은 수의 경호원을 고용했고, 그럼에도 집 밖으로 잘 나가지 않았다.

하지만 오늘 그런 그들이 우리 회사를 방문했다.

신택일 대표와의 친분 덕분이기는 하지만 그들 모두 조직의 힘을 필요로 하고 있기도 했다.

체육관에는 고급스러운 테이블로 가득했고 그 위는 요리사들이 심혈을 기울여 만든 요리들로 채워져 있다.

급히 초대를 했지만 격식은 갖추고 싶었기에 조금 무리를 했다.

속속들이 도착하는 사람들로 체육관이 북적거리기 시작했고, 20명의 인원에서 더는 참석 인원이 늘어나지 않았다.

"안녕하십니까. 카인트 헌터 회사의 팀장을 맡고 있는 최진기입니다. 대표님은 건강상의 문제로 제가 이번 파티를 주최하게 되었습니다. 파티에 응해주셔서 감사합니다."

인사말에 웅성거림이 작아졌고, 나는 계속해서 말을 이었다.

"먼저 천사의 눈물에 대한 궁금증이 많으실 겁니다. 바로 시연해서 보여드리겠습니다."

삼진에서 보여주었던 것처럼 돼지 한 마리를 괴롭혀 천사의 눈물의 효능을 파티에 참석한 사람들에게 보여주었다.

예상대로의 반응.

말로 들을 때는 실감이 나지 않았겠지만 두 눈으로 확인하게 된 천사의 눈물의 효능에 참석자들은 입을 다물지 못했다.

"보신 것처럼 목숨만 붙어 있으면 상처를 빠르게 회복시킬 수 있습니다. 보너스 목숨을 하나 더 가지게 되는 것이죠. 악마의 탑에서 목숨을 걸고 몬스터들을 사냥하는 헌터들에게 필요한 약이지만 지금처럼 위험한 시대를 살아가는 사람이라면 누구라도 천사의 눈물을 필요로 할 거라고 생각합니다. 하지만 천사의 눈물의 생산량은 많지 않습니다. 그래서 저는 이 약이 꼭 필요한 사람에게만 판매하고 싶습니다. 바로 여러분 같은 건전한 사업가들 말입니다."

짝짝!

체육관에 박수 소리가 울려 퍼진다.

자신들의 목숨을 구할 수 있는 약을 판매한다고 하니 당연한 반응이었다.

"천사의 눈물을 구입할 자격은 단 하나입니다. 이번에 새로 만든 협회의 일원이 되기만 하면 됩니다. 협회의 이름은 한국 지도자 협회입니다. 협회에 속해 있는 조직끼리는 서로 도우며 위급한 상황이 있을 경우 서로 힘을 합친다는 목적을 가지고 있는 협회입니다. 가입금은 없으며 다른 제약도 없습니다. 하지만 천사의 눈물을 임의로 판매하시는 것은 자제해 주시기 바랍니다. 오로지 천사의 눈물은 우리 협회 소속 사람들만 사용할 권리가 있습니다. 물론 무료로 양도해 주는 것은 가능합니다."

손해가 가는 조건이 하나도 없었기에 당연히 여기에 모인 모든 사람이 협회 소속이 되고자 했다.

한국에는 여러 파벌이 있다.

헌터 협회를 중심으로 세워진 파벌과 흑두방을 중심으로 음지에서 활동하고 있는 파벌까지.

파벌로 치면 우리의 규모는 크지 않다.

하지만 우리에게는 천사의 눈물이 있었고, 그 가치를 잘 이용한다면 단시간에 한국 제일의 파벌이 될 수 있을 것이다.

물론 그러는 과정에서 다른 파벌과의 불가피한 충돌이 있을 수 있겠지만 걱정되지는 않는다. 모기는 공격이 무서운 게 아니라 귀찮은 것일 뿐이니.

*   *   *

오랜만에 큰일을 했기에 하루 정도는 푹 쉬고 싶었다.

침대에서 꼼지락대며 매트리스의 푹신함이 얼마나 신체에 좋은 영향을 주는지에 대해 생각했다. 식사 시간이 되기 전까지는 이렇게 궁상을 떨고 싶었다.

하지만!

이렇게 편안한 시간을 보내면 꼭 불청객이 찾아온다.

웅성웅성!

뭐가 이렇게 시끄러워. 누군지는 모르겠지만 죽었다고 생각하는 게 좋을 거다.

내 몸을 붙잡는 침대를 뿌리치고 밖으로 나왔다.

어라! 왜 저러고 있지.

불청객의 존재는 청소부들이었다.

기회를 걷어차고 노예로서의 삶을 원했던 그들이 집단행동을 하고 있었다.

추용택과 위용욱이 청소부들의 앞에서 곤란한 표정을 짓고 있다.

"무슨 일이야?"

"팀장님 나오셨습니까. 상황이 조금 우습게 되었습니다."

추용택이 설명을 하려 입을 열려고 했지만 굳이 그가 설명을 할 필요가 없어졌다.

청소부들이 입을 모아 요구 사항을 외쳤기 때문이다.

"우리도 헌터가 되고 싶다!"

"되고 싶다! 되고 싶다!"

이제야 자신들의 처지를 이해한 건가.

생각보다 늦었네.

처음부터 저들을 청소부로 쓰고 싶은 마음은 없었다.

한 명이라도 아쉬운 판국에 돈이 아까워서라도 청소부를 시킬 필요는 없지.

청소부를 고용할 생각이면 용역업체를 알아보거나 따로 청소부를 고용하는 것이 더 이득이다.

"언제는 훈련을 받기 싫다고 하더니, 갑자기 왜 이러는지 모르겠네."

일단은 모르쇠.

"그때는 우리가 잘못 생각하고 있었습니다. 우리도 저들처럼 헌터가 될 능력을 가지고 있습니다."

자신들보다 늦게 들어온 노예들이 노예 신분을 벗고 월급을 받는 것을 보니 배가 아팠나 보다.

그래도 쉬운 남자로 보여서는 안 되니까.

"한 번 배신한 사람을 어떻게 믿죠?"

"다시는 그런 행동을 하지 않겠다는 각서를 작성하겠습니다. 그리고 수련에 성실히 임할 것을 약속드립니다."

"입으로는 무슨 말을 못 합니까. 제가 분명 몇 번의 기회를 드렸는데, 걷어찰 때는 언제고."

11명의 사람이 동시에 무릎을 꿇었다.

"제발 한 번만 더 기회를 주십시오."

눈물까지 그렁그렁 맺혀 있는 것으로 보아 충분히 반성을 한 모습이었다.

"그러면 한 번 더 기회를 줄까요? 어떻게 생각하세요, 교관님들은?"

아무런 말을 하지 않고 있는 추용택과 위용욱에게 질문을 던졌다.

"그러는 것이 좋겠습니다."

"교관님들까지 그렇게 말씀을 하시니 그럼 한 번 더 기회를 주도록 할게요. 하지만! 다른 수련생들과 동일한 계약을 할 수는 없네요. 그래도 괜찮겠습니까?"

수련생의 신분으로 돌아갈 수 있다면 간이고 쓸개고 다 빼줄 것처럼 행동하던 사람들이 계약 조건이 달라진다는 말에 대답을 못 하고 있었다.

역시 아직 완전히 정신을 차리지는 못했네.

"조건은 이렇습니다. 수련생의 신분으로 돌아가는 대신 6개월 동안 회사 청소를 담당해야 합니다. 수련이 끝난 후 청소를 하면 되겠네요. 그리고 향후 1년 동안의 월급은 다른 수련생의 절반만 지급하도록 하겠습니다. 이 조건이 마음에 들지 않으면 떠나세요. 청소를 할 필요도 없고 그냥 회사를 떠나면 됩니다. 더는 붙잡고 싶은 마음이 없어요."

사실 이 조건도 다른 회사에 비하면 후했다.

노예들에게 월급을 지급하는 회사가 어디 있겠나.

소모품으로 생각되는 노예들이었지만 그래도 나는 사람을 물건 취급하고 싶은 마음이 없었기에 이런 조건을 내걸었다.

이 조건을 받아들이지 않는다면 더는 갱생 가능성이 없다고 봐야지.

"하지만… 수련을 마치면 손가락 하나 움직일 힘도 남지 않는데 어떻게 회사 전체를 우리들만으로 청소를 할 수 있겠습니까."

그건 그쪽 사정이고.

아쉬운 사람이 성의를 보여야지.

"해보지도 않고 그런 말을 하는 것은 받아들이는 입장에서 조금 기분이 나쁘군요. 싫으면 그냥 떠나세요. 제가 언제 강요를 했습니까? 그냥 떠나시라니까요."

속을 박박 긁는 말을 계속해서 했다.

"밥은 다른 수련생들하고 동일하게 제공해 주는 겁니까?"

여전히 리더 자리를 차지하고 있는 추수길의 뒤에 서 있던 사내가 말했다.

"수련을 하려면 잘 먹어야 되니 당연히 다른 수련생들하고 동일하게 제공해 줘야겠죠."

"그러면 저는 하겠습니다. 다른 것은 다 참아도 먹는 걸로 차별받는 것은 도저히 견디기 힘들었습니다. 저는 그 조건을 받아들이고 수련생으로 돌아가겠습니다."

"저도 받아들이겠습니다!"

"저도!"

추수길을 따르던 모든 인원이 조건을 받아들였다.

상황을 보니 추수길을 리더로 인정하는 사람은 없어 보였다. 이런 상황에서 그가 할 수 있는 선택은 하나였다.

"저도 받아들이겠습니다."

진즉 그러지. 사람 귀찮게 만들고 있어.

"그러세요. 그럼 추 교관님, 새로운 수련생들을 숙소로 안내해 주세요."

수련생의 신분으로 돌아간 11명은 그리웠던 숙소로 돌아왔다.

"오랜만에 보는 침대구나! 그리웠다. 체육관 바닥이 얼마나 딱

딱한지 허리가 다 나가는 줄 알았다니까."

하지만 그들의 신분은 여전히 가장 밑바닥이었다.

수련생도 기수가 존재했다.

원래라면 가장 높은 기수를 차지하고 있어야 되는 그들이었지만 지금은 가장 아래 기수로 강등되었다.

그리고 청소를 하던 사람이 갑자기 자신들과 같은 수련생의 신분이 되었다는 것을 마땅치 않게 여기는 다른 수련생들의 눈초리를 한동안 견뎌야 될 것이다.

"어이, 정기람! 여기서 이렇게 보니 반갑네. 네 행동이 눈꼴시어 돌아가시는 줄 알았다고."

아직도 정기람을 자신들에게 괴롭힘을 당하던 어린 소년으로만 보고 있는 그들이다.

하지만 정기람은 이제 어엿한 헌터가 되었다.

악마의 탑에 가장 먼저 들어간 수련생이기도 했기에 다른 수련생들에게 도움을 주고 있는 입장이었다.

"새끼들이 돌았나. 어디서 막말을 하고 지랄이야."

정기람의 옆에 있던 수련생 대표가 한마디를 하자 방에 있던 다른 수련생들이 우르르 나왔다.

"지금 정기람 헌터님에게 한 말이야? 눈꼴시어? 매타작 한번 당해볼래?"

"괜찮습니다. 제가 알아서 해결할 테니 방으로 돌아가세요."

정기람은 여전히 숙소에서 지내는 사람들 중 가장 어린 나이였지만 헌터의 신분을 가지고 있었다.

"제가 아직도 당신들 장난감으로 보이나 보죠? 때리면 가만히 맞고만 있던 과거의 저로 생각하고 행동하시다가는 어디 한 군데 부러질지도 모릅니다. 마지막 경고이니 앞으로 그런 행동 하지 마세요."

헌터가 되었다는 것은 교관들의 인정을 받았다는 뜻이고, 그만큼 강하다는 증거였다.

하지만 여전히 자신들의 기억 속에 남아 있던 정기람의 모습은 약하고 왜소한 청년이었기에 경고를 받아들이기가 쉽지 않았다.

"헌터가 무슨 벼슬이냐? 시간이 지나면 개나 소나 헌터가 되는 건데. 우리가 실수만 하지 않았으면 너보다 더 먼저 헌터가 되었을 거다."

"그럴지도 모르죠. 하지만 지금 저는 헌터고 당신들은 수련생이죠. 그것도 가장 기수가 낮은 수련생 말입니다. 저한테 이렇게 반말을 하다가는 기수가 높은 다른 수련생들에게 미움을 살지도 몰라요."

"지금 협박하는 거냐?"

"협박? 제가 협박을 해야 할 이유가 있는지 모르겠네요. 협박이란 건 어느 정도 비슷한 상황인 사람에게 하는 거죠."

"유세는 엄청 떠네. 말 많은 거 보니 쫄리나 보네. 쫄리면 방에 들어가서 이불이나 둘러매고 있으라고."

이런 말을 듣고 참아야 할까?

경고는 충분히 했다. 참을 이유가 없다.

정기람은 천천히 11명의 수련생들에게 걸어갔다.

"어쭈구리! 독사 눈 하고 걸어오면 누가 '죄송합니다' 하고 고개 숙일 줄 아나. 첫날부터 시끄럽게 하고 싶은 생각은 없으니 그냥 가던 길 가지?"

추수길의 오른손을 자처하며 자신을 가장 많이 괴롭혔던 사람이 이번에도 버릇을 버리지 못하고 나불댄다.

예전부터 말을 할 때마다 울렁거리는 목젖이 상당히 거슬렸었다.

퍽!

"으아아!"

정기람의 손날이 목젖을 후려쳤다.

"이 새끼가! 죽여 버려!"

옆에서 지켜보고 있던 추수길이 다시금 리더의 자격을 되찾기 위해 나섰다.

그의 명령을 습관적으로 따르는 다른 수련생들이었다.

정기람이 위험하다는 생각을 하지 못했기에 따른 명령이기도 했다.

하지만 그들의 선택은 잘못되었다.

청소를 하며 허송세월을 보냈던 그들과는 달리 정기람은 악마의 탑에서 몬스터와 싸우며 기감을 날카롭게 갈고닦았다.

오른쪽에서 공격해 들어오는 수련생의 팔을 꺾어버리고 다른 수련생의 명치에 주먹을 찔러 넣는다. 그리고 멈추지 않고 다른 수련생들의 허점을 공격한다.

앞장서던 5명의 수련생이 순식간에 바닥을 뒹군다.

"이 새끼가……."

다른 말이 생각나지 않는지 같은 말만 반복하는 추수길이다.

"할 말이 그것밖에 없나? 수련이 힘들다고 기회를 걷어찬 사람답군."

정기람의 말에 이성의 끈을 놓아버린 추수길이 정기람에게 달려들었다.

하지만 그의 공격은 정기람에게는 슬로모션처럼 보였다.

초원 늑대의 움직임에 비하면 어린아이 장난이네.

추수길의 주먹에 실린 힘을 그대로 이용해 벽으로 집어 던졌다.

여자가 없어서 그런지 추수길은 벽과 키스를 하고 있다.

"기회를 버린 사람과 그렇지 않은 사람의 차이를 알겠나요? 그럼 수고들 하세요. 오랜만에 수련을 하시려면 고생할 텐데 제가 비켜 줘야죠. 저는 누구처럼 사람을 집요하게 괴롭히는 성격은 아니라서요."

자신들을 무시하고 뒤로 돌아서는 정기람을 막을 사람은 아무도 없었다.

뼈저리게 느껴지는 실력 차이가 그들의 손과 발을 붙잡았다.

*　　　　　*　　　　　*

11명의 수련생이 합류했고, 노예시장에서 노예들을 더 구입해 수련생의 수를 늘렸다.

이제는 100명에 가까운 수련생들이 수련을 받는다.

그들을 먹이고 재우려면 엄청난 돈이 들어간다.

하지만 돈에 대한 걱정은 크지 않았다.

왜냐하면.

"오늘도 오셨네요. 천사의 눈물을 구입한 지 며칠 되지 않으신 것 같은데."

"천사의 눈물 덕분에 우리 헌터들이 2층 공략에 성공했다네. 물론 천사의 눈물 한 병을 다 써버리기는 했지만 그래도 그게 어디인가. 이대로만 간다면 충분히 3층도 공략해 볼 만하다는 결론이 나왔다네. 이러니 구입하지 않을 수가 있나."

"악마의 탑 3층은 많이 위험하다고 들었는데 천사의 눈물만 믿고 3층을 공략하는 것은 힘들지 않겠습니까?"

"괜찮다네. 천사의 눈물 세 병을 사고 싶은데, 재고가 있는가?"

"다른 분들이 여러 병을 구입해 가셔서 지금 딱 세 병이 남아 있습니다. 내일부터는 재고가 없어 판매가 힘들겠네요."

한지협(한국 지도자 협회)이 정식 출범하고 서로를 돕겠다는 계약서까지 작성한 이후 천사의 눈물을 그들에게 판매했다. C급 무기의 가격 정도로 책정한 천사의 눈물은 고가였지만 불만을 품는 사람은 없었다.

천사의 눈물은 정말 불티나게 팔려 나갔다.

한지협 맴버들은 여러 가지 목적에 따라 천사의 눈물을 구입했다.

헌터 회사를 가지고 있는 사람이라면 더 높은 층의 악마의 탑을 공략하기 위해 천사의 눈물을 이용했고, 자신의 안전을 중하게 여기는 사람은 만약의 상황을 대비해 천사의 눈물을 구입했다.

그들 덕분에 연구소에서는 절반의 인원이 다른 연구를 일시 중단하고 천사의 눈물을 제작해야 하는 상황까지 발생했다.

그래도 보너스를 두둑이 주었기에 불만은 나오지 않았다.

나는 벌어들이는 돈 전부를 헌터와 연구소를 키우는 데 사용했다.

하지만 회사의 규모가 커지는 만큼 견제 세력도 생겨났다.

우리를 가장 많이 견제하는 세력은 음지에서 활동하는 흑두방이나 암시장이 아니라 헌터 협회였다.

노골적으로 천사의 눈물의 레시피를 알려달라고 요청을 해온 것이다.

당연히 한 귀로 듣고 흘리기는 했지만.

헌터 자격증을 발급해 준 것과 회사 건물을 판매해 준 것은 고마웠지만 그것은 정당한 대가를 지불하고 얻은 것이다.

헌터 협회의 요구를 숙이며 받아들일 이유는 없다.

조만간 헌터 협회에서 방문하겠네. 절대 좋은 말이 나오지는 않겠지만 그래도 만나는 봐야겠지.

연구소에 새로운 신입들이 들어오고 수련생의 기수가 하나 더 늘어났을 때 헌터 협회에서 보낸 사람이 회사를 방문했다.

올 게 왔네. 무슨 말을 하는지 일단 들어나 봐야지.

헌터 자격증을 가진 사람은 모두 헌터 협회 소속이었고, 나도 일단은 헌터 협회 소속이었다. 딱히 헌터 협회 소속이라고 해서 그들에게 받은 것은 아무것도 없지만 그래도 문전박대를 할 필요까지는 없어 헌터 협회에서 온 사람들을 회사 안으로 안내했다.

"안녕하십니까. 저는 헌터 협회 경영 팀 소속 김미영 팀장입니다."

헌터 협회에서는 남자를 찾아보기 힘들지만 경영 팀의 팀장만큼은 김미영이라는 여자가 담당하고 있었다. 들리는 소문에 의하면 헌터 협회장의 친인척이라고 하는데 정확한 것은 아니다.

검은 뿔테 안경이 차가운 분위기를 느끼게 하는 김미영 팀장이 회사 안으로 들어와 간단한 인사를 하고는 바로 본론을 꺼내 들었다.

"헌터 협회에서 인증받지 않은 약품을 판매하고 있다고 들었어요. 협회 차원에서 조사가 필요하니 재고 전부를 헌터 협회로 보내세요."

이건 뭐지? 그래, 협회 차원에서 약의 효능에 대해 알고 싶어 조사를 할 수도 있다.

하지만 이렇게 강압적인 요청을 받아들이고 싶지는 않다.

자기들이 우리한테 해준 게 뭐가 있다고!

"싫은데요. 약이 필요하면 구입하세요."

싸가지에는 싸가지로.

"지금 헌터 협회의 요청을 거부하는 건가요? 이렇게 행동해서 좋을 건 하나도 없어요. 이렇게 정중히 요청할 때 주는 게 좋을 거예요."

뭐가 정중하냐!

칼만 안 들었지 도적놈이랑 다른 게 뭐가 있는데.

"재고분이 없을뿐더러 무상으로 천사의 눈물을 제공해 주고 싶은 마음은 없습니다. 천사의 눈물 하나를 만드는 데 드는 금액이 얼마인지 아시고 하는 말인가요?"

핏!

김미영 팀장의 눈에서 짜증이 잔뜩 묻어 나와 나에게 쏟아졌다.

뭐가 저렇게 당당한 거야. 부탁을 해도 줄까 말까인데.

"앞으로 있을 불이익은 전부 당신의 입에서 시작된 거라고만 아세요."

그런 말을 한다고 누가 겁낼 줄 아나.

"배웅은 안 나갑니다. 가세요."

김미영 팀장과 그녀의 경호원으로 보이는 사람이 회사를 빠져나갔다.

"소금 좀 뿌려라. 기분만 잡쳤네."

헌터 협회의 사람이 다시 방문한 것은 김미영 팀장이 다녀가고 3일이 지난 후였다.

이번에 찾아온 이는 이미 안면이 있는 사람이었다.

김대혁 교관.

헌터 협회 소속이면서 헌터 학원의 강사로 일하고 있던 그가 찾아왔다.

딱 봐도 힘으로 천사의 눈물을 뺏겠다는 거네.

그가 혼자 왔다면 이런 생각을 하지 않았겠지만 그의 옆에는 10명의 헌터가 같이 있었다.

갑질의 끝판왕이네.

자기들 말 안 듣는다고 깡패들이나 보내고.

헌터 자격증을 가지고 있었지만 내 눈에는 깡패 이상으로는 보이지 않았다.

"오랜만이다. 그래, 헌터 회사에 들어갔다는 얘기는 들었지만 요즘 시끄러운 카인트 헌터 회사에서 일하고 있는 줄은 몰랐다. 잘 지냈느냐."

얼씨구, 처음부터 기를 꺾으시겠다?

"카인트 헌터 회사 팀장 직을 맡고 있는 최진기입니다. 찾아오신 목적을 말씀해 주세요."

맞장구를 쳐주면 만만하게 볼 게 분명했기에 나는 선을 분명히 그었다.

"팀장? 회사에 인재가 없긴 정말 없나 보군. 헌터가 된 지 몇 달도 되지 않은 헌터에게 팀장을 맡기고. 그래, 내가 찾아온 이유를 말해주지. 카인트 헌터 회사에서 헌터 협회의 요구를 묵살했다고 들었다. 우리는 경고를 해주기 위해 왔다. 그래도 같은 헌터 협회 소속인데, 협회에 밉보이면 헌터 사회에서 살아남기 힘들다. 경고이자 조언이다. 협회의 요구를 최대한 들어주는 것이 좋을 거다."

"정당한 요구라면 당연히 들어주겠죠. 하지만 지금 헌터 협회가 우리 회사에게 원하는 것은 정당한 요구가 아니라 협박 같은데요? 이런 협박을 받아들일 생각은 없습니다."

"지금 네 말이 회사 대표의 말이라고 생각해도 되는 건가? 알겠다. 이만 가보겠다. 앞으로 받을 불이익은 알아서 해라."

끝말은 헌터 협회에서 따로 가르치기라도 하는지 김미영 팀장과 같은 말을 하는 김대혁이었다.

아니, 생각을 해보자.

받은 게 있어야 불이익을 받지. 헌터 협회에서 해준 게 아무것도 없는데 불이익을 받을 게 뭐가 있겠는가.

노예를 구입하는 데 돈을 지원해 준 것도 아니고, 연구소를 만들었을 때 축하 화환 하나 보내주지 않았으면서 공짜로 천사의 눈물을 가지고 가시겠다?

웃기지도 않는 소리지.

"팀장님! 헌터 협회에서 서신이 왔는데요."

김대혁이 가고 하루 만에 협회에서 서신이 왔다.

서신의 내용을 요약하면 천사의 눈물을 제공하지 않는다면 무력으로 빼앗겠다는 것이었다. 애국심과 국가의 발전이라는 말이 들어가 있긴 했지만 그런 미사여구를 제외하고 보면 그냥 달라는 말이다.

그리고 서신의 말미에는 헌터 자격을 소멸시키겠다는 협박도 있었다.

이제는 헌터 자격증이 딱히 필요하지 않았다.

이전에야 회사를 설립하는 등에 있어 행동의 제약을 없애기 위해 헌터 자격증이 필요했지만 이제는 안정권에 들어선 회사였기에 딱히 헌터라는 허울뿐인 자격증은 있으나 마나 한 종이 쪼가리였다.

"협회에서 우리 자격을 뺏는 겁니까? 헌터 자격을 얼마나 힘들게 취득했는데."

"뭐가 걱정이냐. 우리 회사에 헌터 자격 없이 악마의 탑에 들어가는 사람이 얼마나 많은데. 헌터 자격증이 굳이 필요하냐? 이렇게 갑질을 당할 바에야 헌터 자격증 개나 줘버리지."

이딴 서신에 답신을 보낼 가치를 느끼지 못했기에 그냥 무시해 버렸다.

중소 헌터 회사 주제에 자신들을 무시했다고 생각했는지 헌터 협회는 며칠 지나지 않아 본격적인 행보를 선보였다.

가장 먼저 우리에게 건 제약은 아이템 상점 거래 불가 조치였다.

하지만 우리가 받은 타격은 0에 가까웠다.

"아이템 거래 불가 조치를 받았는데 혹시 수익에 차이가 있어?"

회사의 돈을 관리하는 현수가 장부를 뒤적거리다가 말했다.

"전혀 없는데요. 우리가 언제 일반 상점하고 거래했나요. 아이템은 암시장에 내다 팔았고, 천사의 눈물은 직거래를 했잖아요. 몬스터의 사체도 자급자족이 가능한 상황이고. 연구소에서 사용하는 기구를 조금 복잡하게 구입하기는 해야 되지만 타격은 전혀 없다고 봐도 무방해요."

가방끈 긴 현수가 그렇다면 그런 것이다. 이런 조치는 일단 2차 경고 정도로 생각하면 되겠지?

헌터 협회에서 지랄 발광을 하든지 말든지 신경 쓰지 않고 우리는 계속해서 노예를 구입해 수련생으로 받아들였다.

정식 헌터 자격은 없지만 악마의 탑 1층을 공략할 능력을 가진 헌터의 수는 20명 가까이 되었고, 수련생 중 성취도가 뛰어난 이들은 지금 당장에라도 악마의 탑에 들어가도 될 정도였다. 헌터 회사 중 가장 규모가 큰 삼진의 경우 헌터의 수가 50명이었으니 우리 회사의 규모가 작은 편은 아니었다. 중견 헌터 회사 정도는 된다고 볼 수 있었다.

물론 헌터 협회와 비교하면 많은 차이가 있다.

본사가 있는 서울에만 해도 협회 직속으로 일하고 있는 헌터의 수가 500명 정도였고, 전국을 다 따져 보면 만 명이 조금 안 되는 숫자였다.

하지만 쫄 필요는 없다.

물론 숫자가 주는 의미는 크지만 그래도 전부는 아니다.

이계에서 전쟁을 할 때 한 번도 숫자의 우세를 가진 적이 없었다.

양보다는 질이지.

그리고 헌터의 무장 상태로만 봤을 때는 우리가 압도적으로 우세했다.

지금 회사의 정직원으로 채용된 헌터들의 경우 무장 상태는 협회의 헌터들보다 뛰어났다. 그리고 내가 조금만 노력을 하면 아이템의 질을 지금보다 몇 배는 더 키워줄 수 있다.

하지만 굳이 그럴 필요는 없다.

협회에는 없고 우리 회사에는 있는 것.

자랑 같아서 이런 말은 하지 않으려고 했지만 나 혼자서도 헌터 협회를 뒤집어엎을 수 있다. 귀찮고 시끄러운 일을 만들고 싶지 않아 지금은 숨죽이고 있지만 협회에서 미친 짓을 해온다면 나도 같이 미칠 준비가 되어 있었다.

"팀장님! 협회에서 서신이 또 왔습니다."

"서신 내용이 뭔데?"

"헌터 회사 부적합 경고문인데요. 헌터 회사로서의 기본 자질이 떨어져 회사 자격을 박탈하겠다는 경고 서신입니다."

헌터 회사 부적합?

그런 규정 따위는 없었다. 돈독이 잔뜩 오른 헌터 협회는 돈으로 자격을 팔았고, 당연히 부적합 판정을 받은 헌터 회사는 한 곳도 없었다.

별짓을 다하네.

헌터 회사 자격을 박탈하고 우리 회사를 뺏겠다는 건가?

헌터 협회에서 서신을 받은 후 우리는 이번에 새로 생긴 협회 소속 부서의 방문을 단체로 받았다.

신생 부서의 이름은 헌터 회사 관리 팀이었다.

딱 봐도 우리를 저격해 만든 일회용 부서였다.

부서의 책임자는 김미영 팀장이었고, 그녀의 뒤에서는 20명이 넘는 헌터들이 위압적인 분위기를 풍기고 있었다.

"우리는 헌터 회사의 기본 자격을 확인하기 위해 왔어요. 헌터 협회 소속 회사라면 무조건 관리를 받아야 해요."

관리는 개뿔!

"무슨 관리를 말하는 건지 모르겠군요. 다른 헌터 회사가 이런 방문을 받았다는 얘기는 들어본 적이 없는데요."

"제가 말했었죠. 불이익은 당신 책임이라고."

요구를 거절해 방문했다는 말을 숨기지 않은 김미영 팀장이 곧 회사를 들쑤시고 다녔다.

꼬투리란 꼬투리는 전부 잡았지만 자기가 생각해도 이런 이유로 회사 자격을 박탈하는 것은 도의에 맞지 않는다고 생각했던지 다른 방법을 꺼내 들었다.

"헌터 회사라면 당연히 자격이 있는 헌터들을 보유하고 있어야겠죠. 하지만 카인트 헌터 회사에 능력이 되는 헌터는 없는 것 같네요."

"우리 헌터들이 왜 능력이 되지 않는다고 생각하시죠? 다른 헌터 회사의 헌터들보다 더 뛰어나면 뛰어났지 부족하지는 않은데요."

"그건 당신 생각이고요. 증명할 기회를 드릴까요? 아니면 그냥 회사 자격을 박탈당하실래요?"

이계에서 못 볼 꼴을 많이 봤지만 이렇게 어이없는 일은 처음이다.

그래, 한번 끝까지 가보자!

"증명할 기회라는 게 뭔지 들어나 봅시다."

김미영 팀장이 내 말에 가볍게 비웃음을 날리며 말했다.

"간단해요. 우리가 직접 헌터의 능력을 평가하는 거죠. 협회 소속 헌터와 대련할 기회를 드리죠. 협회 소속 헌터들과의 대련에서 5명만 승리하면 인정해 드리겠어요."

김미영 팀장은 카인트 헌터 회사의 헌터들을 얕잡아 보고 있었다.

정식 헌터가 3명밖에 없잖아. 그리고 나머지는 노예들이라고 했지?

노예 따위가 정식 헌터를 이길 리 없잖아. 그리고 우리 헌터들은 악마의 탑을 수십 번이나 공략한 베테랑들이니 쉽게 이기겠지.

그녀는 자신의 판단을 맹신했다.

하지만 여기는 일반적인 헌터 회사가 아니다.

"그렇게 하죠. 다섯 명은 우리가 선발하면 되는 겁니까?"

"아니죠. 우리 측에서 무작위로 선발해야죠."

누가 나오더라도 이길 수 있다고 생각했지만 만약의 상황까지 대비한 김미영 팀장은 뒤에 있는 헌터들과 상의를 했다.

"무조건 이겨야 해요. 가장 약한 사람을 골라주세요."

"저기서 강한 사람을 찾는 게 더 힘들겠는데요. 그냥 눈에 보이는 다섯 명 아무나 고르시면 됩니다."

협회 소속 헌터들도 김미영 팀장처럼 카인트 헌터 회사 소속 헌터들을 무시했다.

"그리고 저기 재수 없는 최진기라는 사람은 무조건 짓밟아주세요. 바닥을 기며 살려달라고 비는 모습을 꼭 보고 싶네요."

자기들끼리 소곤거리며 대화를 하고 있다고 생각하겠지만 나는 귀가 좋은 편이라서 말이야.

다 들린다고!

그래, 지금 아니면 언제 갑질을 즐기겠어.

협회 소속 헌터들은 앞에 나와 있는 헌터 네 명과 나를 지목했다.

불과 얼마 전까지만 해도 노예 신분이었던 헌터들과 대련을 하는 것이 부끄러운지 의도적으로 눈도 마주치지 않고 있는 협회 소속 헌터들이다.

"그럼 첫 번째 대련을 시작하도록 하죠. 심판은 공정하게 제가 보도록 하죠."

그래, 다 해 먹어라.

김미영 팀장의 저런 행동을 굳이 막지 않았다.

실력으로 보여주면 되니까.

첫 번째 대련 상대로 지목된 사람은 정기람이었다.

가장 왜소하고 어려 보이는 얼굴 때문에 가장 먼저 지목된 것 같았다.

"기람아, 잘하고 와라."

"죽여도 됩니까? 몬스터 말고 사람하고 대련을 하는 것이 처음이라 힘 조절을 할 자신이 없습니다."

정기람이 인정을 받는 이유는 손속에 망설임이 없기 때문이었다.

그는 누구보다 빨리 악마의 탑에 적응했고, 몬스터를 사냥했다.

정기람은 사냥을 즐겼다.

많은 헌터들이 있건만 왜 군이 그를 지목했는지.

물론 헌터 협회 소속의 헌터들도 악마의 탑에서 몬스터를 사냥한 경험이 있겠지만 정기람을 이길 수는 없다.

일단 착용하고 있는 아이템부터 차이가 났고, 자세도 달랐다.

정기람은 상대를 죽이기 위해 달려들었는데 상대방은 어려 보이는 정기람을 가지고 놀 생각 같았다.

*   *   *

악마의 탑과 헌터.

악마의 탑을 공략하기 위해 생긴 직업이 헌터였지만 처음의 목적과는 다른 모습으로 변질되었다. 악마의 탑을 공략하는 것보다 아이템 같은 돈이 될 만한 물건들을 구하기 위해 노력하는 사람이 헌터들이다.

물론 그게 나쁘다는 말은 아니다.

하지만 도전 의식이 없다. 자고로 헌터라고 하면 더 높은 악마의 탑을 공략하기 위해 수련을 하고 궁리를 해야 하지만 지금의 헌터들은 안전하게 돈을 벌 생각만 하고 있으니 발전이 있겠나.

물론 내가 보유하고 있는 헌터들 대부분도 악마의 탑 저층을 사냥하면서 아이템을 수집하기 위해 양성하고 있기는 했지만 정기람은 다르다.

그의 재능을 처음부터 알아봤기에 우리 팀원과 마찬가지로 악마의 탑 고층을 공략하기 위해 수련을 시키고 있었다.

그랬기에 다른 수련생들이나 헌터에 비해 강도 높은 훈련을 시켰고, 그가 가지고 있는 아이템도 등급이 높았다.

그런 정기람을 장난감으로 생각한다고?

웃기는 소리지.

"너 같은 어린아이를 상대로 전투를 벌이는 것이 부끄럽긴 하지만 나는 명령에 따라 움직이는 사람이라서 어쩔 수가 없어. 그래도 무기는 사용하지 않고, 아니지, 한 손만 쓸 테니 너무 무서워 말아."

어이구, 어디서 영화 좀 보셨나 보지.

정기람을 상대하는 협회의 헌터는 무기를 다소곳이 바닥에 모셔놓고는 손을 까딱까딱하며 정기람을 도발했다.

외형만 봤을 때는 그럴 수도 있지.

정기람은 또래보다 작고 귀여운 외모를 하고 있긴 하다.

하지만 전투에 들어서면… 귀신이 된다. 피에 굶주린 귀신 말이다.

"굳이 배려를 해줄 필요는 없지만 그래 준다니 그럼 사양 말고 공격할게요."

갸웃!

정기람이 겁을 집어 먹기는커녕 도발적인 말을 해오자 무언가 이상하다고 생각한 헌터는 고개를 반쯤 꺾어 자신이 어떻게 행동해야 동료들에게 멋진 모습을 보일 수 있을지 고민했다.

고민할 시간 없을 건데.

정기람은 군용 나이프와 비슷한 자신의 무기를 뽑아 들고는 헌터의 얼굴을 향해 찔렀다.

빠르지도 않고 위협적이지도 않은 공격.

딱 봐도 미끼였다.

하지만 정기람을 모르는 사람이라면 저 공격이 미끼라는 것을 모를 테지.

역시 헌터는 느릿느릿한 공격에 콧방귀를 뀌고는 정기람의 팔을 낚아채려고 했다.

하지만 그 순간 정기람은 몸을 한 바퀴 회전시키며 목표를 헌터의 아킬레스건으로 바꾸었다. 갑작스러운 움직임에 헌터는 황급히 몸을 돌려 물러섰지만 그것만으로는 부족했고, 어쩔 수 없이 꼴사납게 바닥을 굴러야 했다.

"이 새끼가! 봐주려고 했는데 감히!"

"제가 언제 살살해 달라고 애원이라도 했나요? 헌터 간의 전투에서 사정을 봐주는 쪽이 이상한 거죠."

"어디서 헌터 자격증도 없는 놈이 헌터라고 유세를 떨어! 죽고 싶어!"

헌터는 이제야 조금 정기람이 만만한 상대가 아니라는 것을 깨달은 듯했다.

하지만 여전히 그는 방심을 하고 있었다.

제대로 싸울 마음이 있었으면 무기를 집어 들어야 했다.

쿵!

헌터가 발을 굴렀다. 앞으로 빠르게 나가기 위한 발 구름 한 번에 땅에 그의 발자국이 진하게 새겨졌다.

힘 계열의 아이템을 착용하고 있나 보군.

하지만 저런 아이템은 정기람이 착용하고 있는 아이템에 비하면 싸구려지.

헌터가 착용하고 있는 아이템의 정확한 능력을 알기 위해서는 만져 봐야 하지만 수만 개의 아이템을 제작하고 강화시켜 본 경험으로 봤을 때 헌터가 착용하고 있는 아이템은 아무리 좋게 봐 줘도 C급 중하위 정도였다.

정기람을 향해 빠르게 몸을 움직인 헌터는 주먹을 내질렀고, 정기람은 공격을 피하지 않고 손으로 잡았다.

헌터는 자신이 원하던 상황이 되었다고 생각했다.

움직임은 날쌘 거 같은데 힘은 나한테 안 되지. 잡힌 순간 너는 쥐포가 될 운명이다.

손아귀에 강한 힘을 주어 정기람의 주먹을 부숴 버리려고 하는 헌터.

하지만 그의 방식은 잘못되었다.

헌터의 세계에서는 육체의 힘이 3이라고 한다면 아이템이 차지하는 비중이 7이다.

육체의 힘으로는 정기람보다 강하겠지만 아이템의 차이를 무시해서는 안 되었다.

기람이는 자신이 착용하고 있는 아이템이 더 강하다는 걸 알고 있었나 보네.

역시 똑똑하다니까.

발을 구르는 것을 보고 아이템의 능력을 예측한 정기람은 자신이 더 강한 힘을 낼 수 있다고 판단했고, 헌터가 원하는 대로 힘겨루기로 종목을 바꾸어주었다.

얼굴이 점점 붉어지는 헌터.

이럴 수는 없다. 저런 꼬맹이한테 힘으로 밀리다니.

손을 서로 맞잡은 순간부터 둘은 암묵적으로 이번 대결의 승패를 힘겨루기로 하자고 합의를 봤다. 하지만 헌터는 자신이 힘겨루기에서 밀리자 합의를 깨고 발을 들어 올렸다.

하지만 이미 그의 마음을 읽고 있던 정기람은 그의 다리가 움직이는 방향에 미리 나이프를 두었었다.

"으아아아!"

그러게 무기를 들지. 나이프를 상대로 맨몸으로 공격하는 정신머리라니.

허벅지에서 억수같이 피가 흘러 전투 불능의 상태였다.

협회의 헌터가 패배할 거라고는 전혀 예상하지 못하고 있던 김미영 팀장은 멍하니 있었다.

"심판님! 승패가 결정 난 것 같은데 판결을 해주셔야죠."

떨리는 입술로 소리치는 김미영 팀장.

"카인트 헌터 회사 승."

협회의 헌터들은 동료를 질질 끌어 자신들에게 데려온 후 방심한 동료를 탓했다.

"아무리 만만하게 보이는 상대라도 그렇지, 그렇게 방심을 하다니. 너는 헌터로서의 자격이 없다!"

저기요, 그쪽도 조금 전까지 방심하고 있던 것 같은데요.

반박을 해주고 싶었지만 말을 아꼈다.

괜히 신경을 긁을 필요는 없으니.

김미영 팀장은 협회의 헌터가 패배하자 도끼눈을 뜨고는 헌터들에게 말했다.

"아니, 지금 이게 무슨 꼴이죠? 고작 저따위 헌터 회사에게 지다니 부끄럽지도 않으세요?"

"죄송합니다. 너무 방심한 탓에… 하지만 걱정은 하지 마십시오. 이제부터는 방심하지 않고 빠르게 세 번의 승리를 가지고 오겠습니다."

"흥! 알아서 하세요."

저런 상관을 두고 있으면 스트레스가 장난이 아니겠는데.

딱히 능력이 있어 보이지도 않고 단지 금수저를 물고 태어난 것 같은데, 사람 다루는 법도 모르는구만.

두 번째 대결이 시작되었다.

그들이 지목한 우리 헌터는 이제 갓 수련생의 신분을 벗었고, 박빙의 전투를 벌이기는 했지만 아직 악마의 탑을 경험해 보지도 못했기에 승리는 협회에서 가져갔다. 하지만 문제가 되지는 않았다.

저들이 지목한 사람 중에는 강현수랑 내가 포함되어 있었기에 2승을 더 가져오는 것은 문제가 없었다.

1승 2패.

초급 헌터들을 상대로 승리를 챙긴 협회의 사람들은 이제야 얼굴이 여유가 생겨났다.

벌써부터 여유가 생기면 미안한데.

이제부터가 진짜 지옥인데 말이야.

"현수야, 잘하고 와라."

"걱정하지 마세요. 제가 쭉 지켜보니까, 협회 헌터들의 실력이 고만고만하네요. 저런 헌터들을 상대로 질 리가 있겠습니까."

현수는 회사의 자금을 관리하고 있었지만 그도 헌터였다.

하루에 한 번은 악마의 탑에 들어갔고, 악마의 탑 2층까지 공략할 수 있는 능력을 가진 헌터다.

"4차전을 시작하겠습니다."

시작 소리와 동시에 현수는 상대에게 빠르게 다가갔다.

현수가 착용하고 있는 아이템은 민첩성과 관련된 것이었고, 그의 움직임을 쫓아갈 수 있는 사람은 여기 몇 되지 않았다.

누드 촬영을 하려는 건지. 나는 남자의 맨살을 보는 취미는 없는데. 적당히 좀 하지.

현수는 상대방의 옷만 찢었다.

현수의 공격을 막기 위해 손과 발을 흔드는 헌터였지만 현수의 속도를 따라가지 못했고, 5분이 지나지 않아 그는 반라의 상태가 되었다.

"더러운 몸이네요. 눈만 버렸네."

픽!

현수는 상대방의 명치에 주먹을 찔러 넣었고 그렇게 승패는 결정되었다.

이제 내가 나갈 차례인가.

어떻게 요리를 해줘야 고급스러운 레시피라고 소문이 날까.

한 방에 끝낼까, 아니면 처절하게 상대해 줄까.

"빨리 나와요. 실격 처리 당하고 싶어요?"

김미영 팀장의 앙칼진 목소리에 어떻게 요리를 할지 결정을 짓지 못하고 앞으로 나왔다.

상대는 헌터 중에서 가장 강한 기운을 풍기는 사내였다.

종합 격투기에 나가도 될 정도로 뛰어난 근육을 가지고 있었고, 눈빛도 매서웠다.

뭐, 그래 봐야 일반인이지.

이계였다면 기사도 되지 못할 정도의 능력을 가진 사람이다.

기사는 아무나 되는 게 아니지. 엄청난 수련을 통해 육체의 극한을 맛봐야만 할 수 있는 직업이 기사다. 근육만 키운다고 기사가 되면 개나 소나 기사를 하겠지.

"제가 먼저 갈까요? 아니면 먼저 올래요?"

최대한 정중히 말하기는 했지만 내 말이 당돌하게 들렸던 건지 헌터는 눈에 독기를 품고 달려왔다.

허점이 너무 많았다.

온통 허점투성이.

아무 데나 공격해도 될 정도로 허점이 가득했고, 나도 모르게 허점 중 한 곳인 옆구리를 향해 주먹을 내질렀다.

퍽! 또각!

헐! 이런 공격에 뼈가 부러진 거야?

살살 한다고 했는데 이렇게 약할 줄은 몰랐지.

한 번에 전투가 끝나 버렸다.

무서운 기세로 달려오던 헌터가 무기력하게 게거품을 물고 바닥에 쓰러졌고, 나는 두 팔을 벌리고 혀를 살짝 내밀었다.

"제가 이긴 것 같네요. 그러면 헌터 회사 자격은 유지되는 거죠? 그럼 안녕히 가세요. 덕분에 오늘 할 일을 제대로 못 했거든요."

분한 표정을 하고는 있지만 결과를 뒤집을 수는 없었기에 그들은 씩씩대며 돌아갔다.

"팀장님, 오늘 할 일이 있었습니까?"

"있고말고. 쟤들 때문에 낮잠 시간이 지나 버렸잖아. 낮잠이 얼마나 중요한데. 피부를 유지하는 데는 충분한 수면이 필수라고."

＊　　　　＊　　　　＊

연구소에서는 점점 더 많은 결과물을 만들어내었기에 이제는 안정권에 돌입했다고 볼 수 있었다.

이제 필수 아이템 하나를 만들 때가 되었다.

천사의 눈물처럼 악마의 탑을 공략하기 위해 필수적으로 필요한 아이템.

바로 망각의 꽃이다.

망각의 꽃은 몬스터를 사냥하기 위한 아이템이 아니다.

안전하게 도망가기 위한 아이템.

물론 도망만 가서는 악마의 탑을 공략하지 못하지만 자신보다 강한 몬스터를 만났을 때 무식하게 싸우는 것은 목숨이 10개인 사람이라고 해도 무식한 짓이었다.

이계에서 악마의 탑을 공략하던 기사들이 여럿 목숨을 잃었을 때 그들을 위해 만든 것이 망각의 꽃이다.

망각의 꽃을 만들고 난 후 악마의 탑에서 죽어나가는 사람의 수는 확연히 줄어들었고, 그 후 최고의 수출 상품 중 하나가 된 것이 망각의 꽃이다.

특히 고층으로 올라갈수록 망각의 꽃의 능력이 제대로 발휘된다.

일반 몬스터는 이길 수 있지만 보스 몬스터를 이기지 못할 경우가 있다.

처음에는 자신들의 능력을 확인하기 위해 망각의 꽃이 사용되었지만, 나중에는 고층의 일반 몬스터를 사냥해 얻은 부산물을 가지고 나오기 위해 사용되었다.

보스 몬스터가 주는 아이템이 아깝기는 하지만 일반 몬스터의 부산물만 하더라도 비싼 가격에 거래되었으니 그것만으로도 충분했다.

하지만 망각의 꽃을 만들기 위해서는 많은 재료가 필요했다.

그리고 가장 중요한 재료 중 하나인 파르만의 꽃은 특정 악마의 탑에서만 나오는 재료였다.

악마의 탑은 세계 어디를 가도 비슷한 환경과 비슷한 몬스터가 서식하고 있긴 했지만 파르만의 꽃이 피어나는 곳은 정해져 있었다.

아직 파르만의 꽃처럼 능력이 확인되지 않은 식물의 거래는 활발하지 않았다.

사실 능력을 단번에 알 수 있는 무기류 같은 아이템이야 수요가 많았지만 목숨 걸고 들어간 악마의 탑에서 꽃을 따오는 사람이 얼마나 될까.

없다고 볼 수 있다.

하지만 돈이 넘쳐흘러 주체를 하지 못하는 사람들 중에는 악마의 탑에서 나오는 모든 것을 수집하길 원하는 사람도 있다.

특히 중동 지역의 기름 부자들 중에서 그런 수집가들이 많다.

중동까지 날아가지는 못하지만 연락할 방법이 없는 건 아니지.

암시장에서 얻은 정보에 의하면 중동 지역 부자들은 세계 곳곳에 사람을 보내 아이템을 수집한다고 했다.

비행기도 날지 못하고, 빠르게 움직이는 배도 없지만 말을 타고, 혹은 바람의 힘을 이용해 움직이는 배를 타고 자신의 주인의 욕구를 채우기 위해 전 세계를 떠돌아다니는 중동 상인들이 있었다.

우리는 그들을 머챈트라고 불렀다.

그들이 한번 지나가면 그 지역의 아이템의 씨가 말랐지만 상점이나 암시장에게 있어 머챈트는 최고의 고객이었다.

그리고 오늘 그 머챈트들이 한국을 방문했다.

『스킬스』 현대편 2권에 계속…

초대형 24시 만화방

신간 100%, 샤워실, 흡연실, 수면실(침대석), 커플석, 세탁기 완비

▪ 강북 노원역점 ▪

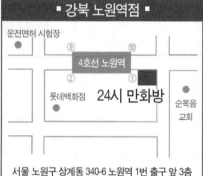

서울 노원구 상계동 340-6 노원역 1번 출구 앞 3층
02) 951-8324 (화용빌딩 3층)

▪ 일산 정발산역점 ▪

라페스타 E동 건너편 먹자골목 내 객잔건물 5층
031) 914-1957

▪ 일산 화정역점 ▪

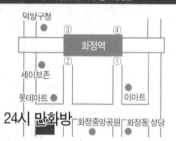

경기도 고양시 덕양구 화정동 984번지 서일빌딩 7층
031) 979-4874 (서일사우나 건물 7층)

▪ 부천 역곡역점 ▪

역곡남부역 기업은행 건물 3층
032) 665-5525

▪ 부평역점 ▪

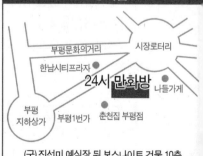

(구) 진선미 예식장 뒤 보스나이트 건물 10층
032) 522-2871

十字星
십자성

허담 新무협 판타지 소설
FANTASTIC ORIENTAL HEROES

전왕의 검

신력을 타고났으나 그것은 축복이 아닌 저주였다.

『십자성 - 전왕의 검』

남과 다르기에 계속된 도망자의 삶.
거듭된 도망의 끝은 북방 이민족의 땅이었다.
야만자의 땅에서 적풍은 마침내 검을 드는데……!

"다시는 숨어 살지 않겠다!"

쫓기지 않고 군림하리라!
절대마지 십자성을 거느린
적풍의 압도적인 무림행이 시작된다!

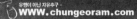

이계진입 리로디드

임경배 퓨전 판타지 소설

FUSION FANTASTIC STORY

『권왕전생』 임경배의 2015년 신작!

『이계진입 리로디드』

**왕의 심장이 불타 사라질 때,
현세의 운명을 초월한 존재가 이 땅에 강림하리라!**

폭군으로부터 이세계를 구원한 지구인 소년 성시한.
부와 명예, 아름다운 연인…
해피엔딩으로 이야기는 끝인 줄 알았건만
그 대가는 지구로의 무참한 추방이었다.
그리고 10년 후……

"내가 돌아왔다! 이 개자식들아!"

한 번 세상을 구한 영웅의 이계 '재' 진입 이야기!

Book Publishing CHUNGEORAM

유행이 아닌 자유추구 —
WWW. chungeoram.com

paráclito

빠라끌리또

FUSION FANTASTIC STORY

가프 장편소설

막장 비리 검사가
최고의 검사로 거듭나기까지!
그에겐 비밀스러운 친구가 있었다.

『빠라끌리또』

운명의 동반자가 된 '빠라끌리또'가 던진 한마디.

-밍글라바(안녕하세요)!

그 한마디는 막장 비리 검사, 송승우의
모든 것을 통째로 리뉴얼시켜 버렸다.

빠라끌리또=Helper, 협력자, 성령.

Book Publishing CHUNGEORAM

유행이 아닌 자유추구 -
WWW. chungeoram.com

철백 新무협 판타지 소설

FANTASTIC ORIENTAL HEROES

大武

대
무
사

피와 비명으로 얼룩진 정마대전의 종결.
그리고…

"오늘부로 혈영대는 해산한다."

혈영대주 이신.
혈영사신(血影死神)이라고 불리는 그가
장장 십오 년 만에 귀향길에 올랐다.

더 이상 전쟁의 영웅도, 사신도 아니다!

무사 중의 무사, 대무사 이신.
전 무림이 그의 행보를 주목한다!

Book Publishing CHUNGEORAM

유행이 아닌 자유추구 -
WWW.chungeoram.com